VENISE N'EST PAS EN ITALIE

Ivan Calbérac est réalisateur. On lui doit notamment *Irène*, nommé au César du meilleur premier film, où Cécile de France tenait l'un de ses premiers grands rôles. Scénariste et dramaturge, il est aussi l'auteur de plusieurs pièces de théâtre, dont *L'Étudiante et monsieur Henri* qui a triomphé à Paris et dans toute la France avant d'être distinguée par le Grand Prix de l'Académie française-jeune théâtre, puis d'être adaptée avec succès au cinéma par ses soins. *Venise n'est pas en Italie* est son premier roman (Prix des lecteurs du Salon du livre du Var, 2015) qu'il a également adapté au théâtre (Festival d'Avignon 2016 puis reprise parisienne).

IVAN CALBÉRAC

Venise n'est pas en Italie

FLAMMARION

Extrait de *Venise n'est pas en Italie*
Paroles de Claude Lemesle et musique de Christian Piget.
Interprété par Serge Reggiani.
© 1977 Music 18.

© Flammarion, 2015.
ISBN : 978-2-253-06893-8 – 1re publication LGF

« Venise n'est pas en Italie,
Venise c'est chez n'importe qui,
C'est n'importe où, c'est important
Mais ce n'est pas n'importe quand,

Venise, c'est quand tu vois du ciel
Couler sous des ponts mirabelle
C'est l'envers des matins pluvieux
C'est l'endroit où tu es heureux. »

Venise n'est pas en Italie,
paroles de Claude Lemesle,
interprétées par Serge Reggiani.

Lundi 12 mars

On était en train de déjeuner tous les deux, assis face à face. Elle m'avait fait des radis avec du beurre et du sel, et des escalopes de dinde aux champignons avec du riz, j'adore, c'est un de mes plats préférés. On ne parlait pas. Moi je pensais à une fille que je ne connaissais pas, que j'avais entendue dans la cour du lycée raconter qu'elle écrivait un journal intime. Ça m'avait marqué. En mangeant mon escalope, j'ai soudainement lancé à Maman, comme ça, sorti de nulle part, que les gens qui écrivaient des journaux intimes, ils donnaient trop d'importance à leur vie. Ma mère m'a regardé et m'a répondu avec une douceur inhabituelle que si je n'accordais pas d'importance à ma vie, qui le ferait ? Je me suis senti bête, ma mère, elle ne parle pas trop, c'est loin d'être une intello, mais là, je dois dire qu'elle m'a scotché. Alors mercredi dernier, comme l'après-midi on n'a pas cours, je suis allé rue Dorée, dans la librairie Soret, et j'ai acheté ce beau cahier sur lequel je suis en train d'écrire, avec mon stylo-plume Waterman et ses cartouches d'encre qui finissent toujours par fuir et vous en foutre plein les doigts. Paraît pourtant que ce sont les meilleurs stylos-plume, les Waterman. Sauf les Montblanc, mais c'est plus le même registre, il y a de quoi s'acheter un scooter à la place du stylo, puis je suis sûr qu'ils finissent par fuir aussi, même si ça met plus longtemps.

Tout fuit un jour, c'est une loi naturelle, ça commence par les stylos, puis c'est votre grand-mère qui disparaît un soir, il y a un coup de téléphone, c'est Maman qui vous l'annonce, elle rentrera pas parce que Mamie vient de nous quitter, le téléphone a sonné comme d'habitude, mais après avoir raccroché, on ne se sent pas du tout pareil, il y a un grand silence, un silence plat et long, comme la surface d'un lac dans la nuit, et on se dit que la mort, c'est la fin du bruit. Bref, tout fuit, alors l'idéal serait de ne s'attacher à rien, et surtout pas à ses fournitures scolaires. Mais c'est pas du tout ça dont j'ai envie de parler. Non, le premier sujet que je dois aborder, c'est Pauline, parce que franchement, je pense à elle tout le temps. Elle est en seconde, y en a neuf, au lycée, des secondes, ça aurait été génial qu'on soit dans la même, mais statistiquement, c'était pas gagné. En plus, je suis en première, parce que j'ai un an et demi d'avance. Donc il aurait fallu que je redouble, et après on aurait eu une chance sur neuf. Mais si je redouble, mes parents me tuent. Et j'exagère même pas.

Pauline, je l'ai rencontrée à l'internat des filles. Quand je dis « rencontrée », au début, ça a juste été un regard, mais parfois, ça suffit pour changer une vie. J'étais en train de jouer au ping-pong, parce qu'on a le droit d'y aller entre midi et 14 heures, et moi j'aime bien, j'ai été champion du Loiret par équipe, je peux jouer des heures sans jamais m'en lasser, et à force de faire quelque chose sans arrêt, on finit forcément par s'améliorer un peu. Bref, je jouais avec Jérémie, et la balle m'a dépassé, ou je l'ai ratée. Je me suis retourné, et là, une jeune fille brune aux yeux noirs, de quinze ans, qui portait un jean et un pull marin rayé, avec des gros boutons sur le côté, le long de l'épaule, jusqu'au cou, s'est agenouillée, a ramassé la balle, puis s'est redressée. Je l'ai trouvée belle tout de suite. Elle a un air sec, presque désagréable, lorsqu'elle ne sourit pas, mais qui disparaît totalement dès que son visage s'ouvre. J'ai eu l'impression de la connaître depuis toujours, c'est peut-être ça l'amour, se sentir incroyablement familier avec une inconnue. Un peu comme quand on écoute un tube à la radio pour la toute première fois, et qu'aussitôt, on sent que cette chanson va désormais habiter notre vie, qu'on va l'enregistrer, se la passer en boucle, et qu'on l'entendra encore des siècles plus tard, c'est évident et on peut pas l'expliquer. Et Pauline, c'était sûr, elle était déjà là avant dans ma vie, mais où, je sais pas.

Elle m'a donné la balle de ping-pong, il n'y aurait pas de quoi en faire tout un fromage, sauf que cet instant s'est gravé en moi. Et sur mon lit de mort, même si d'ici là, il y a de l'eau qui va passer sous les ponts, comme dit ma mère, je sais que je me souviendrai de ce moment. De toute façon, c'est sûr que je m'en rappellerai parce que je me souviens de tout. J'ai une super-mémoire, et c'est même pas pour crâner, parce que ça fait pas rêver grand monde, les mémoires d'éléphant. Enfin, c'est pas le premier truc que les filles regardent chez un garçon par exemple. Je me souviens par cœur de tout, même pas besoin d'apprendre. Les codes, les numéros de téléphone, les anniversaires… Le nom des films, et le générique aussi, je sais pas où j'ai la place de ranger tout ça. Mais sans doute que le moment viendra où je ne me rappellerai plus si bien, parce qu'un jour, paraît qu'on commence à oublier, c'est comme les stylos-plume, ça fuit tôt ou tard, oui, quand j'aurai perdu les chiffres et les noms, les événements et les lieux, et pire, les images et les sentiments, il me restera le visage de Pauline qui me tend cette balle de ping-pong. Alors je pourrai fermer les yeux et mourir.

Mercredi 14 mars

Faudrait trouver un moyen de lui parler. C'est pas évident d'embrasser des filles sans avoir engagé la conversation. Il y a des garçons qui y arrivent, autant vous le dire tout de suite, je joue pas dans cette catégorie. Je vois bien, quand je suis avec Pierre-Emmanuel – c'est pas un ami, mais bon, une sorte de copain avec qui je joue au tennis –, parfois, il y a des filles qui le regardent du coin de l'œil. Pierre-Emmanuel est déjà très poilu à quinze ans, il a des yeux bleus, un visage bien harmonieux et symétrique, un peu le genre à présenter les informations à la télé, je suis sûr que vous visualisez.

Moi, c'est rare que des filles me regardent, même discrètement, mine de rien. Ma mère dit que j'ai une beauté discrète, je sais pas trop comment il faut le prendre. La beauté discrète, ça peut s'approcher dangereusement de la mocheté, si vous voyez ce que je veux dire. Mais j'espère pas quand même, non, je dois être dans la moyenne, moyen plus, moyen moins, sans doute que ça dépend des goûts et des couleurs. Comme en plus je suis petit, et que les filles aiment les grands, eh bien il ne me reste plus qu'à avoir de l'esprit, de l'humour, du charme, quoi. À essayer de bien analyser les filles pour trouver comment leur plaire. Je passe un peu ma vie à ça, d'ailleurs. Les mecs mignons, ils cherchent pas à comprendre les nanas, pas besoin, elles leur tombent tout cuit dans le bec. Alors que moi, je vais être obligé de devenir un spécialiste. Avec un bac plus cinq, je serai docteur en filles. En psychologie féminine, si vous préférez.

Le gros cliché, c'est qu'il faut forcément être drôle. Quand on voit le nombre de mecs sinistres qui se trimballent avec des filles trop mignonnes à leur bras, je pense que l'humour pour séduire les filles, c'est comme le Grand Marnier dans la recette des crêpes, ça parfume, mais c'est loin d'être l'élément de base. Déjà, j'ai pigé un truc : le plus important, c'est la façon dont elles vous regardent. Moi je vois quand une fille s'intéresse à un garçon, même si elle cherche à le cacher, si elle le regarde discrètement, en une fraction de seconde, et se détourne l'instant d'après, s'il y a quelque chose dans ses yeux qui dit « oui » au garçon en question, qui lui dit « enfin te voilà », qui lui dit « emmène-moi », j'invente rien, c'est même prouvé scientifiquement, paraît qu'il y a un phénomène de dilatation de la pupille, comme explique

M. Fabre, le professeur de physique. Quand des pupilles se dilatent, c'est subtil, faut vraiment faire très attention, mais je le vois. Je dois avoir un sixième sens. Ou juste le sens de l'observation. Et j'avoue qu'elles se dilatent rarement pour moi. Ou alors quand c'est pour moi, j'ai plus de sixième sens, plus de sens du tout d'ailleurs. C'est peut-être juste parce qu'on croit pas pouvoir mériter toutes les merveilles du monde qu'on les a jamais. Et les plus belles filles non plus. Ou peut-être que c'est plus compliqué que ça, je suis pas bien sûr.

Bon, faut que j'arrête d'écrire, parce que ma mère veut que je fasse mes devoirs. Avec elle, c'est toujours les devoirs d'abord, et j'aime pas trop la contrarier, car elle s'énerve facilement, ça peut tomber, je vous fais pas un dessin. J'ai beau prétendre que ce journal intime fait partie de mon travail, elle ne pense qu'à la liste de tâches écrites sur mon cahier de texte, on nous en rajoute tout le temps. Et tant que je n'en suis pas venu à bout, elle me lâche pas. Ça doit être méthodique et exhaustif. C'est un mot que j'ai appris il y a pas longtemps, exhaustif, et je m'en serais bien passé.

Ma mère, il y a un truc dur et froid en elle, comme du fer ou du béton, j'ignore ce qu'on lui a fait pour qu'elle soit comme ça, peut-être que ça vient de sa jeunesse, elle s'en plaint parfois, ça devait pas être que des bisous, ça c'est clair.

L'enfance malheureuse, ça aurait dû être aboli en même temps que la peine de mort – sauf aux États-Unis, où ils l'appliquent encore parfois. Ma mère peut aussi être douce. Et je sais qu'elle veut profondément mon bien. Même si ça passe souvent d'abord par me faire peur. Ou mal. Ça peut paraître contradictoire, mais la vie, elle va souvent dans plein de directions à la fois, il y a du bien dans le mal, et réciproquement, on n'arrive pas à faire la part des choses, je m'en suis rendu compte récemment, c'est un problème qui doit mener tout droit à la philosophie. Ou à l'asile, ça dépend. Elle me tape pas souvent, c'est plutôt une violence psychologique. Un truc pas dit, mais qui plane dans l'air, comme une pression, parfois une menace. Et si ça pète, je vous dis pas l'horreur. Après, quand ça se calme, elle me regarde et m'explique que tout ça, c'est pour mon bien. Si elle m'oblige à bosser comme un acharné, pour rester premier de la classe, c'est, paraît-il, ce qui me permettra d'avoir un bon métier un jour. Ou un bon chômage, on verra bien. Si je dois aller à la piscine deux fois par semaine enchaîner les longueurs jusqu'à l'épuisement, même en plein hiver, c'est pour avoir un corps sain dans un esprit sain, je me demande où elle a entendu cette expression débile.

Est-ce qu'il faut absolument se faire du mal pour être bien après ? Est-ce qu'il y a des gens qui arrivent à passer entre les gouttes ? Et pour ceux qui se cognent toutes les merdes de la terre, est-ce que ça leur sert de souffrir comme des chiens ? Et si oui, à quoi ? Est-ce que plus on vieillit, plus on souffre, je veux dire, en moyenne ? Ou est-ce que c'est l'enfance, le moment le plus dur ? Parce que, enfant, la plupart du temps, quand il commence à faire de l'orage, on peut pas lutter. On prend cher, on est en première ligne, on morfle, c'est la loi de la jungle qui s'applique aussi en milieu urbain. Et si on se plaint, c'est double tarif. Quand on est très vieux aussi, sans doute, parce qu'on peut plus se défendre, alors y en a plein qu'en profitent. Entre les deux, il y a l'âge adulte, c'est peut-être l'accalmie. Mais quand je vois la tronche que tirent les gens dans les transports en commun, disons entre vingt-trois et cinquante-huit ans, j'ai du mal à croire qu'ils soient en train de vivre la meilleure période de leur vie. Ça paraît tout à fait improbable, comme on dit en langage statistique. Peut-être qu'il y en a aucune, de meilleure période. Juste des petits moments à voler. Et essayer de les faire durer. Comme les vacances d'été. C'est ce que je préfère au monde.

Parfois, il y a tellement de questions qui se bousculent et tellement personne à qui les poser, que je me couche en regardant le plafond, et j'arrive pas à dormir. Mais vers 4 ou 5 heures du matin, je finis par sombrer. Côté insomniaque, je suis encore au niveau amateur. Et quand je me réveille le matin, j'y vois un peu plus clair, mais juste parce que j'ai oublié les questions. Momentanément. C'est toujours ça de gagné.

Vendredi 16 mars

Mon père rentre ce soir pour le week-end. La semaine, il travaille à Paris, et ça fait trop loin, Montargis, pour revenir tous les soirs. Enfin, il y en a plein qui se tapent le voyage quotidiennement, avec les embouteillages et les grèves de trains qui finissent en bras de fer avec le ministre des transports, et on parle plus que de ça à la télé. Mais mon père travaille souvent très tard, un peu comme les gens du spectacle. Ça le ferait arriver en pleine nuit, ma mère et moi on dormirait déjà, il n'aurait plus qu'à se manger tout seul deux œufs sur le plat en regardant les dernières informations du soir, le genre de chose à éviter, surtout si on fait facilement des cauchemars.

Il a un drôle de métier, un peu inavouable, il est représentant de commerce. Oui, je sais, c'est moche. Il fait du porte-à-porte. Il va chez les gens et il leur vend des portes blindées, des alarmes, des systèmes de sécurité. Tout le monde flippe de nos jours, c'est un bon filon. Enfin, avec la crise, mon père répète tout le temps « ça se durcit ». Je me demande s'il y a une époque où ça se ramollissait, et si oui, quoi en particulier. Il prévoit que son métier n'existera bientôt plus, parce qu'on laisse plus personne rentrer chez soi. On met des codes, des interphones, des verrous partout. En même temps, il peut pas complètement s'en plaindre, avec tous ses produits de haute sécurité, il favorise grandement cette manie collective que tout le monde a prise de se barricader au maximum. C'est comme s'il vendait la corde pour se pendre. C'est kamikaze, mais ça semble pas l'inquiéter plus que ça. Le monde entier est kamikaze, enfin, à mon avis quoi, c'est une tendance générale, rien qu'entre la drogue, la déforestation, la surpopulation, le dopage dans le sport de haut niveau qui donne des cancers du pancréas, et les pesticides dans les brocolis aussi. Bon, c'est pas dans le bon ordre et je suis sûr que j'en oublie, mais vous voyez l'idée. Et puis c'est peut-être une forme d'héroïsme de foncer comme ça droit dans le mur. J'ai vu un film l'année dernière avec des samouraïs, des sortes de chevaliers japonais, qui se suicidaient quand ils perdaient leur honneur. L'humanité doit être déshonorée d'une manière ou d'une autre, ça expliquerait.

En tout cas, les mecs qui font du porte-à-porte comme mon père, c'est sûr, ce sont des héros. Des héros sans superpouvoirs, absolument méconnus, et surtout, très mal considérés. Quand on nous demande d'écrire le métier de nos parents en début d'année sur les fiches de renseignements, moi j'ai toujours honte d'écrire les trois lettres : VRP. Ce sont les initiales de mon humiliation, je vous jure, j'exagère même pas. Je fais attention à ce que mes voisins de classe ne les voient pas. Je me dis que le prof va s'imaginer un moustachu avec une cravate ringarde, sympathique mais pas malin, qui vient sonner à votre porte et qu'on éconduit en levant les yeux au ciel. La honte, quoi. Moi, j'aimerais écrire « médecin » sur la fiche, ou « avocat », ou « professeur de français », une profession propre, noble et respectable, pas un truc de raccroc, pas le parasite qui vient vous refourguer sa camelote. Pourtant, c'est de ça qu'on vit, nous. Pourtant, la vente à domicile au particulier, comme dit mon père, c'est quand même un sacré truc. Vous débarquez chez des gens qui n'ont rien demandé, qui n'ont a priori aucun besoin précis, et à la fin, ils ont signé un chèque énorme pour un produit qu'ils n'avaient jamais prévu d'acheter. En plus, si la vente est bien faite, ils sont contents. Car le secret, c'est qu'un vendeur ne vend pas. Enfin, il ne doit jamais donner l'impression qu'il vend. Il s'intéresse aux gens. Il discute. Il devient leur ami. Et à un moment, il leur fait bénéficier d'un produit. C'est tout un art. Mais c'est un art un peu mal vu, pas comme l'art dramatique, la musique, l'art lyrique. Non, ça n'a aucune lettre de noblesse, ça n'en aura jamais. Ça mourra avant.

Mon père n'est payé qu'à la commission ; les semaines où il n'a pas beaucoup vendu, il est toujours d'un peu moins bonne humeur. Il le dit pas, mais je le vois tout de suite, il rigole moins. Lui prétend qu'il est pareil – mais c'est pas tout à fait vrai ; il explique qu'il y a des semaines où on vend beaucoup et d'autres non, qu'il faut surtout pas s'inquiéter, mais continuer inlassablement à sonner à des portes, à sourire, à séduire, à écouter patiemment les tracas des gens et leur faire sentir à quel point ils sont importants, et intelligents, même quand ils racontent les trucs les plus cons du monde. Le pire, c'est qu'il faut le faire sincèrement, sinon ça marche pas. Je sais pas comment il se débrouille, c'est un peu un sophiste. Comme chez les Grecs dont parle M. Merlet, le professeur de français qui nous enseigne tout le temps de la philo – il a raté sa vocation, de peu, faut reconnaître. Mon père est capable de défendre un point de vue, puis l'avis diamétralement opposé, ça le dérange pas du tout, ce qui l'intéresse, c'est l'échange, la dialectique, pas s'accrocher à une pensée, qui en vaut une autre, enfin d'après lui, et c'est la base pour être d'accord avec n'importe qui, et réussir une vente. Il dit tout le temps : « Le monde est rempli de myopes qui veulent vous convaincre que le monde est flou. » Comme quoi, VRP et philosophe, c'est très proche. Mais n'allez pas raconter ça à un philosophe. Et encore moins à un VRP. De toute façon, les gens aujourd'hui sont tous des VRP, ils essayent de faire diversion, mais au fond, si on n'achète pas ce qu'ils veulent nous refourguer, ils sont tristes et déçus. Il n'y a qu'à allumer la télévision pour s'en rendre compte. Mon père, au moins, il fait pas semblant d'être autre chose que ce qu'il est. Et pourtant, la plupart du temps, j'aimerais bien. C'est la contradiction du monde dont je parlais l'autre jour.

En tout cas, je verrai vite la tête qu'il aura en arrivant. On sait jamais trop sur quel pied danser avec lui, parfois il peut être très gentil, parfois entrer dans des colères noires. Mon père, il parle fort, il rit fort, il crie fort et il tape fort. En gros, il est fort. Un peu dangereux aussi. Ce qui le distingue de tous les autres pères, ce qui me réconcilie avec lui parfois, ce sont juste des moments. Dans la voiture, en attendant à un feu rouge, il peut prendre le volant pour un tam-tam, et entonner des chants africains qui sortent d'on ne sait où, qu'il a dû entendre sur Radio Antilles en rentrant de chez un client au milieu de la nuit – mon père n'est pas du tout raciste, je le dis en passant, afin d'éviter

tout malentendu, et il n'y a pas de quoi s'en vanter non plus. Il peut chanter à tue-tête, nous casser
les oreilles, mais avec un sourire qui vous conta-
minerait le mec le plus rabat-joie de la terre. Et
puis danser aussi. Il suffit que le dimanche matin
je mette un disque sur la chaîne stéréo, une de ces
chansons populaires un peu nazes qu'ils adorent
et qui foutent les boules sans qu'on sache vraiment pourquoi, on aimerait être ému par Mozart
ou Bach, et puis non, c'est Michel Sardou ou Alain
Souchon qui vous donne envie de chialer, il suffit
donc que j'envoie la chanson pour qu'il aille chercher ma mère et l'invite à danser au milieu du salon
– enfin, quand on avait encore un salon. Ma mère
fait semblant de refuser, elle dit des trucs comme
« oh, Bernard », ou « j'ai pas le temps, faut que je
fasse à manger », du coup, il insiste un peu et automatiquement elle se laisse faire. C'est sans doute
une chose que les femmes aiment, qu'on insiste un
peu.

Alors ils dansent doucement, collés l'un contre
l'autre, avec moi pour unique spectateur, gêné mais
content de constater ce rapprochement. Je sais pas
s'ils s'aiment vraiment, s'ils ont été amoureux l'un
de l'autre, franchement, je me demande. Il y a une
force qui les réunit, c'est un électroaimant d'une
puissance hallucinante, ça je le vois, et je crois
qu'ils ne se sépareront jamais. Mais l'amour, celui

que je ressens pour Pauline, par exemple, ça n'a pas l'air d'être le même. Ce doit être comme le vin, l'amour entre deux êtres, ça évolue avec le temps, il y en a qui tournent au vinaigre, d'autres qui se bonifient. Et mes parents semblent toujours hésiter entre les deux options.

Mardi 20 mars

À l'internat féminin, il y a une salle télé.
Aujourd'hui, on passait du tennis, moi j'adore, c'est
mon sport préféré. Et là, un peu comme si c'était
Noël, sauf que Noël, je déteste, bref, comme si
j'avais été soudain béni des dieux, Pauline est venue
s'asseoir à une chaise d'écart de moi pour regarder
le match. Vous y croyez à celle-là ? Pourtant c'est la
pure vérité. La vie, c'est ça, c'est quand on n'y croit
plus du tout qu'elle est capable de faire fleurir une
rose sur un tas de fumier, enfin, c'est encore une
théorie de mon père. Pauline est apparue, comme
si tout en moi l'avait appelée et qu'elle avait fini par
recevoir le message. En plus, elle avait l'air fascinée
par ce qu'elle regardait. On sait jamais comment
engager la conversation avec quelqu'un qui nous
plaît, on pense à un milliard de phrases, et aucune
ne semble faire l'affaire, comme quand je dois choisir une tenue pour aller à une soirée où il y aura des
filles, je me demande toujours laquelle sélectionner, sauf que j'en ai pas un milliard, deux grand

maximum. Alors j'en essaie une, je me regarde et me trouve insignifiant, mal proportionné, avec des jambes trop courtes ou la tête trop grosse, je vous jure, c'est comme si la glace de la penderie était devenue un des miroirs déformants des fêtes foraines… Le cafard, quoi.

Avec Pauline, assez naturellement, on a parlé tennis, coup droit, revers, voilà, ça a commencé comme ça. Elle m'a dit qu'elle aimait bien les tennismen suédois. Ça m'a foutu un coup parce que j'ai pas du tout un physique de Scandinave, mais je suis resté imperturbable, comme les joueurs suédois qui s'énervent jamais, justement. Elle était gentille, drôle, elle parlait bien, c'était clair, juste, ça me faisait l'impression d'un piano qu'on vient juste de réaccorder. Elle lança que le Suédois servait des deuxièmes balles pas assez liftées et que son revers à une main le handicapait sur les frappes à hauteur d'épaule. Une vraie spécialiste. J'étais sous le charme. Quand elle m'a expliqué que l'Américain en face devait plus monter au filet en chopant son revers au milieu du terrain pour pas donner d'angle, et éviter les *passing-shots* adverses, je suis tombé amoureux. Enfin, je l'étais déjà depuis l'épisode de la balle de ping-pong. Disons que je suis retombé amoureux. J'ai même su à cet instant que j'allais tomber amoureux d'elle à chaque fois que je la verrais, et qu'entre ces moments-là j'attendrais juste de la retrouver. Ce serait ça ma vie, et le pire, ou le mieux, c'était trop tôt pour le dire, c'est que ça me plaisait, ça me convenait même absolument, ça me remplissait de joie.

On a continué à regarder le match pendant au moins tout le premier set, qui s'est conclu au tie-break. Je priais pour que ça dure le plus longtemps possible. Elle a fini par me demander en quelle classe j'étais, quels profs j'avais, des questions presque personnelles, je mens pas, elle s'intéressait à moi, ça se voyait. Au niveau des pupilles, néanmoins, j'ai pas du tout noté de dilatation. C'est le point négatif, que je suis obligé de signaler, parce qu'il faut être honnête un minimum. Mais pour ce qui est du sourire, j'en ai comptabilisé trois en tout, des vrais, avec les dents, notamment quand je lui ai raconté une histoire sur la prof de maths parce qu'on s'est rendu compte qu'on avait la même. Cette prof, c'est une très jolie femme, si on la regarde bien, au début j'avais pas fait attention parce qu'elle est trop vieille pour moi, dans les quarante ou cinquante ans, mais très classe, une beauté un peu froide. Une fois, elle a passé tout son cours avec un élégant pantalon de flanelle beige, dont la braguette, très longue, était grande ouverte. On voyait ses dessous en dentelle, et même ce qu'il y avait en dessous des dessous, par effet de transparence comme dirait le prof d'art plastique.

Autant vous avouer que ce jour-là je pourrai jamais me souvenir de quoi elle a parlé, si c'était des racines carrées ou des identités remarquables. Ce qu'il y avait de remarquable était vraiment ailleurs, pas besoin de vous faire un dessin.

Pauline, ça l'a fait beaucoup rire cette anecdote, et je me suis dit que je marquais des points. Ça faisait du bien, parce qu'elle riait fort, j'adore. Moi aussi, je ris fort. Moins fort que mon père et mon frère, mais fort quand même, ce doit être héréditaire. Et du coup, elle m'a paru familière. Mais belle aussi. Ce qui est un peu antinomique, compte tenu de mon milieu de naissance. Ma famille, c'est pas toujours du joli-joli, mais je vous en reparlerai un autre jour. Bref, j'étais en train de passer le meilleur après-midi de ma vie, et forcément, elle allait partir, et après je savais pas si on se reparlerait. Alors j'échafaudais des plans pour lui donner rendez-vous pour une raison ou pour une autre, je cherchais des prétextes pour se revoir, lui prêter un livre par exemple, après elle aurait dû me le rendre, mais j'avais qu'un livre de biologie dans mon sac, ça pouvait pas marcher. J'ai imaginé lui proposer d'aller boire un pot chez Boris, le café du lycée, ou au cinéma, mais toutes mes idées paraissaient un peu précipitées pour une première rencontre. Alors j'ai juste regardé la télé. On approchait du moment où elle allait filer, j'en avais l'intuition, le Suédois venait de faire le break, il menait déjà un set à zéro, le deuxième ne serait qu'une formalité, pronostiqua le commentateur. C'était pas très malin pour ménager le suspense. Et encore moins pour retenir la femme de ma vie.

Elle a pris sa veste, et m'a dit qu'elle s'appelait Pauline et que c'était cool d'avoir parlé avec moi. Ce qui aurait été génial, c'est de se faire la bise pour se dire au revoir, mais en même temps, j'avoue, ça aurait été bizarre aussi. Elle s'est levée, et elle est partie, en disant « à plus », mais j'ai tout de suite eu une impression de moins. J'ai pensé aux journaux télévisés qui montrent les chiens qu'on abandonne sur les aires d'autoroute au début des vacances d'été, et aussi aux vieux, tout seuls au mois d'août, pendant les canicules, j'ai pensé aussi à un reportage sur des orphelinats en Bulgarie, à Robinson Crusoé perdu sur son île, bref, je crois que j'ai eu un gros coup de blues quand elle a disparu.

Mercredi 21 mars

J'ai recroisé Pauline ce matin dans un des couloirs du lycée, elle m'a juste souri de loin, mais ça m'a fait une sensation de chaud à la poitrine, je sais pas comment décrire, une vague de joie qui vous envahit, vous comble, et vous donne un air totalement béat. Une sorte de réponse à tout. Ce doit être ça, l'amour, la réponse à tout. Je l'avais déjà lu quelque part, ou peut-être qu'un curé l'avait dit à la messe de minuit – dans la famille on est croyant juste le 24 décembre, pour la messe de minuit, ça nous donne un truc à faire entre la dinde et la bûche, le temps de digérer un peu, quoi –, mais c'est la première fois que je le ressentais en moi, dans mon corps. C'est la différence entre les trucs qu'on croit et les trucs qu'on sait. L'amour, et Dieu aussi peut-être, je pense que c'est un truc à expérimenter, pas à s'imaginer, pas à présager, espérer comme après avoir lu son horoscope. J'ai toujours l'impression qu'on veut nous faire croire en Dieu comme on demanderait à des sourds de croire en Mozart.

Bref, j'aurais gagné Roland Garros, je sais pas si j'aurais été plus content que lorsque Pauline m'a envoyé ce sourire dans le couloir. Et tout de suite après, je me suis demandé ce qu'elle ressentait pour moi. Une simple sympathie, une petite attirance ? Peut-être qu'elle me trouvait juste rigolo. Est-ce possible de plaire à quelqu'un qui nous plaît ? Moi, ça m'est jamais vraiment arrivé. Pauline, c'est peut-être pas la beauté irréelle des filles des magazines, elle n'est pas belle à en mourir, non, au contraire, elle est belle à en vivre. Parce qu'elle est vraie. Parce qu'elle respire, que son cœur bat. Parce qu'elle tressaille quand elle a froid. Parce que ses yeux brillent si fort. Bref, je lui mets vingt sur vingt direct. Mais elle ? Si ça se trouve, j'ai juste la moyenne… Onze ou douze. Les boules. Peut-être qu'elle note sec. Peut-être neuf.

Au garage à deux roues du lycée, j'ai récupéré mon vélo, je suis rentré chez moi avec toutes ces idées qui me trottaient dans la tête. J'ai emprunté la piste cyclable, et puis ensuite j'ai pris par la forêt. Mon lycée est situé en bordure de forêt, et je dois en traverser un petit bout chaque jour. Je roule souvent aussi vite que je peux, je pédale à fond, la vitesse me grise, me rapproche d'une sorte d'extase. Sur les sentiers, je connais chaque pierre, chaque racine, chaque talus et chaque fossé, je sais quand il faut serrer à droite, quand il faut lever les fesses de la selle, accélérer, ralentir. En automne, c'est couvert de feuilles mortes, souvent humides et glissantes, faut éviter de freiner. Là j'allais doucement, parce que j'étais pas pressé, je me sentais plein d'espoir. C'était la fin de l'hiver, la nature, immobile, dans le silence et le froid, préparait le printemps. J'entendais le roulis de mon vélo, quelques petits grincements, le cri d'un corbeau qui s'éloignait depuis la cime des grands chênes.

Quand je suis arrivé, ma mère m'attendait. Elle m'avait préparé un bol de Ricoré avec des tartines, c'est ça mon goûter généralement, avec quatre carrés de chocolat – une rangée, quoi – ou de la confiture, ça dépend des jours. Ma mère adore le chocolat, alors parfois elle mange tout, et moi j'ai plus que la confiture. Si je me plains, elle lance que c'était bien pire pour elle quand elle était petite, elle enchaîne avec une description de son enfance, bon, c'est pas non plus Cosette dans *Les Misérables*, mais ça n'avait pas l'air d'être le Ritz, avec un père cheminot et malade, pas de réfrigérateur, un nouveau manteau tous les trois ans, aujourd'hui les pauvres ont des Nike qui valent une fortune, qu'elle rajoute. Elle me dit, je t'offre une vie bien plus belle que la mienne, tu devrais me remercier. Ça c'est l'argument qui tue, qu'est-ce que vous voulez répondre ?

À la fin du goûter, alors que j'allais commencer mes devoirs, ma mère a sorti d'un placard un petit paquet cartonné avec une fille blonde en photo, un emballage que je connais par cœur, et m'a annoncé que ce serait bien de me faire ma couleur, parce que mes racines commençaient à apparaître. C'est peut-être mon plus grand secret, rien que d'y penser, j'ai envie de pleurer. Ma mère me teint les cheveux une fois par mois, en blond. Ça dure depuis que j'ai sept ans. Déjà plus de la moitié de ma vie. Au début, j'étais absolument consentant, ça me faisait à peu près le même effet que lorsqu'on me coupait les ongles. En grandissant, j'ai commencé à leur demander les raisons. Mon père et ma mère ne tombent pas souvent d'accord, mais là-dessus, c'est l'union sacrée : pour eux, je suis plus beau comme ça. Et puis c'est pas vraiment de la teinture, c'est plutôt un éclaircissement, qu'ils se sentent obligés de préciser. Franchement, c'est difficile de juger si ça me va mieux, les cheveux clairs. J'oserai jamais demander l'avis de personne tellement j'ai honte, j'en suis donc à me laisser décolorer les cheveux une fois par mois. Mais j'aime pas trop ce moment. D'abord j'ai peur que les gens s'en rendent compte le lendemain, quand je retourne à l'école. Une fois, en primaire, on avait fait la teinture à l'heure du déjeuner et j'avais classe l'après-midi. Une fille m'avait lancé « t'as blondi Émile ! », elle n'arrêtait pas de le répéter, « t'as blondi ! t'as blondi ! ». Je savais plus où me mettre.

Des années plus tard, ma mère m'a proposé d'arrêter, c'était en gros il y a deux ans, avant d'entrer au lycée. Elle a déclaré : « Si tu veux plus, on le fait plus, mais c'est vraiment dommage. » J'ai beaucoup hésité. J'ai fini par lui répondre que j'étais d'accord pour continuer. Moi j'aimerais mieux être beau naturellement, mais paraît que c'est le lot de quelques élus seulement et que pour les autres faut se mettre à son avantage. Là, je sais pas pourquoi, je pensais à Pauline, j'avais pas très envie que ma mère s'occupe de ma couleur, et en même temps, c'était peut-être la meilleure solution pour lui plaire. J'étais comme une feuille blanche déchirée en deux. Ma mère a profité de ce moment de flottement – parfois j'ai l'impression que ma vie entière est un moment de flottement. Sauf quand, soudain, je coule. Ça revient comme les jours de pluie, même encore plus souvent, je m'en prends une, sans l'avoir vue venir, ça peut être une baffe, un coup de pied au cul, une humiliation publique, du genre : puisque t'as pas pris ton maillot de bain pour ta leçon de natation, eh bien tu vas nager en slip, ce genre de punition tellement violente, et si vite mise à exécution, qu'elle vous anéantit. On a

35

la tête sous l'eau, on descend et on a l'impression qu'on touchera jamais le fond.

Ma mère m'a assis sur une chaise, a déposé une grande serviette propre sur mes épaules, en glissant la partie qui recouvrait la base de mon cou sous mon tee-shirt pour la coincer et que l'ensemble soit à peu près étanche. Elle a mélangé le petit flacon avec le grand, elle a secoué très fort, puis elle a enfilé des gants en plastique transparent, et elle a commencé à appliquer la potion magique. À chaque fois, elle me masse le cuir chevelu en même temps, c'est le point positif, j'adore, ça me détend. Et puis c'est vrai que c'est un moment entre elle et moi, on n'en a pas beaucoup. C'est entre nous. Une fois que le flacon fut fini, ou presque, parce que parfois faut pas tout mettre, ma mère a regardé le réveil et on a attendu sans rien faire. Sans rien dire non plus. Il y a un temps de pose, et si on bouge, on peut en mettre partout, alors faut rester immobile, comme quand on jouait à « Un deux trois soleil », il y a longtemps.

Plus on attend, plus ça éclaircit, alors c'est vraiment une affaire de dosage. Une fois, on n'avait pas laissé agir assez longtemps et d'après ma mère ça n'avait servi à rien. Et si on attendait trop, tout le monde s'en rendrait compte, j'aurais les cheveux couleur paille, et là, je vous dis pas le cauchemar. Alors moi j'insiste toujours pour qu'on écourte un peu, je crois que c'est une question de caractère. Ensuite, ma mère m'a tout rincé à l'eau chaude, ça sent un peu bizarre, on est obligé de beaucoup aérer. Enfin on sèche les cheveux et on regarde le résultat. C'est le moment flippant. Je m'approche du miroir avec une énorme appréhension, à chaque fois c'est pareil, c'est la peur de voir apparaître un monstre. Ou Claude François. Là, c'était à peu près harmonieux, pas choquant en tout cas. Une sorte de blond cendré.

Quand parfois je proteste auprès de mon père, en clamant que tout ça ne me semble quand même pas très naturel, il objecte qu'au contraire ça l'est absolument parce que j'ai une peau de blond. Et lui aussi était tout blond enfant, donc c'est juste un petit coup de pouce. Comme si mon capital ADN s'était perdu en route et qu'il s'agissait d'une simple correction pour retrouver tous les bienfaits de mon héritage génétique. Il aime les grandes phrases, mon père, il se lance, il sait pas toujours ce qu'il va dire, mais ça lui fait pas peur, il y va bille en tête, et c'est vrai qu'il retombe toujours à peu près sur ses pieds. Déformation profession- nelle, sans doute. Après, je mélange un peu tous les arguments, le pour et le contre, le probable et le pas sûr, le sans doute et le peut-être, et ça finit toujours par une nouvelle couleur, un nouvel éclaircissement. En tout cas, j'veux que personne le sache. Alors si un jour quelqu'un d'autre que moi lit ces lignes, car on ne peut pas être à l'abri de tout, ni d'un énorme tremblement de terre, à cause de la tectonique des plaques, ni d'une explosion nucléaire créant un gigantesque exode, là aussi, les statistiques sont formelles, ça PEUT arriver, ni même d'un déménagement mal maîtrisé d'une maison à une autre, bref, si quelqu'un tombe sur ce cahier, qu'il ne raconte jamais cette histoire de teinture de cheveux à personne de chez personne. C'est comme celui qui voudrait s'opposer à un mariage dans les films américains, qu'il parle maintenant ou se taise à jamais, eh bien là, qu'il se la ferme tout de suite et se la boucle pour l'éternité. Sinon, j'en mourrai sur-le-champ de déshonneur.

Vendredi 23 mars

Quand j'ai recroisé Pauline ce matin dans la cour, elle a un peu regardé mes cheveux, enfin j'ai eu l'impression. Heureusement, elle n'a pas abordé le sujet de leur couleur, je me serais désintégré de l'intérieur. Peut-être que je deviens paranoïaque. Je vous jure, j'aurais tout donné pour avoir une casquette sur la tête à ce moment-là, j'aurais légué à des œuvres caritatives tout l'argent qu'il y a sur mon livret A, mes raquettes de tennis, et même ma collection d'affiches de cinéma. Sauf celle de *Taxi Driver*, parce que celle-là, désolé, je la garde. C'est pas seulement l'affiche, c'est aussi la phrase écrite dessus, en anglais. Je l'ai traduite : « Dans chaque rue de chaque ville de ce pays, il y a un moins que rien qui rêve de devenir quelqu'un. » Bon, ça rend mieux en anglais. Et on voit Robert De Niro marcher tout seul sur un trottoir d'un quartier populaire. Il a l'air triste. Moi je me sens souvent exactement comme ce chauffeur de taxi, sauf que j'ai pas encore le permis. Mais le jour où Pauline m'a parlé, c'est comme si elle s'était assise à l'avant du taxi, à côté de moi.

Pauline m'a demandé si j'allais regarder la finale du tournoi de Monte-Carlo. Elle pariait sur le Suédois, et si je voulais, je pouvais parier contre elle, enfin, pour l'autre. J'ai accepté avant même de fixer l'enjeu. Elle a convenu qu'elle savait pas non plus, qu'elle tenait pas à m'extorquer trop d'argent, elle a utilisé ce verbe, « extorquer », je vous avais prévenu, elle est super-précise. Elle semblait persuadée qu'elle allait gagner. Je lui ai répondu que rien n'est jamais gagné d'avance. C'est sorti comme un cri du cœur, c'est bien la seule chose dont je sois vraiment sûr dans la vie, et même ce qui est gagné peut être reperdu. Tout nous échappe, les événements nous glissent des mains comme du sable entre les doigts, c'est un sablier qui se vide, la vie qui passe, sans que rien change jamais vraiment, et ça emporte tous nos rêves avec. Ça, je l'ai pas dit à Pauline parce que je voulais pas la déprimer, ni lui donner l'image d'un ado qui aurait basculé du côté obscur de la force. Au contraire, j'ai eu une idée absolument lumineuse. Je lui ai proposé qu'on parie une vidéo de notre film préféré. Elle a répondu d'accord, mais compliqué, parce qu'elle en avait trop, des films préférés. Et là, j'ai découvert qu'elle était presque aussi cinéphile que moi. La meilleure nouvelle de l'année. J'ai eu l'impression qu'elle venait d'augmenter mon espérance de vie de deux cents ans. Ou plutôt mon espoir de vie, parce que contrairement à l'espérance de vie qui rallonge, l'espoir de vie, il n'arrête pas de raccourcir. Enfin, à mon avis.

On s'est donc mis à parler cinéma, et j'ai senti, grâce à la lumière présente dans ses yeux, les intonations de sa voix, les mots utilisés, que, tout comme moi, certains films lui faisaient du bien, ils décrivaient un monde dans lequel elle aurait envie de vivre. Comme si dans le noir des salles de cinéma, on avait fait les mêmes rêves : les Woody Allen, les films de Steven Spielberg, *Les Dents de la mer* et *Les Aventuriers de l'Arche perdue*, Martin Scorsese aussi, Stanley Kubrick surtout, puis les films italiens genre *Cinema Paradiso*, les films de Godard et de Truffaut, de Claude Sautet et même *L'Effrontée* de Claude Miller, qu'elle avait l'air d'avoir aimé autant que moi, surtout quand Charlotte Gainsbourg dit que le monde « il est brusque ». C'est fou ce que ça rapproche, les mêmes goûts cinématographiques. Bien plus que les goûts culinaires, par exemple. Pendant qu'elle parlait, j'avais tout mon temps pour la regarder de près, et franchement, elle me plaisait de plus en plus, je crois que j'avais jamais ressenti ça depuis que j'étais né. Sans s'en rendre compte, Pauline venait de mettre fin à quinze ans de solitude. Je vous dis pas à quel point ça soulage.

41

Le seul truc qui m'inquiétait, c'est que même si elle cherchait à l'estomper, je pressentais qu'elle venait d'une famille aisée, bourgeoise. Mais pour moi, attention, bourgeois, c'est un compliment. Dans ce genre de milieu, on se mélange pas trop, alors j'ai décidé de me faire discret sur mes origines, de laisser un peu de flou artistique quand elle me demanderait ce que font mes parents. Surtout, je calculais que je ne pourrais pas l'inviter avant au moins six mois… Le temps que la maison soit terminée. Parce qu'il y a un petit détail que j'ai oublié de mentionner. C'est un peu la honte suprême, pire que la teinture. Ou à égalité. Enfin, le comble, c'est de cumuler les deux. En ce moment, ma mère et moi, et mon père quand il rentre le week-end, on vit dans une caravane, sur le terrain où on fait construire la maison. Mon père doit louer un petit studio pour dormir à Paris, et mes parents n'avaient pas assez pour une seconde location en plus à Montargis. Et puis on possédait une caravane, dont on se servait pour partir en vacances, oui, ça fait romano, alors on a décidé de la mettre sur le terrain et de vivre là pendant que la maison se construirait. Enfin, moi j'ai rien décidé du tout, quand on m'a demandé mon avis, j'ai déclaré que j'étais pas emballé, et ils m'ont répondu qu'ils n'avaient pas le choix. C'est ce qu'on appelle de la concertation familiale. Mon père trouve que c'est pratique pour surveiller les travaux, suffit de regarder par la fenêtre de la caravane.

Le gros point noir, c'est la façon dont on a été aussitôt perçus par les gens de notre rue. Déjà, on était parisiens, ce qui n'est pas source de grande sympathie dans le coin. À juste cent bornes de la capitale, les Parisiens demeurent ici des gens pressés, égoïstes et arrogants, en gros, des cons… En plus on vivait en caravane. Ils nous ont tout de suite pris pour les Gipsy Kings… Sauf qu'on n'a pas de guitare. On a mine de rien interdit aux enfants de la rue de me fréquenter de trop près, sans pour autant me rejeter, non, juste en installant une sorte de distance de sécurité, comme sur l'autoroute quand on roule derrière une autre voiture. Moi, j'aime bien parfois la façon qu'ont mes parents de dire merde à ce qui se fait ou pas. Mais la plupart du temps, j'aime pas du tout. Parce que, eux, ils n'ont pas d'amis, ils ne cherchent pas à en avoir. Ils n'ont aucune vie sociale, ça ne les intéresse pas. Donc ils n'ont pas grand-chose à perdre. Alors que moi, l'amitié, c'est le seul territoire qui me semble pouvoir rester épargné de tous les combats, la seule trêve. J'idéalise pas, je sais que c'est vrai. Jérémie, il m'a jamais trahi. Il s'en balance que je vive dans une caravane, et il l'a jamais répété non plus à qui que ce soit. On peut jouer ensemble au baby-foot ou au flipper pendant des heures, rester silencieux sans la moindre gêne, rire en parlant des filles, faire vingt fois de suite la rue Dorée dans tous les sens. Sa blague préférée, quand on se balade, c'est de me dire, « oh la fille, comme elle est canon ! », et quand je me retourne, c'est une vieille mamie. Plus la mamie est immonde, plus c'est drôle. La cruauté, c'est comme les goûts cinématographiques, ça rapproche.

Pauline m'a proposé de la retrouver lundi à la récréation de 10 h 15 pour faire le bilan. Moi, je me moque complètement de perdre, j'ai rendez-vous avec elle, donc j'ai déjà gagné. Et je préférerais même que le Suédois remporte son match, parce que j'aimerais mieux lui offrir un cadeau plutôt que le contraire. On dit toujours que le plus dur c'est de donner, pour moi, c'est de recevoir. Peut-être parce qu'on m'a fait plein de sales cadeaux, et depuis je me méfie.

J'ai cru qu'elle allait partir, mais elle m'a proposé de l'accompagner à un distributeur de confiseries, elle avait envie d'un truc sucré. Je l'ai suivie sous le préau, je l'ai vue sélectionner un tube de Mentos goût menthe forte et m'en tendre un. J'aime pas du tout la menthe, mais évidemment, j'ai accepté et l'ai avalé. J'avais tellement envie d'avoir le même goût qu'elle dans la bouche. Pour l'instant, je voyais pas de moyen plus rapide. J'ai regardé ses lèvres et je me suis dit que je les embrasserais peut-être un jour. Cette idée m'a beaucoup plu, et c'est un euphémisme. Ce serait vraiment le jour de gloire est arrivé, comme dans *La Marseillaise*. Sauf que dans *La Marseillaise*, c'est le jour où tout le monde doit partir à la guerre, pour aller massacrer l'ennemi. C'est pas possible d'avoir tout faux à ce point-là dans une chanson et qu'elle devienne quand même l'hymne national. Parce que pour moi, le seul jour de gloire qui existe au monde, c'est celui où on embrasse la fille qu'on aime. Ça m'est pas encore arrivé, mais je le sais. Le reste, les victoires, les félicitations du jury, les gros billets pour l'argent de poche, l'achat de la console de jeu vidéo, tout cela, c'est bien loin derrière.

La cloche a sonné, il fallait retourner en cours, moi j'avais histoire-géo, elle, gym. Elle m'a dit que ça l'épuisait d'avance, surtout que c'était athlétisme, pas vraiment sa discipline préférée. C'est vrai que c'est drôle quand on voit les filles essayer de lancer des poids super-lourds. Elles arrivent à peine à ne pas se les faire tomber sur les pieds. Avec Jérémie, on adore se moquer. Le lancer du javelot féminin, par exemple, pour les classes de seconde, c'est franchement burlesque. J'imaginais Pauline dans son jogging lançant des poids, des disques et des javelots, mais ça ne me la rendait pas moins incroyable. Je me suis dit que j'étais vraiment mal barré, que j'avais perdu toute objectivité. Elle est partie sans sourire, « à lundi ». Le week-end va être interminable.

Lundi 26 mars

Dimanche, j'ai regardé le match de tennis dans la caravane. Mon père et ma mère sont partis se promener dans la forêt, ils ont un peu insisté pour que je les accompagne, parce que c'était une belle journée, mais je suis resté campé sur mes positions – c'est une expression qui a dû être inventée pour nous. Pour une fois, ils ont lâché l'affaire relativement vite. Peut-être qu'ils étaient contents de se retrouver un peu tous les deux. Après une partie vraiment très serrée, le tennisman suédois a été battu en trois sets. J'avais donc gagné mon pari, mais je me sentais triste que Pauline ait perdu le sien. Alors ce matin, j'ai quand même glissé une vidéo dans mon sac de cours, à lui offrir pour la consoler.

Après de longues hésitations, j'ai sélectionné *La vie est belle* de Frank Capra, niveau titre, on pouvait pas trouver mieux. C'est super-vieux, mais ça file tellement la patate que je pensais que ça lui remonterait le moral. De 8 à 10, j'avais deux heures de maths de suite – pour commencer la semaine, ils ont rien trouvé de mieux. Je me demandais quel film elle aurait choisi pour moi. J'avais peur qu'elle n'en ait pas pris, peur qu'elle ait annulé le pari, peur qu'elle m'en veuille que le Suédois ait perdu, peur qu'elle soit plus froide que vendredi. Parfois, avec les filles, c'est trois pas en avant, trois pas en arrière, faut suivre. Lorsque la prof m'a demandé d'aller au tableau résoudre une petite équation, j'ai oublié les puissances, j'ai mélangé les x et les y, et ça n'a pas loupé, je me suis fait allumer. Je suis retourné m'asseoir dégoûté, mais au fond, du moment qu'à 10 h 15, je voyais Pauline, le reste était vraiment subsidiaire – un mot un peu classe pour dire qu'on s'en fout.

À la récré, je me suis positionné à l'endroit exact où on avait rendez-vous. J'ai attendu. 10 h 20. 10 h 25. 10 h 30. Elle n'est jamais apparue. Je me suis demandé si elle était trop mauvaise joueuse, si elle avait oublié, ou confondu avec un autre jour, je me suis demandé si elle était malade, si elle voulait plus jamais entendre parler d'un minable dans mon genre, j'ai eu le temps d'envisager toutes les possibilités, et la dernière me semblait de loin la plus plausible. Elle venait de se réveiller, de se rendre compte que je n'avais absolument aucun intérêt. Et que j'étais moche aussi. Comme on ne s'était jamais échangé nos numéros de téléphone, et comme je ne connaissais aucune de ses amies, je me suis morfondu, les mains dans les poches, à faire semblant que tout allait bien. Mais ça n'allait pas du tout. La cloche a sonné, je suis retourné en classe, complètement déprimé. J'ai rien écouté, rien noté de tout le reste de la matinée.

Après la cantine, je suis retourné au même endroit, et elle ne s'est pas pointée non plus. Je me suis dit qu'elle était peut-être morte. Enfin, on l'aurait forcément su, une fois, il y a un élève qui est décédé parce qu'il avait eu une leucémie, et on avait fait une minute de silence dans toutes les classes à sa mémoire. C'est quand même bizarre de mourir à seize ans, on avait eu l'impression qu'il avait été puni de choses horribles qu'il n'avait même pas eu le temps de faire. Et puis une minute à se taire, c'était pas logique, ça aurait été mieux une minute à hurler. Ça aurait beaucoup plus soulagé, un gigantesque cri collectif de tous les élèves du lycée, si fort qu'il serait monté jusqu'au ciel, pour dire qu'on était pas d'accord, qu'on meurt pas si jeune. Peut-être que le défunt nous aurait entendus de là-haut, et su qu'à nous aussi, ça faisait mal. Bref, si ça se trouve, on allait faire une minute de silence pour Pauline le lendemain, à l'annonce de son décès. J'ai fini par rentrer à la maison. Enfin, à la caravane, quoi.

Quand je suis arrivé, ma mère était assise sur la banquette, en larmes, devant une lettre posée sur la table. Elle m'a annoncé qu'on nous refusait le permis de construire pour la maison, parce que la mairie prévoyait de réquisitionner notre terrain pour le grand centre postal qu'ils devaient bâtir à côté. On avait fait un énorme trou au milieu du jardin, on avait fait livrer les parpaings pour les fondations, on avait dû déraciner un magnifique cerisier, tout était prêt pour qu'on monte les premiers murs de notre maison, et en fait on n'avait pas le droit. C'était une décision administrative. J'ai demandé à ma mère si on allait vivre en caravane toute notre vie. Elle m'a répondu qu'elle ne savait pas, qu'il fallait qu'elle parle à mon père, qu'elle n'avait pas encore réussi à le joindre, qu'ils allaient trouver une solution. Mais si ça se confirmait, comme ils avaient mis tout leur argent dans cette affaire, ce serait un grand drame pour nous. Et cette situation de camping pourrait effectivement durer, ce qui ne la réjouissait pas vraiment. J'ai compris à cet instant que ça lui pesait autant qu'à moi. Et même si elle paraissait facilement assumer cette phase « transitoire assez inconfortable », selon l'expression consacrée de mon père, vivre ainsi ressemblait chaque jour un peu plus à une défaite. Elle avait beau affronter crânement le regard dédaigneux des voisins, une partie d'elle était atteinte. Personne n'est totalement hermétique, ai-je pensé, c'est comme les boîtes Tupperware, soi-disant garanties à vie, et qui s'ouvrent toutes seules dans le frigo. Ma mère prenait l'eau à une vitesse qui me laissait totalement démuni.

C'était vraiment une sale journée, après l'absence inquiétante de Pauline. Ma mère pleurait, inconsolable. Ça m'arrache à chaque fois le cœur de la voir en larmes, ça me colle un cafard monumental, et d'un coup, je me rends compte que j'ai les yeux humides moi aussi. J'ai quand même pris mon goûter, parce qu'il me restait encore un brin d'appétit, ou sans doute parce que le chocolat, ça console un peu. Ma mère, qui venait déjà de fusiller une tablette, m'a ordonné de faire mes devoirs, autant vous dire que je n'en avais pas le cœur, ni la tête suffisamment claire. Elle a haussé le ton et je me suis bien gardé de la contrarier. Alors j'ai fait comme si, mais c'était pour de faux. J'ai pensé à la mère de Pauline, que je ne connaissais pas, qui devait être elle aussi vraiment triste si jamais mes pires intuitions étaient vraies. De quoi avait-elle pu mourir ? C'était forcément un truc soudain et violent, parce qu'elle avait l'air en bonne santé vendredi. Rupture d'anévrisme, arrêt cardiaque, écrasée par un trente-huit tonnes ? Ça changeait pas grand-chose en fait, sauf pour l'autopsie et les soins mortuaires, ça fait plus de boulot. Enfin, peut-être que je m'inquiétais pour rien. Peut-être que tout simplement Pauline m'avait oublié, elle avait beaucoup mieux à faire, et à fréquenter surtout, oui, c'était le plus probable.

Le soir, on a regardé la télé avec Maman, une émission de variétés où tout le monde faisait semblant d'être joyeux, ou triste aussi, pour les chansons tristes. Mais on n'y croyait pas trop. Ma mère a fini par parler à mon père au téléphone, qui lui a dit qu'ils allaient se battre, qu'ils n'accepteraient pas la fatalité, qu'ils la construiraient, cette maison. Ça lui a remis un peu de baume au cœur. Je suis parti dormir en face, parce que moi, je dors pas dans la caravane, j'ai une chambre au sous-sol chez la voisine d'en face. J'y vais juste pour dormir, et pour me laver aussi. Tout le reste, c'est dans la caravane.

J'ai essayé de me convaincre que demain serait forcément un peu meilleur. Mais ça marche pas à tous les coups. Je me suis senti si triste, avant de basculer dans la nuit, que je me suis remis à chialer. J'aurais voulu écrire à un juge pour demander une réduction de peine, paraît que ça existe, mais c'est sans doute encore un truc auquel j'ai pas droit. Ça faisait vraiment trop d'émotions à la fois. Moi, c'est pas les draps que je mouille, j'ai passé l'âge, non, c'est toujours l'oreiller. Je sais pas si c'est mieux, au moins ça sèche plus vite et ça sent rien, pas besoin de faire une machine le lendemain matin.

Mardi 27 mars

J'ai pas très bien dormi, fallait s'y attendre. Je
me suis réveillé un peu frigorifié, j'avais laissé le
vasistas qui me sert d'aération entrebâillé, et il avait
dû geler toute la nuit. Pourtant, c'est le printemps
depuis presque une semaine, mais fallait se le répéter une bonne centaine de fois pour s'en persuader.
Après m'être levé, douché et habillé, j'ai traversé
la rue – c'est plutôt une impasse qui finit dans la
forêt – pour rejoindre la caravane devant ce grand
trou où on devait construire notre maison. Un bol
de chocolat chaud fumant m'y attendait. En me
voyant, ma mère m'a pris dans ses bras pour me
dire bonjour, c'est pas vraiment son genre, d'habitude c'est un bisou rapide, et je me suis laissé faire,
étonné. J'avoue que c'était pas désagréable de me
retrouver le nez entre ses deux seins tout doux.
Elle devait pas être au top de sa forme pour se
comporter de la sorte. J'ai remarqué de gros cernes
sous ses yeux, sa nuit, je le devinais, avait dû être
encore pire que la mienne. On n'a pas parlé de la

maison, ni du permis de construire, on a procédé comme pour une journée ordinaire. Moi je pensais surtout à Pauline, et je crois que pour la maison, je me rendais pas bien compte des conséquences.

Après le chocolat chaud, ma mère m'a servi une bouillie tiède et infâme qu'elle appelle « ton muesli », des céréales bio mélangées avec du lait, parce que faut pas croire, on vit dans une caravane, mais on se nourrit avec des trucs bio. Sains. Et j'ai pas du tout le choix de ce que je mange, parce qu'on n'est pas au restaurant ici – on me le rappelle souvent. Franchement, je vois pas trop comment je pourrais confondre. Donc certains matins, c'est muesli, le goût est franchement moyen mais ça vous tient au corps jusqu'à midi, ça c'est clair, pas de fringale à 10 heures du matin, tellement on est calé. Et quand par chance on a des tartines, c'est du pain qui vient de La Vie Claire, des sortes de blocs marron gris, en forme de parallélépipèdes rectangles, avec une mie foncée extrêmement serrée, faut presque une scie pour les couper, ça nous est arrivé de les attaquer au couteau électrique, bref, c'est pas du pain, c'est des parpaings.

Petite cerise sur le gâteau, une fois par an, pendant six semaines, j'ai droit à une cure de chlorure de magnésium. Mes parents ont lu quelque part que c'était excellent pour le cerveau, et comme ils sentent bien que je vais pas devenir tennisman professionnel, ils misent tout de ce côté-là. Résultat, je me tape des grands verres d'eau dans lesquels ils dissolvent cette poudre à l'arôme, comment le décrire au mieux, absolument dégueulasse, et chaque fois que ma mère me pose le verre devant moi, j'ai juste envie de mourir. Après l'avoir fini, j'ai toujours un petit mouvement rapide de la tête, accompagné d'une grimace terrible, et je me jette sur ce qu'il me reste de muesli ou de tartines pour le faire passer. Ma mère me lance alors, avec un petit sourire, il est pas si mauvais finalement, ce muesli. C'est une sadique. Elle me répète c'est pour ton bien, mais avec ce genre de phrases, on peut vous pourrir la vie radicalement. Même si sans doute ça me fait du bien aussi, mais plus de mal que de bien ou l'inverse, de quel côté penche la balance, ça m'obsède, sans pouvoir trancher. C'est trop compliqué, parfois, la vie.

Heureusement, la cure de magnésium s'est terminée mi-février. Quand le dernier jour est arrivé, j'ai eu le même sentiment que le gars qui sort de prison après trente ans de réclusion. À la place, on m'a servi un verre de jus d'orange « 100 % pur jus », les autres, à base de concentré, c'est bourré de sucre. Ma mère m'a prévenu qu'on allait de toute façon pas tarder à passer au kiwi, parce qu'en fait, il n'y en a pas tant que ça, de la vitamine C dans le jus d'orange. Tout fout le camp, je vous jure.

On rigole pas avec la santé chez nous, on met toutes les chances de notre côté pour rester au top, bon pied bon œil quoi. J'ai pas le droit de tomber malade, ma mère supporte pas, paraît qu'il y a des mamans qui sont aux petits soins quand leurs enfants sont fiévreux, la mienne, pas du tout, elle est dégoûtée. Elle vit ça comme un échec personnel. Elle devient pas pour autant plus désagréable, quoique, faudrait pas non plus la provoquer. Elle prend juste l'air déçu, se demandant où elle a pu rater un truc. Alors comme elle est aussi farouchement contre les antibiotiques, elle se met à me cuisiner des bouillons de légumes, et double les doses de chlorure de magnésium, et très vite, j'ai plus du tout envie de rester au lit.

Mon père a lu dans un bouquin – il lit énormément de bouquins, mais ne dépasse quasiment jamais les trente ou quarante premières pages, parce qu'après, selon lui, ça se répète ; j'ignore si c'est une théorie qui se défend, en tout cas, c'est une théorie qui l'arrange, ça lui permet d'avoir tout le temps plein de sujets de conversation en parlant de livres qu'il n'a pas lus, en ayant glané juste quelques infos par-ci par-là… En gros, pour ce qui est de la culture, c'est comme un petit moineau, il picore. À table, en revanche, il dévore. Mais c'est pas ça dont je voulais parler. Mon père, je disais donc, a lu dans un bouquin de psychologie que la maladie, ce serait du *mal à dire* quelque chose, *mal à dire*, maladie. Et pour une fois, ce serait pas un de ses vieux jeux de mots foireux dont il a le secret, et dont certains, j'avoue, m'arrachent quelques éclats de rire. Non, on tomberait malade des trucs qu'on a sur le cœur qu'on n'a pas réussi à sortir. Peut-être pas tout le temps, mais parfois. Nous, comme on communique sans arrêt dans cette famille, ça parle, ça parle, plus bavards que nous, tu meurs, on pète la forme, et ça n'a rien à voir avec le chlorure de magnésium. Mais ce matin, pourtant, je peux vous dire qu'on n'était pas très causants. J'ai fini mon petit-déj, j'ai rien laissé, ma mère déteste les restes et je voulais surtout pas en rajouter.

J'ai pris mon vélo, j'ai traversé la forêt. Le ciel était blanc cassé, un peu de brouillard planait entre les arbres, à un mètre du sol, et disparaissait quand on s'en approchait. Il y a des choses comme ça qui ne peuvent se voir que de loin. Je pédalais énergi-quement, j'étais pas très en avance. L'air frais me rafraîchissait les joues, et me glaçait les cheveux. Je descends l'impasse jusqu'à la forêt un bonnet sur la tête, tant que ma mère a encore une chance de me voir, mais après, je l'enlève. On a l'air trop con avec un bonnet. Enfin, pas toujours, j'ai vu des filles qui en portaient, très mignonnes, on ne voyait plus que leurs jolis yeux, mais moi non, ça me va pas du tout.

Je suis arrivé au garage à deux-roues, c'est un endroit couvert, super-grand, où tous les élèves entassent vélos, scooters et mobylettes. J'ai rangé le mien comme d'habitude et j'ai commencé à attacher l'antivol. Quand j'ai redressé la tête, je suis tombé sur Pauline, devant moi, elle venait de mettre la béquille de son scooter rouge, flambant neuf, et elle m'a dit « salut » avec un petit sourire. Elle n'était donc pas morte. J'ai dit « salut » aussi, mais j'ai pas réussi à enchaîner, il y a eu un blanc dans la conversation, je sais pas si j'étais mal réveillé, ou trop surpris, bref, elle a dû interpréter ça pour de la contrariété de ma part.

— Désolée pour hier, la bagnole de ma mère est tombée en panne, j'ai pas pu venir en cours. Du coup, hier soir, mes parents m'ont acheté un scooter, il est cool, non ? J'ai acquiescé. — J'en avais marre que ma mère m'emmène au lycée tous les jours, elle, ça lui fait une activité, parce qu'elle s'emmerde grave, mais moi, ça me saoule, c'est un peu la honte, non ? — Ça dépend de la voiture, j'ai répondu. — Non, ça dépend de la mère, m'a-t-elle assuré. T'as dû croire que je voulais pas honorer mes dettes ? Elle a sorti la vidéo de *L'Incompris* de Luigi Comencini. — Tu connais ? — Non, je l'ai pas vu… — C'est très beau, et ça m'a fait penser à toi. J'ai pas su quoi répondre. Donc j'ai une tête d'incompris ? J'ai pas filtré, j'ai posé la question aussi sec. — Je sais pas, je te dis pas que c'est toi, je dis que ça m'a fait penser à toi. — Merci en tout cas. J'ai sorti le mien et je lui ai donné. Elle a souri. — Et toi, tu trouves que quand on me voit, on se dit que la vie est belle ?

Et elle a rigolé. J'avais tellement envie de dire oui, la vie est belle comme jamais, Pauline, rien que le fait que tu existes, la vie est belle, mais elle allait penser que je la draguais, avec un enthousiasme pareil, elle aurait forcément eu des petits doutes. Voire de grosses certitudes. Il valait mieux y aller doucement, comme au poker, pas jouer son tapis trop vite, j'ai prétendu que je l'avais pris au hasard parmi mes dix films préférés. Elle m'a dit qu'elle le regarderait vite et qu'elle me donnerait ses impressions.

On a marché côte à côte depuis le garage à vélos jusqu'à la cour, c'est la première fois qu'on faisait un trajet ensemble, si minuscule soit-il, par rapport à la distance entre deux galaxies, mais moi j'avais l'impression qu'on faisait un grand voyage. Quand on est passés devant l'endroit où on avait rendez-vous la veille, elle m'a demandé si je l'avais attendue longtemps, si je m'étais inquiété. J'ai tout minimisé, j'allais pas lui dire que j'étais persuadé qu'elle était morte d'une rupture d'anévrisme ou écrasée par un trente-huit tonnes, ça paraissait ridicule désormais. La journée commençait franchement mieux que la précédente. Et là, il s'est passé un truc inimaginable. Avant de prendre congé, elle s'est arrêtée et m'a souri. — Pourquoi tu viendrais pas le voir avec moi demain aprèm, le film ? Ça t'embêterait de le revoir ? — Non, ça m'embête pas, j'ai répondu, j'adore. Mais où ? — Ben chez moi. Le mercredi après-midi, je regarde souvent des films. T'as autre chose de prévu ? — Euh, je peux m'arranger, j'ai répondu, en jouant le mec débordé. — Pourquoi, tu devais faire quoi ? Waouh, elle cherchait à me coincer ou quoi ?! — Excuse-moi, je suis curieuse… — J'adore les gens curieux, ai-je lancé sans réfléchir aux conséquences.

Tu te découvres trop, Émile, je me suis dit intérieurement, tu te livres, et tu vas encore t'en prendre une. — Je devais peut-être aller au tennis, ai-je enfin avoué. J'ai senti que tout le petit mystère que j'avais réussi à créer avec cette occupation du mercredi après-midi venait de s'écraser pitoyablement. En un instant, son visage a été traversé par une ombre de déception, j'ai pensé à un train qui passe à pleine vitesse devant une vache, et je savais plus si j'étais la vache ou le train. — À demain alors, 27, rue Carnot, vers 16 heures, ça te va ? — Oui, ai-je acquiescé sobrement. Elle est partie vers le bâtiment principal du lycée, comme si tout était normal, alors qu'elle venait de m'inviter chez elle. Si elle m'avait demandé en mariage, ça ne m'aurait pas fait plus d'effet.

Jérémie m'a rejoint, il m'avait vu parler avec elle, alors il avait attendu un peu plus loin, pour pas interférer. Un vrai ami, quoi. — T'es sur un coup ? — Non, je crois pas, elle est cool, on sympathise, je sais pas ce que ça va donner, ai-je tenté de me convaincre. — T'as peur de te prendre une veste ? Attends, fais comme moi, une de plus, une de moins… Mais c'était pas vrai du tout. Jérémie, c'est quelqu'un de très réservé, et peut-être un peu complexé aussi. Il sort pas avec des filles, il n'essaye même pas, je suis pas sûr qu'il en ait jamais embrassé une.

Moi oui, mais c'était en colo, c'est plus facile parce que ça rapproche, et c'était pas celle qui me plaisait, enfin, il n'y en avait pas qu'une, il y en avait deux que je trouvais incroyables, mais c'était encore une autre, c'était celle qui avait voulu, celle qui m'avait souri, avec dilatation de la pupille et tout. Faut bien s'adapter. C'était en juillet l'année dernière. Une colo en Camargue, où on faisait du cheval, du tennis, et surtout des boums. Et pendant une boum, elle m'avait entraîné dehors, dans le parc, et s'était adossée à un arbre, en me regardant, alors que la nuit tombait. Je m'étais collé contre elle et on s'était embrassés. On s'était appliqués à bien faire tourner nos langues l'une contre l'autre dans le sens des aiguilles d'une montre, aussi longtemps qu'on avait pu. Elle s'appelait Stéphanie, elle avait des taches de rousseur, elle avait treize ans et moi à peine plus. J'étais content de l'avoir fait, le bouche-à-bouche, c'est comme on dit une mesure d'urgence, paraît que ça sauve des vies. En même temps, je me souviens d'une impression bizarre, car au pied de ce grand chêne, j'avais pas eu le cœur qui bat plus fort, ou les mains moites. Parce que même si elle était très sympa, et loin d'être la plus moche, c'était pas celle qui me plaisait vraiment. Alors pour un premier baiser, c'était pas tout à fait idéal, forcément. Je me suis dit que fallait surtout pas que ça devienne l'histoire de ma vie.

Mercredi 28 mars

Je saute la matinée sans intérêt à chercher désespérément comment m'habiller, c'était carrément horrible, surtout que ma garde-robe, c'est pas celle de Sissi Impératrice, vous épuisez vite toutes les combinaisons possibles, et aucune ouvre le coffre-fort, enfin, c'est jamais la bonne quoi. Après, j'ai repéré sur un plan de la ville le 27, rue Carnot. C'était pas loin, je pouvais y aller tranquille à vélo. Vers 15 h 50, je suis arrivé dans le coin et j'ai commencé à tourner. C'est un quartier avec quasiment que des belles maisons, comme si elles s'étaient regroupées entre elles de leur plein gré et formaient un club, une amicale des vieilles maisons en briques, ou en grosses pierres, avec du lierre sur les murs et des volets anciens, des jardins bien taillés et des grands arbres pour faire de l'ombre. Le 27, rue Carnot, c'était exactement ça. La maison se situait à un coude, la rue tournait sans prévenir, et derrière un portail vert foncé, une magnifique demeure d'au moins deux étages m'attendait, entre deux pins et un platane. Comme j'étais un peu en avance, je suis allé refaire le tour du pâté de maisons, mais sans forcer, histoire de pas arriver tout dégoulinant de sueur.

À 16 heures pétantes, j'ai sonné, car la ponctualité est la politesse des rois, à ce qu'on dit chez nous, comme si on y connaissait quelque chose en vie de château. Après quarante secondes environ, peut-être quarante-cinq, le portail s'est ouvert automatiquement, et je suis entré. Une femme est apparue en haut du perron et m'a souri en me faisant signe d'approcher. Comme Pauline, elle était magnifique, brune, la peau mate, mais avec sans doute vingt-cinq ans de plus. Parfois, la beauté, ça prend totalement au dépourvu. Très élégante, dans une robe simple, mais incroyablement efficace, verte, avec les épaules dénudées, et un décolleté plongeant, elle avait un côté Claudia Cardinale dans *Il était une fois dans l'Ouest*, en légèrement plus sophistiquée, je me rends compte que j'ai oublié de préciser que c'est mon film préféré, avec quatre ou cinq autres. Tandis que je grimpais les quelques marches pour arriver à sa hauteur, elle m'a tendu sa main, une main douce et légère, au bout de poignets tout fins, bref, j'étais fan. Elle avait les dents extrêmement blanches, elle devait passer ses journées à les brosser. Ça valait le coup, car le sourire, c'était du haut niveau. Et il n'y avait pas que les dents, les yeux aussi, noisette, un peu plus clairs que Pauline, mais un regard tout aussi perçant, un de ces regards qui s'attardent dans le vôtre sans s'excuser, sans gêne, et sans attente non plus, un de ces regards qui ne regardent que vous. Après la fille, la mère, ai-je pensé, je vais pas m'en sortir. Mais plus je me rapprochais, plus je me rendais compte qu'elle était vraiment trop vieille pour moi, il y avait quelques petites rides au coin de ses yeux quand elle souriait, à la commissure de ses lèvres aussi. Lorsqu'elle a commencé à parler, je lui ai surpris un petit air triste qu'elle avait réussi à dissimuler jusqu'ici.

— Tu dois être Émile, on t'attendait, entre. Je l'ai suivie. Tu peux te déchausser ? — Bien sûr, madame. Elle m'a précédé, m'a laissé dans l'entrée, c'était aussi joli à l'intérieur que dehors, mais encore plus propre. Le parquet du salon brillait comme dans une publicité pour parquet, avant de disparaître sous un énorme tapis, surplombé par une table de billard sans trou, j'en avais jamais vu, avec juste deux boules rouges et une blanche, ou le contraire, je sais plus, et derrière un coin avec des canapés en tissu beige.

— Je vais prévenir Pauline que tu es là, attends-moi dans la cuisine, et elle a disparu dans le grand escalier. Je commençai à me déchausser. Et là, une vision d'horreur : j'avais une chaussette trouée ! J'avais pourtant passé deux heures ce matin avant de trouver deux chaussettes de la même couleur qui soient à peu près présentables, eh bien le pied gauche m'avait lâché pendant le trajet et on apercevait la quasi-totalité de l'ongle du gros orteil. Une chaussette trouée dans ce palais, c'était juste impossible, moi qui espérais me fondre dans le paysage, c'était mort. Je me serais pissé dessus, je ne me serais pas senti plus honteux. Alors que faire ? Les hypothèses se bousculaient dans ma tête. Repartir, sans raison, brusquement ? Injustifiable. Essayer de pincer la partie trouée entre le gros orteil et celui d'à côté, ce qui permettrait de cacher l'orifice, le problème étant de ne jamais lâcher la pression ? Mission impossible.

Je me liquéfiais sur place, commençant à transpirer, me sentant démuni, indigne, j'avais juste envie de creuser un trou et de m'y enterrer vivant. J'aurais pas dû venir, ai-je pensé, ce genre d'endroit et de fréquentation n'est pas pour toi, tu croyais quoi ? Que tu ferais illusion ? Même pas en rêve, mon cher Émile. Tu seras toujours un mouton noir, c'est ton destin. Voilà le genre de pensées qui m'assaillaient. Je coulais, ce trou dans la chaussette, c'était le boulet qui me tirait vers le fond, avec tout son cortège de réjouissances, l'apnée, le désespoir, la certitude gravée au plus profond de chaque cellule de mon corps, de n'être, à jamais, qu'un moins que rien.

Et puis une force m'a traversé, et je me suis dit qu'il fallait que je trouve une solution, qu'il y en avait une, quelque part, comme dans les équations mathématiques, et qu'elle n'était peut-être pas si loin. Car mon père dit toujours qu'on est des Chamodot – c'est notre nom de famille – et qu'un Chamodot ne baisse pas les bras dans l'adversité, ça jamais, pas avant d'être à terre, vaincu. C'était principalement destiné à mes matchs de tennis, cette attitude à adopter, mais ça pouvait s'appliquer à tout. Je ne m'étais jamais senti à ce point-là au fond du trou, mais au nom de ma lignée, de mes ancêtres, même si de toute évidence, c'était une bande de bras cassés, j'ai lutté.

Quelques instants plus tard, je pénétrais dans la cuisine. — Tu es pieds nus ?! a lancé la jolie maman de Pauline. Tu vas attraper froid ! — Non, j'ai toujours super-chaud aux pieds, je me suis mis à prétendre, qu'est-ce que vous croyez, j'avais quand même prévu quelques arguments. Je me sens plus confortable comme ça, si ça vous dérange pas. Si en plus elle parle de mes cheveux décolorés, je me suicide – c'est ce que je me suis juré aussitôt après. — Tu as vécu en Afrique ? — Pardon ? j'ai répondu. — Les Africains marchent beaucoup pieds nus. Le Sénégal à Noël, c'est très agréable, a-t-elle enchaîné. J'ai pas bien compris ce qu'elle voulait dire. Devant ma tête incrédule, elle s'est sentie obligée de développer. — T'as dû voir des reportages sur l'Afrique... Tu n'as pas remarqué qu'ils marchaient pieds nus ? — Ah si pardon, bien sûr, ai-je menti. Ils doivent avoir beaucoup de chaussettes trouées, ai-je conclu dans ma tête.

J'ai déclaré que ma mère était originaire de Charente-Maritime, et mon père, d'Oran, mais c'était l'Afrique du Nord, l'Afrique blanche, donc ça comptait pas. Elle a souri, en me lançant que j'avais de l'esprit et que c'était l'une des choses les plus charmantes au monde. Merci, c'est tout ce que j'ai trouvé à répondre. De l'esprit, je n'en avais déjà plus beaucoup.

Je ne m'attendais pas à ce qu'elle me dise une chose aussi gentille, c'était inespéré, mais je ne sais pas si elle le pensait vraiment. Cette femme mettait tout à distance, comme si elle n'était pas totalement sûre d'avoir trouvé sa place, à cet endroit sur terre, dans cette vie-là, cette époque, elle avait pourtant le profil parfait, la coiffure, le costume, la distinction dans chaque geste, mais elle me laissait une impression d'abonné absent. C'est la bonne adresse, le corps apparaît devant vous, mais au fond, il n'y a personne. Elle m'a rappelé les héroïnes de romans que M. Merlet nous force à lire, Mme Bovary, Mme de Rênal, ces femmes qui traversent la rue, achètent deux rubans et trois boutons à la mercerie sans cesser de rêver à un autre destin.

Je vous ai pas décrit la cuisine, un vrai modèle de démonstration dans une foire des expositions tellement c'était neuf et sans la moindre miette égarée. Elle a sorti un gâteau du four, un cake, ça sentait bon. À l'intérieur, le four restait immaculé, comme si c'était la première fois qu'on s'en servait. Il y a des gens qui réussissent à tout garder toujours propre, on sait pas comment ils font. Je me suis dit que jamais de ma vie je ne pourrais emmener Pauline dans ma caravane, jamais, et même pas non plus dans la maison, si on arrivait un jour à la construire.

— Ben t'es pieds nus ?! Pauline, c'est aussi la première chose qu'elle a vue quand elle nous a rejoints dans la cuisine. Autant dire que si j'avais eu ma chaussette trouée, j'aurais été grillé direct. J'ai répété le même baratin qu'à sa mère, mais ça sonne toujours moins vrai, un mensonge, quand vous le dites une seconde fois. Elle s'en foutait, elle n'avait qu'une envie, ne pas s'attarder. Elle a pris le thé que sa mère finissait de préparer, le cake, a tout installé sur un plateau, a lancé un « merci Maman » sans la moindre gratitude, à peine sympathique, et m'a fait signe de la suivre.

Je croyais qu'on se dirigeait vers sa chambre, pas du tout, c'était la salle de musique, avec un piano et plusieurs autres instruments. Ça faisait sans doute salle télé aussi, parce qu'il y avait un poste et un lecteur vidéo posés par terre dans un coin. J'imagine qu'une fille de cette éducation-là n'emmène jamais un garçon dans sa chambre à coucher. Déjà, m'inviter, c'était étonnant. Plus j'y pensais, plus je me demandais ce que je foutais là, c'était trop beau pour être vrai. J'ai dissimulé toute forme d'enthousiasme, car c'est très mal vu depuis l'avènement du cynisme comme nouvelle religion cathodique – comme vous voyez, j'ai bien réfléchi à la question.

Elle m'a proposé une tasse de thé, j'en bois jamais, mais oui, bien sûr, j'ai dit oui, depuis que j'étais entré dans cette maison, j'arrêtais pas de dire oui, pardon et merci. Le thé, d'une couleur vert clair, sentait le gazon fraîchement coupé et les herbes de Provence, je me demandais comment j'allais pouvoir boire un truc pareil. Le cake, en revanche, je le dévorais. Un délice. Avec l'angoisse d'essayer de faire bonne figure, j'en repris trois fois. Dans ma famille, quand on stresse, on bouffe. Il y en a qui mangent plus rien, qui deviennent secs comme des haricots, nous c'est l'inverse, on compense, on se remplit. Tu manges trop vite, Bernard, est la phrase que j'ai dû entendre le plus de fois dans ma vie. Oui t'as raison, Annie, répond alors mon père, posant sa fourchette au prix d'efforts insensés, avant de repartir à l'abordage de son assiette quelques secondes plus tard avec la même frénésie.

— Elle est sympa ta mère. — Non, non, elle est chiante, elle est dépressive, elle prend des cachets. — Ah bon ?! On dirait pas pourtant. Merde, faut pas que j'aie l'air étonné, c'est ce que Belmondo explique à Anconina dans le film de Lelouch, jamais l'air étonné. — Si, si, je te jure, je l'ai tout le temps sur le dos, c'est un enfer. Est-ce que Pauline exagérait ? Pouvait-on être belle comme cette femme, habiter une maison aussi somptueuse et se croire malheureuse ? Si ça servait plus à rien d'être riche, ça voudrait dire qu'on nous aurait menti avec la promesse du pouvoir d'achat qui devait remonter le moral des Français. — Elle voit un psy deux fois par semaine, mais ça sert pas à grand-chose, enfin les résultats tardent à se faire sentir, comme dit mon père. Elle va aussi se confesser à l'église, le curé l'adore, il l'écoute pendant des heures, donc ça lui fait une deuxième psychanalyse pour le même prix, mais ça change rien non plus. Paraît que le psy et le curé lui donnent des conseils totalement opposés, alors forcément, elle s'en sort pas, la pauvre. Freud ou Jésus, c'est un choix cornélien, non ? me lança-t-elle comme si c'était une vanne. Comme j'ai jamais mis un pied au catéchisme, et que Freud, je connais juste de nom, j'étais largué. J'ai préféré changer de sujet.

— Et ton père ? — Il est pas beaucoup là, il travaille tout le temps, il voyage sans arrêt. Il est chef d'orchestre. Du coup, il me force à faire du violon, me dit-elle en me montrant l'instrument posé face à un pupitre et quelques partitions. — Oh, tu me joues quelque chose, s'il te plaît ? — Jamais ! J'ai senti qu'il était absolument inutile d'insister, même si je me suis souvenu que les femmes aiment qu'on insiste un peu, en fait, pas toujours, ça dépend sur quoi. — Et toi, t'es musicien ? m'a-t-elle demandé. J'aurais tellement voulu répondre oui, saisir son violon et lui jouer un air qui tire des larmes, et après elle me serait tombée dans les bras, on se serait embrassés, un baiser volé, avec sa mère dans la pièce d'à côté, et je serais parti comme un prince. Mais c'est pas exactement ça qui s'est passé. J'ai réfléchi, avec un père chef d'orchestre, c'était pas le moment de raconter des conneries, donc j'ai dit « non », et évidemment, c'était une défaite. — C'est dommage, déclara-t-elle. — Oui, sans doute. — C'est toujours dommage de ne pas être musicien, je crois que c'est Marcel Aymé qui disait ça. — Je voudrais bien apprendre le piano, finis-je par avouer. — Tes parents veulent pas ? s'étonna-t-elle. — Si, si, peut-être l'année prochaine. Comment lui expliquer qu'on peut pas rentrer un piano dans une caravane ? — Plus tu commences tôt, mieux c'est. — Oui, je sais. Je devais tirer la tronche, parce qu'elle tenta de dédramatiser. — Fais pas cette tête-là, c'est pas la fin du monde si c'est pas une priorité pour eux ! T'es pas né dans une famille de musiciens, j'imagine. — De joueurs de pipeau, si, enfin, surtout mon père. Bon, je blague, c'est évidemment pas ce que j'ai répondu. J'allais pas lui dire non plus que j'étais fils de VRP, pas foncer droit dans le mur tout de suite. Au contraire, j'ai essayé de relever le niveau. — Nietzsche a écrit que sans musique, la vie serait une erreur, mon père dit que même avec la musique, la vie est une erreur, et bourrée de fausses notes en plus. Elle éclata de rire, d'un rire magistral. — Il a tellement raison, conclut-elle. Il a quand même des formules foudroyantes mon paternel.

L'ambiance s'était allégée d'un coup. J'en profitai pour lui dire que j'aimerais quand même l'entendre jouer du violon à l'occasion, même deux-trois notes. Elle se leva, attrapa l'instrument, le cala sous sa joue, saisit l'archet et se mit à jouer. Le son jaillit, parfait, rond, enveloppant, elle commença un air de Bach, Mozart, ou Beethoven, enfin un truc très connu donc forcément d'un de ces trois-là, et la poésie, soudain, s'abattit sur le monde. Et surtout sur la salle de musique de chez Pauline. Il n'en faut pas tant que ça, finalement, pour rendre une existence humaine supportable. Elle s'arrêta en plein milieu, et me regarda, avec un petit sourire charmant, ou charmeur, allez savoir, et se contenta de dire, « voilà, deux-trois notes ». — Encore ! Elle avait déjà reposé l'instrument. — T'aimes bien la musique classique ? — Grave ! — T'as raison, c'est beau, mais ici, c'est un peu l'overdose. Ils ne passent que ça du matin jusqu'au soir. Si ma mère écoutait un peu plus de Prince, Michael Jackson, ou de Boney M, elle déprimerait moins, tu crois pas ? Joignant le geste à la parole, elle lança dans la chaîne stéréo – je vous dis pas la machine, ampli à ampoules, ou lampes, bref, un truc qui s'allume, des enceintes de deux mètres de haut – l'album de Boney M, avec les *Rivers of Babylon* et *Daddy Cool*, à fond, en chantant à tue-tête et dodelinant du haut du corps. Elle était vraiment trop drôle.

Ça n'a pas loupé, sa mère a débarqué en exigeant qu'on cesse ce vacarme. — Je lui fais une choré, s'est défendue Pauline. — Je préférais quand tu lui jouais du violon. — Tu nous espionnes ?! — Pas du tout, je passais, je t'ai entendue. Entre la mère et la fille, c'était électrique, et la plus âgée des deux commença à essayer de me m'inclure dans l'histoire, juste au milieu des lignes ennemies. — C'est beau quand Pauline joue, n'est-ce pas ? Elle disait « n'est-ce pas », j'avais lu l'expression dans des livres, mais jamais entendu en vrai. — Magnifique, madame. — C'est mieux que cette musique d'excités, non ? Et là, il me fallait choisir mon camp, celui de Pauline ou celui de sa mère, ça m'arrangeait pas du tout cette situation. — J'aime bien les deux, risquai-je. Elle me regarda, déçue, elle avait souvent un petit air déçu, cette femme, peut-être était-ce cela qui la rendait si belle.

Elle implora sa fille, « baisse un peu s'il te plaît, ma chérie, j'ai mal à la tête », et puis elle sortit. — Elle a toujours mal à la tête, se désola Pauline. Si tu veux me voir jouer vraiment, je vais donner un concert pendant les vacances de Pâques, je t'invite. Mais y aura pas que moi, c'est tout un orchestre de jeunes, c'est un échange culturel. — À fond ! C'est où ? — En Italie, à Venise. — Ah oui, ça complique un peu les choses ! — On a de la place, on a des chambres libres, mes parents ont loué un grand appartement, et mes cousins viennent pas, on peut pas t'emmener, mais on peut te loger. Ça te branche ? — Carrément. Je vais demander à mon père s'il veut bien me payer un billet de train. — Ou l'avion. On vient te chercher à l'aéroport. — Oui, oui, train, avion, c'est pareil, ai-je tenté de noyer le poisson. — Ah c'est cool, tu vas venir à Venise alors ! — Oui, c'est cool.

Je suis reparti en apesanteur dans l'espace interstellaire. J'ai pédalé jusqu'à chez moi, et j'avais l'impression que mon vélo flottait dans les airs comme dans *E.T.*, le film, avec Elliott et le vélo-cross qui décolle. D'ailleurs, on n'avait pas du tout regardé de vidéo, et à la place, elle m'avait invité à Venise, alors qu'on se connaissait à peine. Venise, je sais juste que c'est une ville qui peut couler, mais qui pour l'instant reste à la surface, et tout le mérite lui en revient, c'est le cas aussi de beaucoup de gens. Malgré tout, c'est très inondé et très beau sur les photos. C'est la ville des amoureux, avec Paris aussi, je sais pas dans quel ordre, mais je peux pas m'empêcher de voir ça comme un signe. Faut juste que je convainque mon père de me payer le billet de train. Parce que l'avion, je pense que ça va pas être possible.

Vendredi 30 mars

Depuis que je suis allé chez Pauline, elle semble un rien plus distante quand je la croise dans les couloirs du lycée, ou dans la cour, allez savoir pourquoi, j'espère qu'elle ne regrette pas son invitation, qu'elle n'a pas parlé trop vite. Ou peut-être qu'elle veut m'émoustiller, me rendre fou d'amour, dans ce cas, faut qu'elle se calme tout de suite. Je préfère qu'on y aille pas à pas, tranquille, qu'on saute pas trop d'étapes, même si je les connais pas toutes. La distance, c'est souvent ce qui crée l'attirance, enfin je crois. Du coup, je suis sur le qui-vive depuis trois jours. J'attendais qu'une chose, c'est que mon père rentre ce week-end pour lui parler de mon billet pour Venise. Cet après-midi, au goûter, ma mère m'a annoncé que justement, il arrivait ce soir, mais par le train, pour une fois qu'est pas coutume, parce qu'il avait dû laisser sa voiture au garage pour réparation. Il y a des jours, j'ai l'impression que tout arrive sans prévenir, la vie c'est quelque chose de très soudain, quand on y pense.

Elle m'a proposé d'aller le chercher à la gare avec elle. Ce qui me retenait, c'est que ma mère était habillée d'un jogging gris un peu informe. Elle portait aussi un grand gilet coloré, qui semblait surpris d'avoir rencontré ce bas de jogging. Et aux pieds, je vous le donne en mille, des vieilles baskets. Pour la connaître depuis que je suis né, je savais qu'elle n'avait aucune intention de se changer. Et j'aurais jamais osé lui demander. De toute façon, elle m'aurait répondu, mais pourquoi, je suis très bien comme ça, c'est pas le moment de jouer le grand jeu avec ton père, faut qu'on parle du permis de construire. Elle pense qu'à ça en ce moment.

En règle générale, j'aime pas trop comment ma mère s'habille, et je devrais même dire pas du tout. Parfois, je reconnais qu'elle fait des efforts, mais l'effort n'est pas toujours payant, et sans lui manquer de respect, car je sais bien que je lui dois tout, et même le pire aussi, d'ailleurs. Ce que je déteste lorsque je sors avec elle dans la rue, ou plutôt quand on entre dans les magasins, c'est cette manie qu'elle a d'adresser la parole à n'importe qui brusquement, sans préavis, en parlant fort, en tâchant d'être d'accord, parce que quand on échange des banalités, l'idée, c'est surtout d'être d'accord. Alors bien sûr, je peux pas lui en vouloir, même si j'ai tellement envie qu'elle se taise. Ça me fout une honte stratosphérique, je sais qu'elle n'a pas beaucoup d'amis, enfin, pour être mathématiquement exact, c'est même le zéro absolu, et à un moment ou à un autre, tout le monde a besoin de parler à quelqu'un, de préférence pour ne rien dire. C'est le besoin de solitude inversé, comme quand on met un pull-over à l'envers par erreur. Et puis j'adore la perspective que des inconnus se mettent à se parler d'un coup, dans la rue, ça me bouleverse. Simplement, je ne souhaite pas que ce soit ma mère qui initie ce grand mouvement de fraternité. Chez elle, je préférerais plus de réserve. Qu'elle rejoigne le mouvement plus tard, quand il sera bien lancé, on peut pas toujours être des précurseurs dans la famille. Mais ma mère, c'est un peu comme les divisions qu'on fait à l'école primaire, il manque souvent la retenue.

De toute façon, la réalité, c'est qu'elle cause avec le premier venu et que j'y peux rien. Une fois, on marchait dans la rue Dorée et il y avait plein de gens que je connaissais, parce que dans cette ville il n'y a qu'une rue principale, alors bonjour l'anonymat, on pourrait faire des procès pour atteinte à la vie privée à ceux qui ont inventé des villes aussi petites. Et comme ma mère n'était particulièrement pas sur son trente et un, je marchais quelques mètres devant elle, pour pas qu'on devine nos liens de parenté. Je sais, c'est absolument dégueulasse de faire un truc pareil, j'ai l'impression d'être un gros tas de détritus, un monstre ignoble et puant, parce que je l'aime tellement, même si je la redoute en permanence, je l'aime de toute ma chair, de toute mon âme, et j'ai si peur qu'elle comprenne que je la trouve pas toujours présentable. Heureusement, elle s'en était pas rendu compte. Je voudrais pas que ça lui fasse de mal, jamais. Le problème, quand on a honte de sa famille, c'est qu'en plus on a honte d'avoir honte. C'est quelque chose entre la double peine et le triple cafard.

Bref, je mangeais mon goûter, et ma mère m'a lancé que ça lui ferait plaisir, à mon père, que je vienne avec elle le chercher. C'était pile le moment où fallait marquer des points. J'ai accepté, la gare n'est qu'à huit minutes à pied de la maison, enfin, je dis la maison, mais vous avez compris que pour l'instant, ce n'est qu'un trou pour les fondations, qui se remplit d'eau quand il pleut, oui notre maison, c'est juste de la gadoue, ou la caravane à côté, selon le point de vue duquel on se place. Je le répète pour essayer de m'habituer, parce que l'emménagement n'est pas pour demain. Bref, on est partis ensemble, faut traverser un petit bout de forêt, un peu comme pour le lycée, sauf que là, faut prendre le chemin qui part à gauche. Généralement, on rencontre personne. Après, on longe l'arrière de quelques immeubles, une rue à traverser, et voilà la gare. On a attendu le train annoncé voie A, veuillez vous écarter de la bordure du quai, s'il vous plaît, au cas où il y aurait des candidats au suicide, je sais pas si ça en découragerait certains.

Soudain, surgissant du hall intérieur de la gare, et venant aussi attendre sur le quai, j'ai vu apparaître Pauline et sa mère, à une quarantaine de mètres de nous. La mère habillée super-classe, pour changer, et Pauline un peu sauvage, outrageusement belle, je sais même pas ce que ça veut dire cette expression, mais c'était exactement ça. Heureusement, elles ne m'avaient pas encore vu. Il fallait agir vite pour éviter le drame, la présentation des familles, le choc des civilisations.

J'ai dit à ma mère, pile au moment où le train arrivait, qu'il fallait absolument que j'aille aux toilettes. J'ai marché en me cachant derrière d'autres voyageurs, et disparu en moins de deux dans le passage souterrain. Mon cœur battait super-vite, je craignais tellement que Pauline m'ait remarqué, je suis resté quelques minutes recroquevillé comme un mollusque. En moi, c'était un vrai séisme. Je me sentais tellement sale du dedans, le genre de souillure indélébile. Au-dessus, c'était les retrouvailles, tout le monde se prenait dans les bras, c'est un endroit où les gens ont l'air de s'aimer, les quais des gares, sans doute à cause de la peur de l'abandon qui faiblit, le temps d'une étreinte.

Des groupes descendaient l'escalier et passaient devant moi pour aller jusqu'au parking. J'ai attendu qu'il n'y ait plus la moindre agitation. Puis j'ai enfin osé remonter à la surface. Mes parents me cherchaient partout, debout au milieu du quai. J'ai sauté dans les bras de mon père, qui m'a demandé où j'étais passé. J'ai rien répondu, ma mère, partie me chercher à l'intérieur, m'a regardé en revenant, et m'a pris à part. — T'es pas allé aux toilettes, t'es allé dans le passage souterrain, si tu crois que je m'en suis pas rendu compte. — J'ai vu un copain, je voulais lui dire bonjour. — Pourquoi tu me l'as pas dit ? Tu voulais pas me le présenter ? T'as honte de moi, c'est ça ? Elle m'avait grillé. Elle avait senti ce que j'avais éprouvé, elle avait compris mon regard, et ma fuite. Évidemment, j'ai nié. — Je suis ta mère, que ça te plaise ou non. — Bien sûr, Maman. — Qu'est-ce qui se passe, chérie ? Mon père s'était rapproché. — Ton fils a honte de sa mère. Cette phrase reformulée ainsi m'a glacé le sang. J'ai trouvé la force de dire n'importe quoi, j'avais un copain, je suis allé le saluer, je voulais pas le voir avec Maman, c'est normal. — Mais oui, c'est normal, a dit mon père, pour éteindre l'incendie. En tout cas c'est gentil d'être venus me chercher tous les deux. On va manger une pizza ? J'ai prié pour que le père de Pauline n'ait pas eu la même idée.

En poussant la porte de la pizzeria le premier, mon regard balaya la salle et non, bonne nouvelle, la famille de Pauline n'était pas là. Ils ne doivent pas aller manger des pizzas le vendredi soir en sortant de la gare, ai-je pensé, sans réussir à imaginer ce qu'ils pourraient faire à la place. On s'est assis, mon père paraissait à la fois souriant et inquiet. Il annonça qu'il projetait d'aller faire un scandale le lendemain matin aux fonctionnaires du service qui délivrait les permis de construire. Mon père n'a jamais aimé les fonctionnaires, qui sont d'après lui des planqués congénitaux et des trouillards irrécupérables. Néanmoins, sa grande ambition me concernant, totalement obsessionnelle, est que je devienne prof de maths agrégé et que je me marie avec une agrégée, et qu'on ait une petite vie tranquille, dans un lycée sans problème, avec toutes les vacances scolaires et la sécurité de l'emploi. C'est son projet pour moi, c'est pour ça qu'ils me forcent à faire des maths, à sauter une classe et demie parce que je suis de la fin de l'année et qu'ils me donnent même des cours particuliers alors qu'on n'a pas les moyens de vivre ailleurs qu'en caravane. Prof, que je sache, c'est un tout petit peu fonctionnaire, voire beaucoup, et c'est pas près de changer, allez comprendre. Mon père, c'est vraiment une équation à plusieurs inconnues.

Bref, il était marrant quand il a dit qu'il allait les moucher, ces petits bureaucrates de mes deux – il peut devenir très grossier, aussi. Je m'imaginais la scène, il est capable de vous prendre la tête comme personne, mon père, de titiller là où ça fait mal, c'est un provocateur-né. Il allait retourner la mairie, il les lâcherait pas, ils allaient voir de quoi un Chamodot était capable, les ignares, les inconscients, ils finiraient par céder rien que pour avoir la paix. Ma mère semblait moins optimiste. — C'est des cons et s'ils veulent nous faire chier, ils nous feront chier jusqu'au bout. Ça se tenait aussi, comme opinion. — Qu'est-ce que t'en penses, Émile ? Mon père me demande souvent mon avis, même sur des sujets comme la fonction publique, où, je le confesse sans hésiter, j'ai des connaissances approximatives et une expérience limitée. Moi j'étais dans le pourcentage « sans opinion » du sondage, parfois c'est des questions simples pourtant, du genre « aimez-vous le président de la République », on leur demande pas si Dieu existe, eh ben non, malgré tout, les gens n'ont pas d'avis, c'est comme le mec qui veut une glace et il sait même plus s'il aime le chocolat ou la vanille, je vous dis pas le niveau.

En tout cas, ce que j'ai compris en mangeant ma pizza quatre fromages, c'est qu'on ne peut rien construire sans autorisation, et donc les immeubles horribles qu'ils ont érigés à la sortie de la forêt, des bâtiments atroces, où on devrait forcer les gens qui les ont dessinés à vivre dedans, eh bien c'est permis. C'est pas une question de goût, à un certain degré, l'horreur n'a plus rien de subjectif – celle-là, elle n'est pas de moi, mais du prof d'histoire, même s'il parlait de tout autre chose, et je vous laisse imaginer quoi.

Bref, une commission de gens en costard-cravate s'était réunie, avait dit oui à ces immeubles sordides, et cette même commission nous avait dit non. Incroyable mais vrai. — Ils vont m'entendre, a beuglé mon père en terminant son quart de rouge, et j'en ai profité pour parler de Venise. — Qui t'invite là-bas ? — Une copine, vous connaissez pas. Alors c'est oui ? Vous voulez bien ? — C'est combien le billet ? — Y a des tarifs jeunes. — Faut qu'on rencontre les parents quand même, tu crois pas, Bernard ? — Euh non, Maman, c'est pas une bonne idée. — Pourquoi ? On peut pas te laisser partir comme ça ! — C'est des cons. — Tu veux aller chez des cons ? — Leur fille, elle est pas conne. — C'est ta petite amie ? — Non, Papa, juste une amie. — T'aimerais que ça devienne ta petite amie ? — Je sais pas, c'est trop tôt pour le dire. — Tu sais pas ? — Pas encore, non. La discussion n'était pas évidente, fallait la jouer serrée. — Moi je suis ravi qu'on t'invite à Venise, mon fils. Jamais à ton âge on m'aurait fait une telle invitation. Et j'ai confiance en toi, même plus qu'en moi-même. C'est toi le sage de cette famille. Mon père sort ça parfois, et j'en conclus qu'il se rend quand même compte qu'il est un peu fou, mais je sais pas à quel point. — Tu sais où tu mets les pieds en allant là-bas, non ? — Ben oui, Papa. — Ça ne m'étonne pas. Alors demain on ira acheter ton billet. T'es d'accord, chérie ? Et ma mère acquiesça avec un sourire d'une rare douceur.

J'ai aussitôt été saisi d'une irrépressible envie de pleurer, parce qu'il y avait une générosité en eux grande comme l'océan Atlantique, et toute la beauté de leur cœur étincelait devant moi, à cet instant précis, ils me donnaient tout, une fois de plus, tout ce qu'ils avaient, ils me l'auraient offert, c'était ça la vérité, quitte à se priver, ils faisaient passer mon confort avant le leur, et le plus incroyable, c'est qu'ils n'hésitaient pas une seconde. Bien sûr, je me suis retenu, c'est comme ça qu'on devient un homme, en dissimulant tout, et quand on joue à cache-cache, petit, c'est de l'entraînement pour plus tard.

J'étais touché-coulé comme à la bataille navale, mon père avait visé juste, l'air de rien en plus, et malgré ses problèmes de permis de construire. J'ai repensé qu'on habitait en caravane et que pourtant, l'été d'avant, ils m'avaient envoyé aux États-Unis dans une famille du Kansas, au pays des cow-boys, pour que j'améliore mon anglais et que je voie du pays, et j'y avais passé sans doute les meilleures vacances de ma vie. J'ai songé au sublime pull Lacoste sur lequel j'étais tombé en extase dans un magasin de la rue Dorée l'année dernière, mais qui valait trop cher, au moins trois fois le prix d'un pull normal-mais-déjà-bien, alors on était convenus que ce serait pour plus tard, un jour où ils seraient plus à l'aise avec leurs sous, et j'étais d'accord, j'avais pris ça avec philosophie. Tout ça pour qu'ils retournent me l'acheter une semaine après, c'était pas Noël, c'était pas mon anniversaire, c'était juste comme ça, parce qu'il t'allait si bien. « Je t'offre une vie plus belle que la mienne », me répétait régulièrement ma mère, et c'était foutrement vrai, on passait toujours avant eux, avec mon grand frère. Je vous ai pas encore parlé de lui, l'occasion s'est pas présentée. J'arrivais plus à manger ma pizza à cause de toutes ces émotions. J'ai prétendu une nouvelle envie pressante, je me suis enfermé dans les toilettes, me suis assis sur la cuvette et me suis mis à chialer comme une Madeleine, parce que je me sentais aimé comme jamais, et c'était pas souvent.

Samedi 31 mars

Ce matin, à la bibliothèque, Pauline lisait un livre qui s'appelle *Voyage au bout de la nuit*, un truc qui n'avait pas l'air très rigolo à voir sa tête. Elle m'a confié quand je me suis assis à côté d'elle qu'il portait bien son titre, car c'était très obscur, mais très beau quand même. Son père avait dit à table hier soir en recevant des invités que c'était le meilleur roman du XXe siècle, alors elle l'a emprunté direct pour le lire, et balancer la prochaine fois, « non, je suis pas d'accord avec toi, Papa, Proust est nettement au-dessus ». Nous, on n'a pas ce genre de conversations sur la littérature, on voudrait juste avoir le droit de construire une maison et de plus vivre dans un trou. J'ai pensé que pendant qu'on mangeait des pizzas chez Vesuvio, eux, ils recevaient des invités, très chics sans doute. C'est fou quand on y réfléchit le nombre de choses qui se passent en même temps, à chaque instant, ça donne le tournis.

Pauline m'a expliqué que le livre prétendait que tout le monde porte un masque, une sorte d'expression qui se forme sur le visage pour cacher le désordre qu'on a au fond de soi. — C'est ce qui fait que la plupart des gens ont une sale gueule, a-t-elle résumé. — Quels gens ? j'ai demandé. — M. Tout-le-Monde, le piéton qu'on croise dans la rue, toi, moi, n'importe qui. On n'est pas n'importe qui, ai-je estimé silencieusement, pas des piétons non plus, au moins cycliste en ce qui me concerne, et on n'a pas une sale gueule, surtout pas Pauline. Mais faut bien convenir que quand ça va pas à l'intérieur, la plupart du temps, on peut pas le montrer à l'extérieur. Peut-être que dans cent cinquante ans, ce sera différent, mais en attendant, dans le monde d'aujourd'hui, personne n'a le droit de crier par exemple, même quand on a très mal, ça se fait pas du tout. Faudrait créer des hurloirs, ça en soulagerait pas mal, des endroits bien calfeutrés où on dérangerait pas les voisins et où on pourrait hurler tant qu'on veut. Ce serait reconnu d'utilité privée. On pourrait aussi faire des pleuroirs, pour tous ceux qui sont tristes, qui ont des gros chagrins, ça aussi ça en soulagerait plus d'un. Dans le même bâtiment que les hurloirs, mais avec une entrée différente. Mais c'est toujours pas prévu dans les programmes des candidats à la présidentielle. Alors en attendant, les gens gardent cris et larmes à l'intérieur, c'est sûr que ça encombre, on se contient tant qu'on peut. Et le visage devient comme le couvercle d'une cocotte-minute.

— Tu penses à quoi ? m'a dit Pauline qui voyait bien que j'étais parti dans mes rêveries. Je lui ai répondu qu'à mon avis, les gens, ils n'en portent pas qu'un, de masque, mais dix, vingt, peut-être même vingt au carré, les uns sur les autres, et ils s'en rajoutent au fil des années, et ça fait des plis à force, c'est ça les rides, les masques empilés qui s'ajustent mal. Je lui ai raconté que quand j'avais six ans, je faisais des concours de grimaces avec mon frère. Ma mère nous lançait tout le temps, « arrêtez, vous allez rester comme ça ! ». Elle voulait nous faire peur, mais ça marchait jamais. On savait qu'on était bien assez élastiques pour reprendre notre visage normal. Elle aurait mieux fait de nous prévenir : « Attention, c'est la tronche que vous aurez dans trente ans ! » Ça, ça aurait vraiment foutu les jetons. Pauline a éclaté de rire.

Moi, je me demande parfois quelle vie j'aurai à quarante ans, j'imagine que j'aurai une voiture et un pavillon individuel, dans un quartier résidentiel, à côté d'un centre commercial périurbain, toutes commodités, le paradis de chacun, quoi. Et une famille aussi, je me dis que j'aurai une vie bien comme il faut, quelque chose de normal, j'en rêve parce que pour l'instant, la normalité, j'ai pas trop connu. Ma famille est tellement… Ah je trouve pas le mot, mais je pense que ça commence à être clair. En tout cas je me dis pas qu'à quarante ans, j'aurai cinquante masques invisibles empilés sur la tête et les rides qui vont avec. Le problème de tous ces masques, c'est que les gens les oublient, ils savent même plus qu'ils sont là, un peu comme des oignons, un empilage de couches, très bien organisé, et soudain quand on enlève une couche, ça pique les yeux, ça fait pleurer.

J'ai demandé à Pauline si les choses se confirmaient pour Venise, parce que mon père voulait bien m'acheter le billet, mais fallait être sûr avant. Elle m'a répondu qu'elle allait vérifier pour la chambre où je pourrais dormir, elle me dirait lundi. Ça m'arrangeait pas trop d'attendre, mon père, faut surtout pas le laisser refroidir. La cloche a sonné, on a dû se quitter pour retourner en cours, reprendre chacun notre chemin de croix vers les salles de torture, euh, de classe, pardon. À midi, je suis rentré assez vite à vélo, parce que je me demandais comment ça s'était passé à la mairie avec le permis de construire, peut-être qu'ils avaient foutu mon père en prison tellement il s'était énervé.

Je suis arrivé à la caravane, ma mère préparait le déjeuner, elle s'est retournée et m'a tout de suite averti, il est pas encore rentré. Le suspense était à son maximum. Je dis ça, comme si c'était un film, quelque chose qui nous concernait pas, mais je commençais à me rendre compte que ça pouvait changer notre vie, cette affaire. On n'allait quand même pas vivre dans un trou plein de gadoue. Ou alors on n'aurait plus qu'à s'y mettre toute la famille, à demander au tractopelle de revenir et de le reboucher, ce trou, avec nous au fond, oui, c'est ce qu'il nous resterait à faire, et là, fini de rigoler. Mon père trouverait encore le moyen de lancer une vanne juste avant d'être ensevelis, un truc à la Napoléon, mais adapté aux circonstances, du genre « asticots, nous voilà ! ».

Justement, à ce moment-là, j'ai entendu des pas dehors. Quand il est entré, il n'avait l'air ni triomphal, ni complètement abattu, mais comme il sait ménager ses effets, je m'attendais au pire, pour parer au plus pressé. — Alors voilà, c'est pas gagné, mais c'est pas perdu. La mairie a préempté deux terrains car elle a besoin d'une issue de secours au centre des télécommunications qui va se construire derrière. Il y a le nôtre, et celui d'en bas de l'impasse. — Donc on a une chance sur deux ? demanda ma mère. — Normalement, c'est l'autre terrain qu'ils devraient prendre, parce qu'il est moins cher, et plus petit, et que ça leur suffit, il faut seulement la place pour laisser passer un camion de pompiers. — Et on saura quand ? — On sait pas quand on saura. « Ça, c'est l'histoire de la vie », ai-je pensé, et ça fait beaucoup d'ignorance pour des gens comme nous qui aimeraient bien en savoir un peu plus. — Il nous reste plus qu'à manger, reprit ma mère, qui ne perd jamais le sens des réalités, et qui, de surcroît, cuisine bien. — C'est plutôt une bonne nouvelle, chérie. Il faut croire en notre étoile, tu te souviens ?

D'après mon père, il y a une étoile tout en haut du ciel spécialement dédiée à notre famille, les Chamodot. Mon père me l'a déjà désignée certaines nuits d'été quand le ciel est bien dégagé, mais il ne me montre jamais la même. Il répond : c'est parce qu'elles bougent, les étoiles. Il est trop fort. Donc on a une étoile qui veille sur nous, c'est notre chance, et grâce à elle, ça finit toujours par tourner dans le bon sens. Ça donne du courage, quand vous vivez dans une caravane au bord d'un grand trou, et mon père, c'est un marchand d'espoir, et croyez-moi, dans ce domaine, la demande est bien supérieure à l'offre.

Dimanche 1er avril

J'aime pas le dimanche. Ça sert à rien, sauf à attraper le bourdon en fin de journée, quand vous sentez que le lundi matin approche et que va falloir y retourner. Donc la journée n'a eu aucun intérêt. Je suis allé jouer au tennis avec Pierre-Emmanuel, un set partout, faut qu'on rentre, et ce soir ma mère m'a fait dîner tôt pour passer la soirée ensemble, ce qui veut dire avec mon père et sans moi. Elle m'avait préparé des crêpes pour essayer de limiter les dégâts. C'est vrai que j'adore, ça pourrait me faire croire en Dieu, les crêpes beurre-sucre. Après, j'ai rejoint ma tanière, comme dit mon père, mais c'est plutôt du genre F1, neuf mètres carrés, tout-confort.

Parfois, quand je suis tout seul dans ma chambre chez la voisine et que mes parents sont sortis – le plus souvent, c'est au restaurant qu'ils vont, juste tous les deux, comme ils n'ont aucune fréquentation –, j'imagine des choses bizarres après avoir éteint la lumière. C'est toujours un moment terrifiant pour moi, l'instant où l'on se prépare à dormir, l'impression d'être face à un précipice, de devoir s'élancer sans savoir si on va s'envoler ou s'écraser. Le scénario est toujours le même, je les visualise sur le chemin du retour, mon père en train de conduire, ma mère à côté, et soudain, il perd le contrôle du véhicule pour des raisons que les enquêteurs n'ont pas réussi à déterminer, sortie de route, collision frontale, pas de survivant. À force de s'éviter, on finit par se rentrer dedans, les uns dans les autres, c'est obligé. Je devrais peut-être pas écrire ça noir sur blanc, des fois que ça porte malheur, mais je peux pas m'en empêcher, j'imagine qu'ils meurent tous les deux et que je me retrouve seul au monde, orphelin. Et je peux même pas dire si ça me fait peur ou envie. Un peu des deux, sans doute, même si c'est contradictoire.

Je sais qu'il ne faut pas souhaiter la mort des gens, de ses parents encore moins. Une fois j'ai entendu dire de quelqu'un qu'il serait prêt à tuer père et mère, ça semblait pas très élogieux. En même temps, éliminer ses parents, paraît qu'on en a tous eu envie un jour. Bref, ces rêves, je pense que c'est pour jouer à me faire peur, m'inventer mon petit film d'horreur, mon train fantôme, sans payer le ticket d'entrée. Ou alors c'est une envie d'être très malheureux, et pour une fois de savoir vraiment pourquoi. Parce que souvent je suis triste et il y a tellement d'origines possibles au déses-poir, que je parviens pas à déterminer la source du problème, comme une prostituée qui tombe-rait enceinte, on saurait pas qui est le père. D'où peut-être l'expression fils de pute, faudra que je vérifie.

Mon père non plus d'ailleurs n'a jamais vu son père, qui n'a même pas voulu reconnaître le bébé quand on lui a présenté pour la première fois. Et par la suite, il n'a jamais rien envoyé pour son édu-cation, ni argent, ni lettre, juste une carte postale, une fois, on sait pas ce qui lui a pris. Et mon père l'a encore. Ma mère, de son côté, a perdu son père assez jeune, d'une maladie incurable dont il est mort, pour une fois que c'est logique. Elle n'avait pas quinze ans, elle s'occupait de lui depuis qu'elle était petite, alors que normalement c'est l'inverse. Donc quand je rêve que je deviens orphelin, c'est peut-être pour les imiter, mais j'espère pas, ce serait le comble. Franchement, il y a tellement de contradictions en moi que je m'y retrouve plus et qu'à table, certains soirs, au moment du dessert, je sais même plus si je vais choisir une crème au cho-colat ou une compote. Ça devient grave, quand même.

Lundi 2 avril

Ce matin, j'ai pris mon petit-déjeuner – il restait des crêpes, le bonheur existe, et c'est toujours des petites choses. Mon père n'était pas encore parti. Il m'a proposé de l'accompagner à la gare avant d'aller au lycée, comme ça on regarderait les billets de train ensemble pour Venise, même si on n'avait pas les dates précises, on pourrait pré-réserver. Je ne me suis pas fait prier. On est partis tous les deux, c'est pas souvent que je me retrouve seul avec lui. J'aime bien. Je lui ai demandé ce qu'il pensait de l'histoire du permis de construire, comment ça allait finir. Il m'a reparlé de notre étoile, qu'il fallait s'en remettre à elle, qu'elle brillait pour nous. Et puis éventuellement de casser la gueule aux fonctionnaires, surtout s'ils nous faisaient lanterner – sa principale crainte, parce qu'on doit jamais prendre un « ni oui ni non » pour une réponse.

On est arrivés à la gare, mais il y avait une foule pas possible au guichet, comme un lundi matin. Mon père m'a fait signe de rester avec lui sur le quai, et là, il m'a lancé avec un sourire qui se voulait rassurant, mais qui ne l'était pas du tout, que ce n'était pas grave, la queue au guichet, parce qu'il avait eu une idée géniale, qu'il voulait m'annoncer seul à seul, et c'est pour ça qu'il m'avait demandé de l'accompagner dans cette gare où il y avait autant de monde. J'ai toujours très peur des idées géniales de mon père. Là, c'était carrément la panique intérieure, fallait surtout pas qu'il ait changé d'avis. Bingo ! Il m'annonça qu'il n'allait pas acheter mon billet de train pour Venise, même quand on aurait confirmation de la famille de Pauline et les bonnes dates. Il y aurait eu un tremblement de terre, une tornade, bref n'importe quelle catastrophe naturelle sur l'échelle de Richter, ça m'aurait fait le même effet. Mais j'essayai de me reprendre et le coupai aussitôt, un Chamodot n'a qu'une parole, lui rappelai-je, tu peux pas me dire oui vendredi soir et puis non ce matin, Papa, je t'en supplie.

— Calme-toi, Émile, je t'ai pas dit que t'allais plus à Venise. Je reprenais un peu d'air, une petite bouffée, comme si j'avais tiré sur une clope, mais d'oxygène. — Alors quoi, je vais y aller comment ? En avion ? — Mais non, en voiture, avec nous. — Pardon ? — Ta mère a toujours rêvé d'aller à Venise. Alors comme t'es invité, ça nous fait une occasion ! On va t'accompagner. J'ai eu un gros

97

blanc, l'impression de m'être pris un mur à pleine vitesse. — Vous allez loger où ? Ça va coûter une fortune ! — Ça te fait pas plaisir ? — Si, bien sûr Papa, c'est super… Mais je pensais qu'il fallait garder de l'argent pour construire la maison. — T'as raison, mais elle est là, l'idée géniale. Y a un camping juste en face de Venise, pas cher du tout. On va partir avec la caravane. Je me suis souvenu d'Hitler envahissant la Pologne, c'était au programme d'histoire, et je me suis senti très polonais. — On va mettre trois jours pour y arriver, ai-je protesté. Avec la caravane, on n'arrive pas à dépasser le 70-80 à l'heure. — Et alors ? On prendra le temps ! Le philosophe Alain dit que l'erreur principale de notre époque est de rechercher la vitesse en toute chose. Quand il me fait le coup des citations, c'est pas la peine de lutter. — Puis on sera ensemble, ça va être sympa, non ? — Très sympa. Je l'aurais tué. — Et vous serez au camping alors ? — Oui, tu verras, c'est de l'autre côté de la lagune, j'y ai campé quand j'avais vingt ans, avec des copains, c'est un peu sauvage, enfin, ça a dû changer. — T'es sûr qu'il existe toujours ? Souvent, y a des centrales nucléaires à la place des campings, tu dis ça tout le temps, Papa. — Oui, oui, t'inquiète pas, tu penses bien que j'ai vérifié. À ce moment-là, je pensais à rien du tout tellement j'avais envie de mourir. Au suicide, je pensais, au suicide et à rien d'autre. — On peut rejoindre Venise avec le vaporetto, c'est très pratique. — C'est quoi, le vaporetto ? — C'est comme des bus, sauf que ce sont des bateaux, ça a un charme fou. Waouh, il avait tout planifié, le guet-apens parfait. Ils s'incrustaient sur mon invitation à Venise, je l'avais pas vue venir celle-là, et je voyais encore moins comment je pourrais y couper.

Je devais tirer une tronche de six pieds de long minimum, alors mon père en rajouta une couche, en tirant sur la corde sensible, un grand classique chez lui. — Ta mère n'a pas le moral, alors quelques jours à Venise, ça va lui faire le plus grand bien. Le coup de grâce. J'étais K-O debout. — T'as raison, Papa, c'est une très bonne idée, j'ai fini par convenir, du bout des lèvres, ça me les a brûlées, mais apparemment j'étais pas très convaincant. — T'aurais préféré y aller tout seul, c'est ça ? — Pas du tout, je suis content que vous veniez avec moi. C'est ce qui s'appelle se remuer soi-même le couteau dans la plaie. — On te laissera faire tout ce que t'avais prévu. Tu seras pas obligé de dormir avec nous au camping. Bon, j'avais pas tout perdu, mais ça sentait quand même pas bon du tout, cette histoire. Pas moyen d'être tranquille, de s'évader quelques jours, non, c'est un boulet à chaque pied, cette famille. Qu'est-ce que j'avais fait pour mériter ça, ai-je eu envie de demander au chef de gare qui passait. Il m'aurait répondu par un coup de sifflet strident, comme quand on met un carton jaune, c'est sûr, il aurait sifflé faute sur moi, pas sur le joueur adverse, et j'aurais encore eu plus la haine. Tant qu'il y aura pas d'arbitrage vidéo, ce sera toujours le royaume de l'injustice, cette vie. C'est peut-être pour ça qu'ils mettent des caméras partout, mais ça suffira jamais. Le train arriva, j'eus très envie de me jeter dessous, mais c'est mon père qui monta dedans.

Mercredi 4 avril

Il reste même pas dix jours avant le début des vacances de Pâques et le voyage en Italie. Ma mère a retrouvé le moral, l'idée de partir à Venise lui a redonné la pêche, je vous dis pas. Elle fredonne cette vieille chanson ringarde, *Laisse les gondoles à Venise*, de Ringo et Sheila, le matin au petit-déjeuner, et aussi le soir quand je rentre du lycée, j'ai l'impression qu'elle me nargue. En plus je comprends rien aux paroles, pourquoi le mec prendrait les gondoles de Venise, et pour les mettre où d'abord ? Personne n'est capable de me répondre, bien évidemment. J'ai failli poser la question à la prof de biologie, qu'est loin d'être une beauté, mais ça n'a aucun rapport.

Aujourd'hui, elle nous a évoqué l'histoire d'un palmier qu'elle a essayé de planter dans son jardin, c'est plutôt une prof de jardinage en fait – une de plus à avoir raté sa vocation. Le palmier en question risque de pas tenir le choc sous notre climat tempéré, à cause des gelées matinales, malgré les protections qu'elle lui a installées tout autour, parce que normalement il vit sous les tropiques, et sa particularité, magnifique quand on y réfléchit, c'est qu'il ne fleurit qu'une fois, à l'âge de cent ans, juste avant de mourir. Je me suis dit que la prof, qui n'a de toute évidence pas encore fleuri, a dû s'identifier.

Tout le monde sait qu'elle est célibataire sans enfant, cette vieille prof un peu rabougrie dont on se moque dès qu'elle a le dos tourné. Elle rêve sans doute d'une grande histoire d'amour sur le tard, sans trop y croire quand même, compte tenu de son niveau d'études, elle est au courant des statistiques. Comme quoi le désespoir fait vivre. Je me suis dit qu'elle devait se sentir très seule, mais si elle rencontrait quelqu'un d'autre, ce serait peut-être pire encore. Il y a plein de niveaux de solitude, la solitude tout seul, accessible à tous, en libre-service, ouverte 24 heures sur 24, mais il y a aussi la solitude à deux, qu'on appelle la vie de couple, je le vois bien quand mes parents se comprennent pas du tout, à quel point ils se sentent chacun comme une île déserte. Et puis bien sûr, celle que je connais le mieux, la solitude entre trois et dix personnes en moyenne, qui s'appelle la vie de famille, une des plus coriaces, parce que pour le couple, il y a des recours juridiques comme le divorce, qui a été créé pour mettre fin à la solitude à deux, mais en ce qui concerne la vie de famille, même devant la Cour de justice européenne, ils peuvent rien pour vous. Moi, si je déposais un recours pour demander à aller à Venise tout seul, en train, comme c'était prévu au départ, aucun juge ne s'intéresserait à mon cas, faut pas rêver. Ce qui nous amène à la solitude avec plusieurs millions de personnes autour de vous, c'est la vie en société, tout le monde sait de quoi je parle.

La prof a fini par nous dispenser son cours normal, ça parlait de l'ADN, qui n'est pas seulement le truc qui permet de démasquer les serial-killers dans les séries américaines. L'ADN, si j'ai bien compris, ça nous rend uniques au monde, comme les empreintes digitales, mais sans laisser de traces de doigts. Ça permet de savoir qui sont nos parents, nos grands-parents, toute la lignée de l'arbre généalogique jusqu'à la Révolution française, voire plus, mais ça fait déjà pas mal. Alors plus moyen de tricher, a dit la prof, et de faire des enfants dans le dos – ce doit être une position du *Kama-Sutra* pour des couples qui peuvent plus se voir en face. Mais l'ADN, a-t-elle ajouté, c'est aussi quelque chose qui contient toute la mémoire de l'humanité. Le problème, c'est qu'on n'a pas accès directement à ces mémoires, et en essayant de puiser au plus profond de mes souvenirs pendant quelques instants, j'ai bien dû reconnaître que

103

concernant l'histoire de l'humanité, je me rappelais absolument rien. J'ai demandé, alors à quoi ça sert de la porter en soi, si on l'a déjà oubliée, ça doit alourdir beaucoup, non ? La prof a souri, comme si j'avais fait une blague, alors que j'étais vraiment pas d'humeur à rire, parce que je suis quand même profondément contrarié, depuis le quai de la gare de lundi matin. Elle m'a répondu que ça servait à l'évolution, et j'ai pensé que l'effet devait être très puissant, parce que depuis Cro-Magnon et Neandertal fallait quand même reconnaître qu'on avait spectaculairement progressé du point de vue de l'évolution, rien qu'en termes de guerre mondiale, de crimes contre l'humanité et de destruction de la forêt amazonienne, grâce à la science sans conscience, on était de plus en plus efficaces. Manquait juste un petit effort, mais avec le trou dans la couche d'ozone, les pesticides et les centrales nucléaires installées sur des zones sismiques, on pouvait raisonnablement être optimistes pour l'évolution finale de l'humanité et son anéantissement, tout ça grâce à l'ADN. Dire qu'à l'époque, paraît qu'ils avaient du mal à buter un mammouth, cette bande de primitifs.

Sur ces considérations, la cloche a sonné, et Pauline, qui avait la grippe depuis deux jours, et que je voyais plus du tout, a réapparu dans la cour de récréation. Elle s'est approchée de moi, avec une tête bizarre, c'est vrai qu'elle sourit pas souvent, mais là, c'était pire, c'était le contraire d'un sourire, c'était le pôle Nord de la bonne humeur, l'alpha et l'oméga, je crois qu'on dit. — Quelqu'un est mort ? lui ai-je demandé direct. — Non, mais y a un problème pour Venise. Elle allait m'annoncer que tout était annulé, et je me demandais si ça serait pas mieux, compte tenu de la tournure récente des événements. — Quel problème ? — Mes cousins, finalement, ils viennent. On n'a plus vraiment de place pour te loger. — Ah bon. — Je suis désolée, Émile, ça me saoule, mais je t'assure que je peux rien faire. — C'est ta mère qui veut pas que je vienne ? — Mais non, ma mère, je m'en fous de ce qu'elle dit. C'est la maison qu'est pleine. Et on va quand même pas te faire dormir dans mon lit ! — Ben non, quand même pas. Bip ! Mauvaise réponse ! Ça a aussitôt buzzé dans ma tête, mais c'était trop tard. C'était tellement pas la réponse du mec entreprenant, qui cherche à séduire une demoiselle.

Tout l'après-midi, j'ai refait le dialogue en imaginant ce que j'aurais dû balancer comme phrase à la place. — On va quand même pas te faire dormir dans mon lit ! — Ben pourquoi pas ? En souriant, voilà, déjà, ça aurait été mieux. Quelque chose comme « si j'étais dans ton lit, je dormirais pas beaucoup », là, je l'aurais peut-être émoustillée.

Je conviens que ça aurait été un peu lourd, un peu drôle aussi, et flatteur surtout, dégageant une certaine confiance de garçon, juste ce qu'il faut d'insistance et d'aplomb. Mais j'ai donc répondu « ben non, quand même pas », je m'en voudrai toute ma vie, même mes cendres, si on m'incinère après ma mort, continueront de se demander, mais pourquoi j'ai lâché ça, ce jour-là.

À mon crédit, j'ai pas non plus été totalement catastrophique, parce que j'ai ajouté ensuite, je peux m'arranger pour trouver un endroit pour dormir à Venise. — Ah bon, t'es sûr ? — Oui, oui, ça devrait pas poser de problème. — Mais où ? Chez qui ? — J'ai un peu de famille, là-bas, ai-je prétendu, ce qui n'était qu'un demi-mensonge, parce que j'en aurai quand j'y serai, vu que je vais l'emmener avec moi. Comme quoi, la pire des tuiles qui vous tombe sur la tête peut se retourner et devenir une bénédiction. — T'as des origines italiennes ? — Oui, par mon père, ce sont des cousins éloignés. Je les connais pas beaucoup, mais ils m'adorent. C'était complètement faux, évidemment. La mère de mon père s'était paraît-il remariée avec un Italien, mais c'était il y a très longtemps, ils sont tous morts et on les a jamais vus. Bref, je commençais à dire vraiment n'importe quoi, fallait pas que je m'emballe trop avant de me faire piéger par mon baratin. — Génial, ça tombe hyper-bien ! Et tu parles un peu italien ? — Je sais dire *pizza*. Elle éclata de rire, d'un rire sonore, massif, et généreux, comme je les aime. J'eus l'impression qu'on nous lançait des confettis en chantant nos prénoms, tellement ça m'a fait du bien. — Ça me soulage, t'imagines pas ! J'étais super-mal à l'idée de te décommander. — T'avais peur que je vienne pas ? — C'est surtout que ça se fait pas d'inviter quelqu'un et de l'annuler dix jours avant. Elle était pas du genre à se livrer tout de suite, elle remettait ça sur le dos des convenances, mais j'espérais au fond de moi qu'elle tenait vraiment à ce que je la rejoigne en Italie.

— Le concert, c'est le premier dimanche des vacances, à 16 heures précises, à la Fenice. Tu seras arrivé, tu crois ? — Je vais m'arranger pour être là, bien sûr. Je commençais à prendre de la confiance, c'est fou comme le mensonge donne parfois des ailes, alors que la vérité nous fait sombrer. — Donc on se retrouve directement là-bas ? — D'accord. — Après le concert, si t'as le temps, et si t'as envie, on ira manger une… Ah comment on dit déjà, le mot italien ? — *Pizza !* — Exactement ! acquiesça-t-elle avec le sourire, j'adore quand tu parles italien !

Les filles qui ont de l'humour, il y en a plein, beaucoup plus qu'on ne le croit. Mais les filles qui le partagent, cet humour, qui ne se contentent pas de le garder pour elles toutes seules, ou de s'en servir pour rire aux vannes des autres, non, celles qui font des blagues, qui prennent une telle initiative, et le risque du ridicule qui va avec, parce que plaisanter, c'est marcher sur un fil, comme un funambule, on peut se ramasser à tout moment, c'est déjà beaucoup plus rare. Et jolies comme Pauline, eh bien il n'y en a plus qu'une, c'est elle.

Je l'ai contemplée un instant : elle était encore plus belle que si je l'avais imaginée. Bien qu'elle fût devant moi, à un mètre de distance, j'ai eu envie de lui écrire une lettre d'amour, parce que j'adore écrire, j'exprime souvent mieux les choses en les taisant. Les mots sur du papier, c'est du silence qui parle, c'est le début de la poésie. Au fond, le dites pas à mon père, mais je crois que je préfère le français aux mathématiques. J'aime mieux quinze fois relire les contes de Maupassant que résoudre une équation du second degré. Mon père veut rien entendre, l'époque du latin et du grec, c'est fini, ça nourrit plus son homme comme il dit, à l'ère du numérique, du zéro et du un, tout le monde doit savoir compter jusqu'à deux. Face à ce genre d'affirmation, moi je sais jamais quoi répondre, alors je baisse la tête. Mais un jour, et peut-être que ce sera bientôt, je lui écrirai des lettres d'amour à Pauline, des phrases avec complément d'objet indirect, participe passé du subjonctif, gérondif, plus-que-parfait, je lui jouerai le grand jeu. Je les mettrai dans une belle enveloppe en papier épais, avec son adresse dessus, et je les posterai en recommandé, avec accusé de réception, parce qu'on n'est jamais sûr que l'amour qu'on envoie, il soit vraiment reçu. Si on nous retournait un petit papier signé à chaque fois, ce serait quand même bien plus rassurant. Mais le monde est tellement incertain, c'est pour ça que les compagnies d'assurance sont milliardaires.

Je suis retourné en cours pour la fin de la matinée, en me demandant si je n'aurais pas mieux fait de dire, bon, d'accord, tant pis pour Venise, s'il y a pas de place, ce sera pour une autre fois. Ça aurait été beaucoup moins risqué que tous les bobards que je lui avais sortis, qu'il faudra assumer désormais, avec des cousins qui n'existent pas. Je vais pas demander à mes parents d'apprendre l'italien et de jouer la comédie, mon père serait capable d'être d'accord, et ma mère aussi d'ailleurs, mais ils se révéleraient absolument ridicules. Ils sont pas doués pour les langues étrangères, vous les entendriez parler anglais, on dirait de l'espagnol avec l'accent allemand. Alors l'italien, vous imaginez le charabia. Non, je peux compter que sur moi. Mais je suis un Chamodot, après tout, un Chamodot, ça prend des risques, ça se lance la fleur au fusil, ça possède son étoile dans le ciel. Souvent, ça s'écrase aussi comme une merde, ça n'arrive pas à obtenir son permis de construire, ça ressemble à une fausse blonde, ça vit comme des gens du voyage, mais bon, tout ça, ça reste entre nous, ça tuerait le mythe.

Samedi 7 avril

Mon père est arrivé en voiture dans la nuit, et quand je les ai rejoints au petit-déjeuner dans la caravane, il déroulait déjà une carte routière sur la table, à côté de son bol de Ricoré, un guide de l'Italie à la main. Il m'a lancé sur un ton absolument débonnaire que finalement on allait plutôt aller à Rome, parce que Venise, il connaissait déjà, et que ma mère préférait visiter la Chapelle Sixtine, la basilique Saint-Pierre de Rome, et le pape aussi, si jamais il était dans les parages. J'ai pâli. Ma mère avait toujours été absolument anticléricale. Mais c'était pas vraiment ça le problème. — C'est une blague !? Et mon concert à l'opéra de Venise ? — Attends, s'ils disent qu'ils peuvent plus te loger, c'est qu'ils veulent plus te voir, Émile. Faut savoir se retirer élégamment de la partie quand on se fait éconduire. — C'est quoi, ces phrases ? Tu fais de la littérature dès le matin ? lui ai-je lancé. — Ça a l'air magnifique, Rome, a ajouté ma mère.

Moi j'étais un peu pris de court, je savais surtout plus quoi penser des intentions de Pauline.

— Tu crois vraiment que je dois renoncer à aller à ce concert, Maman, s'ils me logent plus ? Ma copine m'a dit qu'elle pouvait pas faire autrement, à cause de ses cousins. — On trouve toujours de la place, quand on veut. Un matelas par terre, c'est pas très compliqué. Vu comme ça, ils avaient peut-être pas tout à fait tort. J'étais pas réveillé depuis dix minutes que la journée était déjà plombée. J'avais qu'une envie, aller me recoucher, revenir, une heure plus tard, et qu'on refasse la scène, mais en réécrivant les dialogues.

— Et vous voulez vraiment aller à Rome ? — Venise, c'est trop humide, avec mon arthrose, ça me dit rien de bon, sembla s'excuser ma mère. — Faut savoir s'adapter dans la vie, ajouta mon père, regarde les dinosaures. J'ignorais ce que venaient faire les dinosaures dans cette histoire, je voulais pas du tout le savoir, mais j'allais pas y couper. — Les dinosaures, c'étaient les rois de la nature, ils étaient énormes, puissants, mais ils n'ont pas réussi à s'adapter, résultat, ils ont complètement disparu. — Donc on va à Rome ? ai-je conclu, livide. Ils se sont mis à sourire, et ont crié en chœur « Poisson d'avril ! ». Ah les cons ! Les boulets ! Normalement, c'est les mômes qui pratiquent ces blagues débiles le 1er avril, et qui vous attachent des poissons dans le dos. Mais mon père, il fait ça avec une semaine de retard, ça le dérange pas. Sur bien des points, il n'a pas totalement grandi, un truc dans le processus a bloqué quelque part, on sait pas où, je me sens souvent plus adulte que lui, c'est vous dire. Il est parti dans un fou rire, parce qu'il est son meilleur public, au moins, ça lui donne la garantie de ne jamais se prendre de bide.

— T'aurais vu la tête que t'as tirée ! articula-t-il au milieu de son hilarité. Il s'en remettait pas. Ma mère, ce qui est plus rare, se fendait la poire aussi. Et moi, autant reconnaître que ça me faisait pas marrer du tout, leur poisson d'avril minable. Ça se fait pas de jouer avec la vie des gens comme ça, ils se rendent pas compte des dégâts intérieurs que ça peut provoquer, avec descente d'organe et glissement de terrain. Je passe ma journée à avoir mal au ventre après des émotions pareilles.

— Comme tu dois y être dimanche après-midi, on partira samedi matin tôt, pour avoir de la marge. — Et pourquoi pas vendredi ? — Je travaille, vendredi. — Et on sera à Venise dimanche après-midi, tu me jures, Papa ? — Largement, t'inquiète pas, parole de Chamodot. Je sais pas pourquoi, j'avais quand même un doute. Mais bon, il donnait sa parole, il pouvait pas tellement faire plus. — Moi je serais quand même plus tranquille si on partait vendredi, ai-je insisté. Imagine qu'on ait un souci sur la route, le week-end, on pourra pas se faire dépanner. — Y a aucune raison, la voiture sort du garage. — Une crevaison ? — Ça se répare en une heure. — Une fuite d'huile ? — Mais non, arrête Émile, tout va bien se passer. Ça, c'est la phrase qui m'inquiète le plus. Moi, je préfère qu'on vérifie tout, qu'on envisage l'éventail des possibilités et même des impossibilités, les hypothèses improbables, les imprévus, je passe ma vie à ça, à anticiper au maximum. Et pourtant, je me fais encore surprendre par mes parents, qui partis de rien sont devenus capables de tout.

On termina le petit-déjeuner, mon père annonça qu'il retournait à la mairie, au service des permis de construire, pour voir s'il y avait du nouveau. Maman se mit à faire la vaisselle dans la kitchenette de la caravane et son évier tout riquiqui. On a beau avoir une caravane de cinq mètres cinquante tout équipée, ça ressemble beaucoup à une maison de poupée, comme si ma mère, malgré son âge, jouait encore à la dînette. Faut faire gaffe, l'enfance, ça vous rattrape à n'importe quel âge, sans prévenir. À la maison de retraite, quand Mamie vivait encore, ils passaient leur temps à jouer aux petits chevaux, moi ça fait des années que j'ai arrêté.

Je restais à table face à mon père, qui regroupait des papiers dans une sorte de cartable, avec les plans de la maison, qu'il avait dessinés tout seul avec ma mère, avant d'aller voir l'architecte pour qu'il les mette au propre. Mes parents avaient tout imaginé avant, pour pas habiter dans une maison où les toilettes seraient dans la cuisine, si je me souviens bien de l'expression. Ça n'a jamais coûté aussi cher de recopier un dessin, a pesté mon père en recevant la facture de l'architecte. Mais on était obligés pour pas que la maison s'écroule, à cause des nouvelles normes de sécurité et des murs porteurs, mais porteurs de quoi, je sais plus.

Juste avant de partir, mon père me regarda droit dans les yeux. J'aime pas quand il fait ça, surtout quand il sourit en même temps avec une pointe de malice. — Alors comme ça, mon fils, ça y est, t'es amoureux ? — Aucun rapport, Papa, c'est juste une amie. — Quand on a aussi peur d'être en retard à un rendez-vous, c'est qu'on est amoureux. — Non, c'est qu'on est ponctuel. — T'as pas envie d'en parler, je comprends. — Laisse ton fils tranquille, Bernard. — Tu sais comment j'ai rencontré ta mère ? Il me l'a raconté un milliard de fois, c'est son histoire préférée, et faut que je me prépare à l'entendre un autre milliard de fois dans les années qui viennent. — Oui, je sais, Papa, aux Arts-et-Métiers. — Absolument, on faisait la queue tous les deux, pour s'inscrire à des cours. Moi je voulais suivre des cours du soir, comme j'avais arrêté mes études un peu tôt. Et ta

115

mère... Pourquoi tu faisais la queue déjà, Annie ?
— Je voulais m'inscrire aussi. — Oui, voilà, on voulait s'inscrire à des programmes, mais pas les mêmes. Et j'ai tout de suite remarqué cette jolie brune avec ses yeux en amande, t'aurais vu ce qu'elle était belle.

Ma mère, à ce moment précis, fait toujours une vague moue de protestation, du genre il exagère, mais au fond, j'ai fini par comprendre, elle savoure. Elle boit du petit-lait. Faut la comprendre, on a tous envie que quelqu'un nous ait trouvé beau, au moins une fois dans sa vie, on n'attend que ça. En plus, ma mère n'a jamais eu d'autre homme que Papa. Lui, non, il avait déjà vécu un peu, ce qui signifie, dans ce cas-là, qu'il avait couché avec des filles. J'aimerais bien vivre un peu aussi, quand l'occasion se présentera. — Je me suis approché d'elle pour lui parler, on a commencé à discuter. Et je lui ai proposé d'aller au cinéma. Et qu'est-ce que t'as répondu, chérie ? — J'ai dit oui, lança-t-elle avec un sourire rempli d'amour un peu moins inexprimé que d'habitude, sans pouvoir s'empêcher d'ajouter : je me demande encore si j'ai bien fait. Elle est plus pudique que mon père sur les sentiments, c'est un couple inversé, pas étonnant que je sois tout le temps déboussolé. — Je l'ai emmenée voir un film d'horreur, pour qu'elle vienne se blottir dans mes bras, rappela-t-il tout fier. Je vous dis pas la technique de drague préhistorique. Cela dit, c'est quand même grâce à ça que je suis né, je reconnais.

— Une première rencontre, ça peut marquer une vie, ajouta mon père, ce grand romantique. Et puis il se leva brusquement, avec une expression totalement différente sur le visage, en une fraction de seconde, il venait sans doute de changer de pensée dans sa tête, comme on zappe d'une chaîne de télé à une autre. — Je vais leur faire manger leurs dents, à ces pourris de la fonction publique. On préféra rien répondre, c'était pas évident d'enchaîner. — De toute façon, même s'ils me répètent mille fois de suite que c'est impossible, on l'aura, ce permis de construire. — Impossible n'est pas Chamodot ! ai-je affirmé, pour montrer que je suivais son raisonnement. — Exactement, mon fils, toi, au moins, tu me comprends. Et il est parti.

On s'est retrouvés tous les deux avec Maman, elle en était à essuyer la vaisselle, parce qu'on n'a pas du tout la place pour la laisser égoutter. Sinon, ma mère laisserait tout le temps sécher, elle déteste l'intendance, les contraintes qui se répètent, surtout celles qu'on peut éviter. Mais elle les affronte sans se plaindre, elle est dure à la tâche ménagère. Cela dit, depuis la rentrée, elle a décidé que je m'occuperais moi-même de mes machines à laver le linge, d'autant qu'on les fait chez la voisine, dans la chaufferie, juste à côté de ma chambre. Vous allez en déduire qu'elle est vraiment super-sympa, cette voisine, mais on la paye, faut pas croire. Il y a un forfait « chambre plus machine à laver », je sais plus combien, c'est de la main à la main, ou du portefeuille au porte-feuille, pour rien avoir à déclarer. — T'as besoin que je t'achète des choses pour Venise ? — Ben non, a priori non. J'y ai pas pensé. — Réfléchis et tu me diras. — Je croyais que vous n'aviez plus de sous. — On se débrouillera.

Si j'avais vraiment des parents indignes, « mal-traitants » – c'est l'adjectif qu'avait utilisé le psy venu au collège un matin nous donner le numéro de l'enfance en danger, qu'on peut appeler 24 heures sur 24, mais c'est des adultes qui vous répondent, et on se dit qu'ils ont trop grandi pour comprendre des problèmes de petits, moi j'ai jamais téléphoné, même après de gros coups durs –, bref, si j'avais des parents indignes, je disais, ce serait plus simple. Mais l'existence, c'est de l'ordre du casse-tête, vous savez, ces petits objets en fer dont on doit détacher certaines parties les unes des autres. Tout est méti-culeusement imbriqué, l'amour et la violence, les récompenses et les punitions, les bisous et les gifles, une sorte d'imbroglio, je crois que c'est le mot exact, et faut trouver la combinaison, un ensemble de positions successives, pour réussir à dénouer le tout afin d'y voir clair. Faudrait être contorsionniste ou magicien, et moi, j'ai toujours été qu'une personne normale, sans super-pouvoir, qui n'est même pas sûre de valoir le déplacement.

Jeudi 12 avril

Mon père rentre demain soir, et samedi matin, on part à la première heure, qui sera en fait plutôt la sixième de la matinée. Je n'ai pas pu écrire mon journal de la semaine. Chaque soir, j'ai dû aider ma mère à vider la caravane de tout ce qui nous encombrerait pour le voyage, et l'entasser dans ma chambre. Maintenant, j'arrive à peine à atteindre mon lit, je vous dis pas le bazar. C'est fou ce qu'on a pu accumuler dans un si petit espace en tôle ondulée. Il n'y avait de toute façon pas grand-chose à raconter, sauf mes rencontres avec Pauline dans la cour du lycée. J'ai l'impression qu'on est en train de devenir proches, je m'avance peut-être, mais je crois. Je rêverais que la police vienne nous arrêter un jour pour complicité, paraît que c'est un délit, mais pour moi, ça voudrait dire beaucoup. Le problème, c'est qu'on nous enfermera jamais ensemble, parce que les prisons ne sont pas mixtes, et c'est sans doute la plus grande punition qui soit, enfin, à mon avis quoi.

Avec Pauline, on parle de plein de sujets, on refait le monde, faut bien qu'il y ait des gens comme nous qui s'en chargent, il y en a tellement d'autres qui le massacrent. On évoque aussi ce qu'on fera plus tard, même si on change d'avis tout le temps. C'est mieux que d'en parler au conseiller d'orientation, lui, sans vouloir balancer, il est pas du tout crédible. Il vaut mieux donner l'exemple qu'un conseil, et pour orienter les jeunes dans la vie, ce serait largement préférable de leur faire rencontrer des gens qui ont réussi à trouver leur voie, réaliser leur rêve d'enfant. Et vous en connaissez, des gens qui rêvaient de devenir conseiller d'orientation quand ils étaient petits ? CQFD dirait la prof de maths avec un air satisfait, qui la rend jolie. C'est vrai que les maths, pour démontrer des trucs, c'est pratique.

Pauline, pour son avenir, elle a de grandes ambitions, pas coiffeuse ou maîtresse, non, elle voudrait travailler à l'ONU pour aider les peuples des pays en voie de développement à se développer dans la bonne voie, grâce à l'agro-écologie notamment. Je voyais pas exactement de quoi elle parlait, mais ça avait l'air bien, donc j'ai approuvé. — C'est pas une mauvaise idée, ai-je ajouté, moi aussi, j'aimerais bien bosser dans l'humanité. — Humanitaire ! elle a corrigé. — Non, non, humanité, ai-je insisté, parce qu'il y a toujours du vrai dans n'importe quelle erreur, d'après le prof de français et sa théorie des lapsus révélateurs. — J'aimerais travailler à l'humanité des gens, tu vois. Parce que pour améliorer le monde, il faudrait que chaque personne essaye de devenir une personne meilleure, tu crois pas ? — Ben si, c'est clair. Cette théorie, j'avoue, n'est pas de moi, mais dans la chanson *Man in the mirror* de Michael Jackson dont on avait traduit les paroles en cours d'anglais. Ça m'avait ému qu'on puisse danser comme des fous sur des mots aussi beaux. — Tu bosserais où, alors ? s'est inquiétée Pauline. — N'importe où. Là où il resterait encore un peu d'humanité chez les gens. — Ça limite grave, elle a conclu. — Et toi ? j'ai fait pour relancer le conversation. — L'ONU, c'est à New York, j'ai trop envie d'y vivre, tu connais ? — Non, je suis allé au Kansas. — Qu'est-ce que t'es allé faire au Kansas, c'est le pays des ploucs en tenue de cow-boy, non ? — Pas du tout, j'ai répondu, avec la ferme intention de ne pas me laisser marcher sur les pieds. Le Middle West, c'est essentiel de s'y rendre pour saisir profondément la mentalité américaine, leurs rêves, leurs peurs aussi. Et puis les paysages sont magnifiques. C'est l'âme de l'Amérique. Je sortais des phrases que j'avais lues dans le guide de voyage pendant le trajet en avion vers Kansas City, la bonne mémoire, ça peut vous sauver de situations désespérées parfois. — Ah bon. J'avais réussi à l'impressionner un peu, j'ai senti. — Et donc t'as aimé le Kansas ? — J'ai adoré. Mais ça m'empêchera pas d'aller à New York bientôt. — Tu verras, c'est génial, ils ont mis un énorme jardin en plein milieu de la ville, c'est un concept d'enfer, Central Park. J'ai pensé à tous les films de Woody Allen que j'avais vus, et j'ai eu l'impression de connaître déjà. Mais c'était qu'une impression. — Et t'es déjà allé à Paris ? — Ben ouais, heureusement. Parfois, j'ai l'impression qu'elle me prend vraiment pour une truffe, c'est flippant. — T'aimes bien ? J'ai réfléchi, ça sentait la question piège. — Pour vivre, je sais pas, mais pour visiter, c'est très joli. — Trop d'accord, elle a conclu. Vous voyez, j'ai l'impression qu'on se comprend sur pas mal de sujets fondamentaux, c'est encourageant. À Paris, il paraît que chaque matin, les gens prennent le métro pour améliorer leur train de vie. Mais comme ils le reprennent une deuxième fois le soir pour rentrer chez eux, c'est surtout le train-train qui augmente, et finalement, leur vie devient pire que si elle était mieux.

Jérémie, mon meilleur ami, a bien vu que je passais moins de temps avec lui pendant les récréations, il est pas jaloux, mais un peu quand même. Il veut tout le temps que je lui raconte ce que Pauline me dit. C'est intime, alors je filtre, je lui donne les grandes lignes. Il aurait voulu venir en Italie avec nous, parce que le plus loin qu'il est allé, c'est dans le Massif central, chez sa grand-mère au mois d'août, et il sature un peu des randonnées sur les volcans d'Auvergne. Il ne part jamais en vacances, car ses parents peuvent pas fermer la boulangerie avec les retards de paiement du prêt à la banque. Il y a des gens qui n'ont jamais voyagé dans un pays étranger, qui ne sont jamais allés bien loin de chez eux, et j'ai remarqué que c'est souvent eux qui regardent le plus la télévision. Faut pas s'étonner non plus.

Après le dîner, quand je suis retourné dans ma chambre, j'ai croisé Christine, la voisine, dans la chaufferie. Je finissais de plier mon linge pour boucler ma valise. La voisine, c'est une femme entre deux âges – c'est ce qu'elle répond quand on lui demande le sien. Elle vit seule avec sa fille, Julie, vingt ans, étudiante à la fac d'Orléans, qui rentre tous les week-ends. Julie est vraiment très jolie, le « u » et le « o » sont interchangeables entre le prénom et l'adjectif, pour ceux qui aiment les anagrammes. Mais elle me calcule pas, c'est une indifférence proche de l'infini. Sa mère aussi dégage un charme certain, elle devait ressembler à Julie quand elle était plus jeune, à moins que ce ne soit l'inverse. Christine, je sais pas pourquoi elle m'aime bien, alors qu'il y a des gens qui m'aiment pas, comme ça, au premier abord.

— Tu pars en vacances ? — Oui, je pars samedi à Venise pour quelques jours. — C'est romantique ! — Ah ça, peut-être, je sais pas encore… — Moi je te l'assure, insista-t-elle avec un joli sourire. J'adorerais y aller un jour. — Ben ma mère aussi, c'est ce qu'elle a dit à mon père, parce qu'au début je devais y aller seul, et du coup ils viennent avec moi. — Il est gentil ton père. — Oui, plutôt. — T'es content qu'ils viennent avec toi, tes parents ? J'ai marqué un temps. Il y a des adultes qui vous lancent parfois des questions auxquelles on ne peut pas répondre franchement, ce sont des questions perverses, ils devraient le savoir, avec l'expérience, alors pourquoi ils les posent ? Pourquoi nous forcent-ils à mentir ? C'est sans doute encore de l'entraînement pour le jour où on partira travailler à 8 heures du matin avec un grand imperméable sur le dos et une sacoche à la main, et où, au moins la moitié de son temps passé sur terre, on ne pourra absolument plus dire ce qu'on pense. Alors pour résister encore un peu, sans doute que c'est ça, être jeune, s'accrocher à des rêves impossibles avant de tout mettre sous le tapis et vivre comme des zombies, j'ai déclaré : ça a ses avantages et ses inconvénients. — Tu deviens philosophe, a-t-elle conclu, bienveillante, et elle est remontée dans ses appartements, qui sont en fait une maison. Si c'est chercher un peu de vérité dans un monde rempli de faux-semblants, et même de faux-culs, désolé pour le gros mot, alors oui, je suis un peu philosophe. Mais si la philosophie ne vous aide pas à conquérir le cœur d'une fille qui vous plaît, franchement, elle sert à rien.

Vendredi 13 avril

J'ai cherché Pauline toute la journée pour lui confirmer le rendez-vous à Venise, mais je l'ai pas vue au lycée. Elle est peut-être déjà partie. Mon père a débarqué en début de soirée. On avait déjà tout fini de préparer avec Maman. Il suffirait d'amarrer la caravane à la voiture au petit matin et de prendre la route pour l'Italie. Je me sentais assez excité, je dois reconnaître. On a dîné tous les trois dans la caravane, ma mère avait fait des pâtes, afin de commencer à nous sensibiliser à la culture italienne, a-t-elle précisé. — Dans ce cas, ça fait un moment qu'on est sensibilisés, Maman… On est même totalement imprégnés !

À la fin du repas, mon père a ressorti ses cartes routières, pour vérifier l'itinéraire. Il hésitait encore entre l'autoroute et les nationales, pour moi, il n'y avait pas photo, fallait pas traîner en chemin. Soudain, on a entendu taper à la porte de la caravane. On s'est regardés tous les trois, personne ne frappe jamais à notre porte, ça ne pouvait être qu'une erreur, ou un représentant de commerce, a plaisanté mon père, en allant ouvrir. C'était pas une erreur du tout, c'était mon frère, Fabrice, dans sa tenue militaire. Il nous expliqua qu'il avait eu une permission imprévue, il en avait profité pour rentrer, il venait d'arriver en train. — T'aurais pu prévenir, on serait venus te chercher à la gare, a dit mon père en le faisant entrer. — T'as mangé ? — Non, M'man. — T'as de la chance, il reste des pâtes. Il s'est assis, ma mère l'a servi, on l'a regardé dévorer son assiette.

Mon frère a six ans et demi de plus que moi. Après le bac, la fac c'était pas son truc, il a décidé de s'engager cinq ans dans l'armée. Il avait vu une pub au cinéma avec des soldats très dignes, l'air concentré, armés jusqu'aux dents, dans des paysages tropicaux magnifiques. Manque de bol, il s'est retrouvé dans une caserne en Alsace, et l'hiver s'est révélé plutôt rude, avec campement dans la neige, sacs à dos remplis de cailloux et autres réjouissances. Moralité, on se méfiera jamais assez de la publicité. On sait que c'est des conneries, mais à force de nous le répéter un milliard de fois, eh bien on finit par y croire un peu. C'est du lavage de cerveau en bande organisée, ça devrait être puni par les droits de l'homme, genre prison avec sursis qui nuit à notre liberté inconditionnelle.

Avec mon frère, on se ressemble pas du tout, et en même temps, on a plein de choses en commun, c'est bizarre. D'abord, il est assez costaud, très musclé et un peu rustre dans ses manières. Il aime bien jouer avec le cliché qu'on pourrait se faire du militaire. Il est beaucoup plus fin que ça, donc ça l'amuse de tromper son monde, c'est un petit plaisir personnel. Il rit encore plus fort que mon père et moi réunis, c'est vous dire. Mais au fond, c'est un grand sensible, un artiste avorté, un écorché vif. Il y a quelque chose de blessé en lui, j'ignore d'où ça vient, de quand ça date, sans doute que j'étais trop petit ou pas encore né, il s'est passé un truc qui l'a traumatisé, je vois pas d'autre explication. Il saigne de l'intérieur, et bien sûr, ça se voit pas du tout à l'extérieur. Il a l'air fort, sûr de lui. Il plaît beaucoup aux nanas, à mon âge, je crois qu'il avait déjà bien vécu, pour reprendre l'expression. À une époque, il piquait des mobylettes, pour faire des virées en boîte. Il a fini par se faire choper par les flics, alors il a dû arrêter.

Plus jeunes, on s'est beaucoup battus. Enfin, c'est surtout lui qui m'a sévèrement cogné. Avec six ans de moins, et quinze kilos aussi, j'ai jamais fait le poids, ou le poids plume, si vous préférez. Il m'a fait regretter d'être le chouchou, parce que c'est vrai, j'ai toujours été un peu privilégié. Mon frère s'opposait à mes parents, c'était le rebelle, et il s'en prenait plein la tronche. Moi qui ai toujours voulu passer entre les gouttes, je me suis soumis, j'ai fait tout ce qu'ils voulaient. Même me faire teindre en blond, c'est dire. Lui, sans doute qu'il se serait jamais laissé avoir.

— T'es en perm jusqu'à quand ? — Huit jours. Là, j'ai sérieusement commencé à flipper. Mon père restait pour sa part totalement stoïque. — Soit je me mets avec Émile, soit je monte la tente igloo. Les nuits sont encore fraîches, mais ça me dérange pas, en Alsace, j'ai vu bien pire. On dort souvent ensemble avec mon frère quand il est en permission, parce que chez la voisine, j'ai un grand lit. Il gigote pas mal, et puis il ronfle, moi j'ai le sommeil léger, donc c'est surtout lui qui dort. Mon père a regardé Fabrice et lui a lancé : T'as rien contre une petite virée en Italie ? — C'est quoi c't'embrouille ? — On part à Venise demain matin à la première heure. Tu veux venir ? — Pourquoi pas, a-t-il répondu sans le moindre enthousiasme. Il manquait plus que ça. Si ma grand-mère était encore de ce monde, on aurait pu l'emmener aussi !

Vous allez penser que je ne suis pas très généreux, et que je pourrais me réjouir que mon frère nous accompagne. Mais vous le connaissez pas. Il a une capacité à créer du chaos partout où il passe, c'est phénoménal. Quand je suis arrivé en sixième au collège, il était déjà au lycée. Eh bien le premier jour, le surveillant général est venu dans la cour, m'a attrapé par le col, m'a soulevé du sol pour mettre mon visage à la hauteur du sien, et a lancé : « Ah, Chamodot numéro deux ! » Mon frère s'était battu dans la cour un nombre incalculable de fois. À cette époque, il y avait un cercle de garçons qui se formait autour des deux qui se tapaient, sous les cris et les encouragements, avant que le pion se radine et tente de séparer les opposants puis de disperser l'attroupement. Moi, ils ont vite compris que j'étais le petit discret, premier de la classe, inoffensif, tentant de survivre dans un monde où tout le monde le dépassait d'au moins une tête.

Ce voyage se compliquait de plus en plus, c'était comme dans *Le Cid*, je devais partir tout seul, et si ça continuait on allait débarquer à cinq cents au port de Venise – si on y arrivait un jour. En rentrant chez la voisine, mon frère m'a attiré dans la chaufferie pour me faire une démonstration de taekwondo, un art martial, coréen je crois, qu'il avait appris à la caserne. J'avais juste envie de dormir, pas du tout de me battre. — Je te montre un enchaînement, je porte pas les coups, a-t-il insisté lourdement. On s'est donc mis face à face. Moi je tirais la tronche, j'étais sûr que j'allais m'en prendre une. — Il faut que tu pares, a-t-il prévenu. Il a lancé deux coups de poing dans le vide,

j'ai à peine amorcé les parades. — Pare les coups !
— Ça me saoule ! — Je vais pas te faire mal, a-t-il
promis. Il a continué, j'ai paré comme j'ai pu. Puis
il s'est emballé et a tenté un coup de pied retourné,
en faisant un tour sur lui-même. Je me suis pris
son talon dans le ventre, à pleine vitesse, j'ai volé
et me suis fracassé à terre deux mètres plus loin
en hurlant. — Pourquoi tu l'as pas paré ?! — J'ai
essayé ! ai-je à peine réussi à répondre, plié en
deux, cherchant mon souffle. J'en ai marre de tes
conneries, c'est toujours pareil, tu finis toujours
par me faire mal ! — Je suis désolé, j'ai mal cal-
culé la trajectoire. — Ça finit toujours comme ça !
— Excuse-moi. Tu le diras pas à Papa et Maman,
d'accord ? Il me suppliait de me la boucler, et pour
moi, c'était le dilemme habituel : le dénoncer et le
voir puni, ce qui me brise le cœur à chaque fois, ou
le laisser me faire mal sans réagir. C'est un choix
cornélien, dirait M. Merlet, mais connaître le mot
n'aide pas vraiment à trancher. J'ai préféré lâcher
l'affaire, j'avais d'autres priorités immédiates.

— C'est cool de partir en Italie, me lança-t-il en
se couchant à côté de moi dans son pyjama bleu.
Les vieux font ça pour fêter leur anniversaire de
mariage ou un truc dans le genre ? — Non, c'est
moi qui devais y aller pour voir une amie, et ils ont
décidé de m'accompagner. — Ils ont sauté sur
l'occasion. — C'est exactement ça. — Ça tombe

bien que je sois rentré, t'imagines si j'étais arrivé demain ? J'imaginais très bien. Notre voyage en Italie m'aurait sans doute fait beaucoup moins mal au ventre. Paraît que les voyages forment la jeunesse, je me demandais bien à quoi, et si ça déforme la vieillesse, par la même occasion, qui n'a pas besoin de ça pour décrépir, la fuite du temps suffit à l'affaire. J'ai éteint la lumière et essayé de dormir. Cinq minutes plus tard, mon frère ronflait déjà comme une tondeuse à gazon.

Samedi 14 avril

La journée a commencé de très bonne heure.
Mais ça n'avait pas l'air de gêner Fabrice, parce
que les militaires se lèvent tôt, même en temps de
paix, histoire d'avoir le maximum de temps à rien
faire. J'avais vraiment pas beaucoup dormi, entre
l'excitation du voyage et les ronflements de mon
frère. J'espérais récupérer dans la bagnole, parce
qu'on en avait pour des plombes avant de voir
l'Italie. On a accroché la caravane à la voiture de
Papa, en enlevant les cales sous les roues, en fait,
c'était bien que mon frère soit là, je sais pas si on
y serait arrivés sans lui. Et puis on est montés tous
les quatre dans la voiture, et on est partis. Il faisait encore nuit. On prendra un café en chemin,
a annoncé mon père, il adore boire des cafés sur
les aires d'autoroute, c'est son plaisir personnel, ça
doit lui rappeler quelque chose d'il y a longtemps,
parce que sinon je vois pas. Parfois les souvenirs
font du bien, ça mérite d'être signalé, c'est si souvent l'inverse, c'est comme des blessures à l'envers,

on appuie et on se sent mieux. D'ailleurs c'est fou comme le passé est présent partout chez les gens qui ont peur de l'avenir.

On a pris la départementale jusqu'à Courtenay, c'est une route qui traverse la forêt, il y avait pas un chat à 6 heures du matin un samedi. Je jetai un œil par la vitre arrière, la caravane se trouvait bien derrière nous, et elle nous aidait pas vraiment à prendre de la vitesse. Quand on se promène avec sa maison derrière soi, ça ralentit considérablement, n'importe quel escargot pourra vous le confirmer. Dans une côte, on s'est même fait doubler par un cycliste, j'exagère rien, bon, le mec portait toute la tenue réglementaire, sans doute un égaré du Tour de France, il nous a dépassés sans nous jeter un seul coup d'œil. Mais il avait pris de l'élan avec la descente d'avant, contrairement à nous, c'était pas du jeu. On l'a redoublé après sur du plat, parce qu'il faut pas déconner non plus, a déclaré mon père.

La nuit devenait déjà un peu moins noire, à travers les grands arbres. Par moments, on quittait les bois pour traverser des champs, sombres et mystérieux, on distinguait une sorte de lueur à l'horizon, comme un bandeau de lumière qui cherchait à émerger sous une couche de goudron. J'ai pensé à Pauline qui devait déjà être à Venise, à préparer son concert du lendemain. Je me suis demandé si elle aussi pensait à moi. Si elle y pensait un peu, beaucoup, autant que moi à elle. Plus, ça me semblait pas possible, à cause de mes dévalorisations intérieures, paraît-il, d'après un livre de psycho de mon père dans lequel j'ai appris plein de trucs que je vous raconterai plus tard.

Mon frère regardait dehors, l'air complètement ailleurs. Je me suis calé la tête contre la vitre et je me suis assoupi. C'est le moment précis qu'a choisi mon père pour mettre sa chanson fétiche dans l'autoradio. Ça commence par des tam-tams, quelque chose de très rythmé, ambiance tribale. Et soudain, mon père a hurlé en même temps que le chanteur, comme un cri de guerre « ASIM... BONANGA !!!! ». Enfin, c'est peut-être un cri de douleur, mais là, avec mon père, ça devient une sorte d'alléluia, sans curé ni Christ en train d'agoniser sur sa croix. « Asimbonanga », je sais pas ce que ça veut dire, je sais juste que c'est le nom du morceau. Si je devais faire une rédaction sur le sujet, je dirais qu'il s'agit d'une sorte de chant traditionnel africain, remixé avec une jolie musique techno, boîte à rythme, proche des orchestrations si subtiles des karaokés. Vous imaginez l'horreur... Mon père adore.

Il tapait sur son volant, en cadence, comme si c'était un tam-tam, il était déchaîné. Ma mère, dans ces cas-là, se contente de sourire comme si tout était normal. La joie se révèle toujours un peu communicative, c'est pour ça que tant de gens s'en méfient. À l'arrière, c'était plutôt la consternation. — Papa, je dors, ai-je lancé exaspéré. — On part à Venise, tu devrais être content ! — Je suis très content, c'est pas le problème. — Alors si t'es content, chante avec moi ! Tu sais, ce n'est pas parce qu'il est heureux que l'oiseau chante, c'est parce qu'il chante qu'il est heureux. Les citations à 6 h 30 du matin, on vous épargne rien, jamais. — Je suis heureux, Papa, ai-je dit sans vraiment le penser, et encore plus si je peux dormir. — Vous êtes pas rigolos, a-t-il conclu… ASIM… BONANGA !!! Voilà, c'était reparti de plus belle. Il n'y a qu'un modèle au monde de père comme le mien et il a fallu que je tombe sur lui. Je venais quand même de convenir que j'étais heureux, et du coup, je me suis mis à y réfléchir sérieusement. Impossible de trancher. Il y a un milliard de trucs que j'aurais aimé changer dans ma vie, ça c'était clair, oui, et le plus tôt possible. Pour le reste, je faisais avec. Je sais pas si c'est ça, être heureux, faire avec. Pour bien des choses, je préférerais tellement faire sans.

On a récupéré l'autoroute. Notre vitesse, je devrais plutôt dire notre lenteur, s'avérait encore plus spectaculaire. Tout le monde nous doublait, même les gros camions, qui faisaient vibrer la caravane, à cause des appels d'air, du vent et des lois de l'aéro-dynamique, qui m'échappent un peu, je dois bien l'avouer. Ça doit être au programme de physique de terminale, j'en déprime d'avance. En attendant, la voiture tanguait, ça tirait à droite, à gauche, ça chassait, et mon père se cramponnait au volant, comme un capitaine de bateau à sa barre, en pleine tempête. Enfin, c'est pour donner une idée. Ma mère s'accrochait à mon père, l'air terrorisé, à chaque dépassement de gros cul, comme elle les appelle affectueusement. J'ai regardé l'aiguille sur le tableau de bord, on culminait à 80 à l'heure, 90 en descente. Jamais on ne serait dans les temps le lendemain à Venise pour que j'assiste au concert. Si on le rate, je les tue. Ou je me tue. Ou les deux.

Le jour est arrivé délicatement, le long des paysages, sur la pointe des pieds. Le jour qui se lève, c'est comme quand on tourne lentement le variateur d'intensité sur les lampes, ça monte très doucement, ça prend le temps qu'il faut, pour pas réveiller le monde en sursaut. C'est quand même vachement bien foutu. Et les hommes, eux, ils ont inventé les radioréveils qui vous déchirent l'oreille en plein sommeil à 6 heures du matin. C'est ce qu'explique le prof de français, ce doit être à cause du sadomasochisme qu'on a tous en nous, mais moi je trouve que c'est pas une excuse. Mon frère s'était endormi sans ronfler, pour une fois. Ma mère scrutait la route, en copilote extrêmement concentrée. Elle est pas du tout rassurée en voiture, à cause de l'accident.

Quand j'étais pas né, ils ont croisé la route d'un camion d'un peu trop près, qui les a percutés par la droite, du côté passager. Ma mère a eu les deux jambes brisées et elle est restée un an sans marcher. Mon père, côté conducteur, n'a même pas eu une égratignure. Et mon frère était à l'arrière dans son baby-relax, bien accroché, indemne. Comme quoi, la place du mort, c'est pas juste une légende, mais c'est un peu restrictif, parce qu'on peut quand même en réchapper. Du coup, ma mère est terrorisée par les camions, même à l'arrêt. Elle pourrait hurler quand elle en croise un, si elle se retenait pas. Mais elle se retient. Les relais routiers, pour elle, c'est une certaine vision de l'enfer. Impossible de la faire déjeuner dans ce genre d'endroits, elle serait capable de frapper les chauffeurs qui mangent à côté. Et sur l'autoroute, ce matin, elle serrait les fesses. — Normalement, y a pas de gros cul le samedi, a-t-elle pesté, l'air bien renseigné. — Ça doit être des retardataires, a tenté de la rassurer mon père. — Parce que moi, jusqu'à Venise comme ça, je vais pas tenir. — Ben tiens, justement, on va faire une pause. Il y avait un panneau annonçant une aire d'autoroute dans deux mille mètres. Mon père souriait, son moment préféré arrivait.

On a donc fait notre première étape dans une aire d'autoroute au petit matin. Il n'y avait pas foule, faut bien l'avouer. Le protocole est toujours le même, j'sais pas si vous avez remarqué, tout le monde se rue vers les toilettes, la voiture à peine arrêtée. Après, ça se détend un peu, on marche le long des allées à regarder les paquets de gâteaux, les quelques souvenirs bidon, les deux-trois bouquins pourris qu'ils ont à vendre, les CD improbables. En temps normal, on se balade jamais avec plaisir dans une épicerie, mais là, allez savoir pourquoi, tout le monde traîne et a l'air d'apprécier. Les prix sont trois fois plus chers qu'ailleurs, à cause de la loi de l'offre et de la demande, qui devrait plutôt s'appeler la loi du « dès que je peux, je t'arnaque la tronche ».

« Nous, on n'est pas riches comme Crésus », répète souvent ma mère, sans que je sache vraiment qui est ce Crésus, donc on n'y achète jamais rien. On a tout ce qu'il faut dans la voiture. Mais il y a un phénomène absolument inexplicable, c'est que même si on a un paquet de Petits Écoliers dans le coffre, j'ai envie que ma mère m'achète celui de la station-service, pourtant identique. C'est absurde, non ? J'ai bien réfléchi à la question, je crois que c'est carrément le talon d'Achille de toute l'espèce humaine, vouloir ailleurs ce qu'on a déjà chez soi, et ça fout un bazar pas possible, à l'échelle internationale, chez les dirigeants du G7 notamment... Ou du G20, je suis pas très sûr.

Mon père ne se promène pas dans les allées. Son Graal, comme je vous le disais, c'est la machine à café et à côté, pour déguster tranquillement, ces quelques tables hautes en Formica blanc, souvent pleines de taches, mais il s'en fout. Le gobelet en plastique, le liquide noir et chaud, le petit bâtonnet pour touiller, il est comblé. C'est vraiment un épicurien. Mon frère en a bu un avec lui, moi, je préfère le chocolat. Ils ont commencé à évoquer l'Italie et la langue du pays. Bien qu'il ne parle pas un mot d'italien, mon père a quand même tenté d'enseigner quelques expressions à mon frère. C'est pas grave, dans ces cas-là, il invente avec un aplomb absolu. C'est un métier. Dommage qu'il le pratique même en famille, parce qu'on a beau le savoir, on n'arrive pas à s'habituer. Surtout mon frère, qui déteste qu'on lui raconte n'importe quoi. Avec lui le ton monte vite. — Papa, *gracias*, c'est de l'espagnol, pas de l'italien ! — Ça se dit aussi en italien. — Mais non, c'est *grazie* en italien. — *Grazie, gracias*, franchement, je vois pas la différence. — C'est pas pareil, quand même. — C'est très proche ! — Enfin, Papa, c'est proche mais une lettre ça change tout, c'est comme si tu dis, il est bon, ou il est con. Tu vois ? — Oui, mais là, c'est parce que t'as changé la première lettre, si

141

tu changes la première lettre, évidemment que ça change tout, mais si tu changes un peu la fin, t'as une marge de manœuvre. — N'importe quoi ! — Attends, Fabrice, tu dis à un Italien *gracias*, il comprend que ça veut dire merci ! — Oui, si l'Italien parle espagnol ! — Même s'il parle pas espagnol, il comprend, tu crois pas, Émile ? Ça, c'est le moment précis où l'on veut me faire entrer dans la discussion. Moi j'ai l'image d'un piège tendu, une sorte de grand trou, à peine masqué par un peu de végétation, si je mets un pied, je tombe. Faut esquiver, sinon c'est l'engueulade assurée. Je veux pas prendre parti, ni pour mon père qui raconte souvent n'importe quoi, ni pour mon frère qui a généralement raison, mais mon père va dire qu'on se ligue contre lui et il y aura des représailles. J'ai lancé que malheureusement, j'étais pas polyglotte. Ils ont marqué un temps, se demandant chacun où ils avaient déjà entendu ce mot et ce qu'il signifiait exactement. J'en ai profité pour retourner contempler les barres chocolatées.

Ma mère est enfin sortie des toilettes, elle a brandi un paquet de gâteaux extirpé de son sac à main et ça a coupé le début de dispute qui couvait entre mon père et mon frère. Au lieu de parler, ils se sont goinfrés de biscuits et j'ai eu l'image de deux enfants à qui on collait une tétine. On a retrouvé le calme. Je les ai rejoints et moi aussi j'ai pris deux ou trois gâteaux, avant qu'ils bouffent la boîte entière. Puis on est tous remontés en voiture.

Et là, il s'est passé un truc hyper-bizarre. Mon père a remis le contact, on a redémarré. Je regardais par la fenêtre, je vérifie toujours s'il y a pas des jolies filles aux alentours, parce que ça me provoque des émotions, quand je vois une très jolie fille passer. C'est vrai, c'est un des trucs les mieux dans la vie. Une très jolie fille qui reste, ça doit être beaucoup plus fort, mais bon, j'ai pas encore connu. Là, j'ai cru voir une femme qui sortait du magasin de la station-service, charmante, mais un peu vieille, la quarantaine, qui m'a paru familière. Et cette femme, je vous jure que c'est vrai, on aurait dit Christine, la voisine, celle chez qui je dors. Mais j'étais pas bien sûr. En plus, qu'est-ce qu'elle aurait foutu sur cette aire d'autoroute à cent kilomètres de Montargis, alors que sa fille, Julie, devait venir la voir pour le week-end ? Non, c'était pas possible. C'était pas elle, j'ai dû halluciner. Ou pas.

On a repris la route et je me suis endormi pour de bon. Donc je pourrais pas trop raconter ce qui s'est passé. Je me souviens juste de quoi j'ai rêvé. De Venise, bien sûr. Je pensais aux images que j'avais vues de cette ville sur l'eau, et j'ai dû beaucoup rêver d'inondation intérieure. Quand on a trop d'émotions, Venise, c'est pas qu'en Italie, c'est un peu en chacun de nous. J'ai pensé au concert aussi, c'était une vision étrange, on avait tous les pieds dans l'eau, et sur scène, les musiciens de l'orchestre portaient des bottes en caoutchouc jaune. Bon, c'était qu'un rêve. Mais partir en Italie pour aller voir Pauline jouer du violon, ça non plus, c'était pas imaginable, et pourtant, c'est ce qui arrivait. Faut se méfier de certains rêves, parfois, ils se réalisent et quand on a attendu ça toute sa vie, on n'est pas du tout préparé.

Dans une sorte de somnolence, un semi-éveil, j'ai commencé à prévoir ce qui pourrait se passer avec Pauline à la sortie du concert. J'ai songé qu'on irait dîner ensemble, manger des pizzas quatre-saisons de Vivaldi, juste tous les deux, ce serait génial. Je me demandais ce que je pourrais trouver à lui raconter pour alimenter la conversation. Que faut-il dire à une fille pour la convaincre de vous embrasser quand elle hésite ? Vous me direz, vaut mieux que la fille ait envie dès le départ, mais bon, on peut pas toujours espérer l'idéal. Surtout quand on n'est pas d'une beauté irrésistible, qu'on est obligé de se décolorer les cheveux pour tenter de relever le niveau général, et qu'on n'est même pas sûr, malgré ça, de dépasser la moyenne.

Je me suis réveillé pour de bon, il était déjà dans les 12 h 30, d'après l'horloge du tableau de bord. Mon père fixait la route, pensif. On continuait à se traîner comme des limaces. Ma mère semblait plus détendue, on croisait de moins en moins de camions. Mon frère dormait encore. Je les ai observés pendant quelques minutes. Comme si c'était pas ma famille, juste des gens qui m'avaient pris en auto-stop, pour tout vous dire, j'ai pas eu besoin de me forcer, c'est souvent l'impression qu'ils me font. Je les aime de toute mon âme, je vous jure, et pourtant, je me sens si loin. Si différent. Je me suis demandé si un jour ça me le fera moins. Ou si ça s'aggravera. Mon père portait un polo rayé, un peu froissé, un pantalon beige en toile et des grosses sandales, parce qu'il aime bien avoir les pieds à l'air libre. Il devait se cailler les orteils, quand même. Il a les cheveux qui frisent, châtains, quelques taches de rousseur. Ma mère est très brune, mais j'ai déjà dû vous le dire, comme mon frère d'ailleurs. Enfin, pour ce qu'il lui reste de cheveux sur la tête, après le passage de la tondeuse. Il avait troqué son treillis militaire pour un jean et un tee-shirt noir à col rond. Et des grosses baskets pas du tout à la mode. Pour avoir une famille fashion, ou juste un tout petit peu branchée, ce sera dans une autre vie. Le pire, c'est qu'ils s'en rendent même pas compte. Enfin, je dis le pire, mais c'est sans doute mieux.

On venait de traverser Mâcon, ou Dijon, ou Lyon, en tout cas, une ville en « on ». Mon père déclara qu'il commençait à avoir faim et que prendre le tunnel de Fourvière sans le moindre ralentissement, ça se fête. Ma mère lui a répondu qu'on n'était pas passé par Fourvière, qu'on avait tourné avant. « Ah bon », a répondu mon père. On semblait à peu près dans les temps de parcours prévus, et ça, c'était un exploit retentissant, dont j'étais sans doute le seul à mesurer la performance. Les plus grands exploits, ai-je pensé, c'est ceux dont on parle jamais, c'est les gestes d'amour qu'on voit pas, mais on est dans une époque où plus personne trouve ça intéressant, les actes désintéressés.

Un sigle « halte gastronomique » incita mon père à déclencher aussitôt son clignotant. Deux minutes plus tard, on s'est retrouvés dans une cafétéria avec nos plateaux, notre pain individuel et notre serviette en papier, à choisir entre carottes râpées, chou rouge, œuf mayo et steak haché-frites. La gastronomie paraissait très loin. On n'avait pas dû prendre la bonne sortie. La caissière nous répondit que si, c'était bien ici, quand mon père lui posa la question. — Et qu'est-ce qu'il y a de gastronomique dans un steak haché-frites ? poursuivit mon père, qui rate jamais une occasion de titiller. — Le steak haché, je dis pas, mais y avait du coq au vin en plat du jour. — Du coq au vin, c'est dangereux sur une aire d'autoroute ! On boit de l'alcool sans s'en rendre compte, c'est complètement irresponsable. Mon père a haussé le ton, et je me suis dit qu'il allait taper un scandale, comme ça, pour rien. J'ai ressenti aussitôt une forte oppression intérieure, l'air appuyait plus que d'habitude en dessous de mes poumons, ça doit faire ça aux plongeurs qui vont très profond dans les océans. Des gens se retournaient. — Papa, laisse tomber, on va manger pendant que c'est chaud. — Deux minutes, je discute avec la dame. — Attendez, le problème, c'est le terme « gastronomique » ou c'est le coq au vin ? reprit la caissière. — Tout est lié, madame ! On peut pas dissocier une chose d'une autre. Nous faisons partie d'un grand tout, vous savez, qui s'appelle l'univers, où chaque élément, je dis bien absolument chaque élément sans exception, est en interaction permanente avec les autres. Et c'est pas moi qui le dis, c'est Albert Einstein. La caissière sembla penser qu'il valait mieux pas lutter. — Vous pouvez glisser votre carte bleue. Mon père la regarda, hésitant. — Je vais vous régler, mais avant, vous allez me répondre sur le coq au vin et la sécurité routière. — Y a presque pas d'alcool dans le coq au vin, faut pas raconter n'importe quoi ! — Mon mari dit n'importe quoi ? Voilà que ma mère s'en mêlait, manquait plus que ça. — Le vin, c'est pas de l'alcool peut-être ? — Il est cuit ! — Et le vin chaud ?! Ça saoule pas le vin chaud ?! commença-t-elle à s'énerver. Après, mon mari reprend le volant, avec une famille et une caravane, s'il s'assoupit parce qu'il a trop bu, vous y pensez aux conséquences ? Tout le restaurant nous regardait. Je me liquéfiais sur place, j'aurais voulu me transformer en serpillière. — Je vais chercher une table, ai-je tenté comme diversion. — Non, Émile, tu restes là, m'a ordonné mon père.

Les joues rouges, un peu forte, pas méchante, mais fallait pas non plus la gonfler, la caissière cherchait ses arguments, pour sortir la tête haute, tout en évitant l'incident diplomatique. — Si vous avez des réclamations, il y a une boîte à l'entrée, vous remplissez le formulaire, on vous écrira. — Ça, je crois pas ! Je l'ai déjà fait cent fois, madame, on m'a jamais répondu ! — Peut-être qu'ils répondent pas toujours, mais ils en tiennent compte. Elle faisait des efforts touchants pour rester commerciale, et ça, mon père y a été finalement sensible, parce qu'il était de la partie. L'expression de son visage s'est métamorphosée d'un coup, et il lui a souri. — Je vous félicite, madame, vous restez très calme, et je sais que vous faites pas un métier facile, surtout quand il y a des clients récalcitrants dans mon genre, qui vous cherchent des noises. Toutes mes félicitations, vraiment. La pauvre balbutia un « merci », méfiante, hébétée, se demandant sur quel hurluberlu elle venait de tomber, de toute évidence, c'était une espèce nouvelle, pas encore référencée. Mon père continuait de sourire.

— Je m'interrogeais juste pour savoir si le terme « gastronomique » à l'entrée était justifié, mais je ne voulais vous importuner en aucune façon dans l'exercice de votre activité professionnelle. La caissière le regarda, une idée la traversa soudain, ça y est, elle avait enfin trouvé la solution. — Vous êtes un agent qui teste les cafétérias ? Comme pour les guides Michelin, avec les étoiles, mais spécialisé dans les restaurants d'autoroute, c'est ça ? J'ai vu à la télé que ça existait, maintenant. Mon père la toisa avec un air victorieux. — Si je l'étais, vous imaginez bien que je ne pourrais pas vous l'avouer, madame. Bonne journée. Là-dessus il lui fit un clin d'œil et s'éloigna comme un prince. Le roi des mythomanes, il s'appelle Bernard, c'est mon père.

On s'est assis, tous les quatre, autour d'une table qui bordait une jolie plante en plastique, vachement bien imitée selon mon frère, pour commencer à déjeuner. Je devais avoir l'air encore blême. Mon père me scrutait, et comme il avait oublié d'être con, enfin, ça dépend, mais là, oui, il devina illico ce que je ressentais. — T'aimes pas quand je parle comme ça aux gens ? — C'est vrai que je préfère la discrétion. — Tu sais, Émile, ce que t'as l'air d'oublier, c'est qu'on n'est pas des végétaux. J'ai acquiescé, sans saisir ce que cette dernière déclaration venait faire là, mais c'était du domaine de l'irréfutable, nous n'appartenions effectivement pas à ce règne, ni aux minéraux d'ailleurs. Est-ce une raison suffisante pour provoquer un scandale tous les quatre matins ? — Hmm... Mais il est délicieux ce gâteau, s'exclama alors mon père, qui mange toujours trop vite... Finalement, je reviens sur ma position, rien qu'avec ce dessert, le terme « gastronomique » ne me semble pas usurpé. — Ah bon ? s'étonna mon frère. Ma mère goûta aussitôt. — J'en fais des aussi bons à la maison. — Ah, ça, c'est sûr, ma chérie, t'es la reine des pâtisseries ! — Et ils coûtent pas ce prix-là ! Je sais pas comment expliquer, ils me tapent sévèrement sur le système, mais ils sont vivants. Vraiment vivants, je veux dire, plus que la plupart des gens endormis dans une pâle existence que vous croisez à chaque coin de rue, non, chez eux, il y a quelque chose qui vibre, qui jaillit vers le ciel, et pour ça, et pour ça seulement, je les aime de toute mon âme. Pour le reste, s'ils pouvaient juste faire un petit effort.

Après le repas, mon père a estimé qu'on avait bien roulé, qu'il avait donc mérité sa petite sieste. Je partageais pas du tout cet avis. On devait arriver au camping en face de Venise dans la soirée, et il nous restait au moins les deux tiers du chemin. Malgré mes arguments imparables, on s'est tous mis à pioncer dans l'automobile, dans un coin soi-disant calme du parking. On entendait les voitures sur l'autoroute passer à pleine vitesse, mais ça a fini par me bercer. Moi qui voulais surtout pas dormir, j'ai sombré aussi. On s'est réveillés une heure et demie plus tard, au lieu des vingt minutes prévues, l'angoisse ! Mon père partit aux toilettes, c'était un cas de force majeure. J'étais dans tous mes états. — On a trop dormi, on va jamais y être à temps ! Personne ne prenait la mesure du problème. — Calme-toi, Émile, on y sera, a rétorqué ma mère. J'ai commencé à pleurer tout seul, en marmonnant que j'allais forcément rater le concert, que j'avais envie de mourir. — Il chiale, s'est lamenté mon frère, avant de sortir de la voiture lui aussi. — Eh bien pleure, tu pisseras moins. Quand ma mère me dit ça, j'ai envie de téléphoner à la Cour européenne des droits de l'homme, pour déposer un recours, tellement je trouve ça contraire à la Déclaration universelle de 1789, ou contacter l'ONU, s'ils sont encore de taille à gérer ce genre d'affaire personnelle, parce qu'apparemment, ils s'occupent de vous qu'en cas de génocide. Moi, c'est sûr, à côté… C'est difficile de jouer dans la cour des grands quand on n'a pas fini sa croissance. Et pour revenir à la formule de ma mère, je doute fortement qu'elle soit exacte, je parle d'un point de vue scientifique. Il y a des expressions, soi-disant issues du bon sens populaire, mais en fait, on peut pas faire plus débiles.

Sans parler de l'élégance de la métaphore, mais on n'en était plus là.

J'ai ouvert ma portière, et me suis dirigé vers le hall de la station-service, pour supplier mon père de se dépêcher, j'avais peur qu'il se reprenne un café à la machine, en mettant des heures à le boire. Lui, c'est vraiment le genre à être pressé quand on a tout notre temps et à traîner quand on est en retard. Il aime prendre la vie à rebours, la contredire dès que possible, comme une sorte de gymnastique intellectuelle, qui a sans doute ses vertus, mais pour ses contemporains, c'est éreintant. Je l'ai trouvé sur une terrasse, son gobelet en plastique à la main, à fixer un arbuste qui tentait héroïquement de pousser entre un parasol et une poubelle. — On devrait en mettre un comme ça dans le jardin, me lança-t-il en me voyant arriver. C'est joli, non ? — Papa, c'est pas le moment. Je vais chercher Fabrice et on y va, d'accord ?

Il acquiesça, en jetant son gobelet dans la poubelle. J'ai foncé aux toilettes des hommes, mais mon frère n'y était pas. J'ai un peu paniqué, je ne le voyais nulle part. J'ai regardé chez les femmes, dans le doute. Et là, j'ai entendu sa voix à l'intérieur. — Il faut que tu rentres tout de suite à Montargis, c'est absurde. — Non, je continue, moi aussi, j'ai droit à mon week-end à Venise, y a pas de raison ! L'autre voix, c'était celle de Christine, la voisine,

152

j'en étais pratiquement sûr. C'était donc bien elle à la station-service du matin. Je me suis dit qu'elle nous suivait depuis le début. C'était potentiellement un incroyable scoop, avec retombées médiatiques énormes et première page dans les journaux à scandale. — Tu comprends pas que c'est pas le moment ? On est en famille ! ajouta mon frère avant de commencer à se laver les mains, face aux têtes un peu étonnées de deux ou trois femmes qui se maquillaient devant les lavabos. — J'en ai marre, moi, c'est jamais le moment. Et j'en ai marre de me cacher, surtout. Je me suis faufilé derrière la porte, j'avais l'impression d'avoir entendu un truc que j'aurais pas dû entendre, et que j'allais le payer cher. Je me suis dit qu'on allait me traquer, lancer des chiens policiers à ma poursuite, en leur faisant renifler un de mes tee-shirts pour retrouver ma trace. Parfois, j'aimerais tellement être recherché par le monde entier. En attendant, j'élaborais des centaines d'hypothèses pour tenter de comprendre ce qui se passait. Comment Christine et mon frère s'étaient-ils retrouvés ensemble dans les toilettes ? Avaient-ils une liaison secrète ? Voulait-il la quitter parce qu'il la trouvait trop vieille pour lui ? J'ai laissé toutes ces questions en suspens, comme ces poussières qui flottent dans l'air au soleil, qui tiennent toutes seules, miraculeusement.

J'ai regagné notre voiture, l'air de rien, c'est un peu ma spécialité. C'était pas à moi de sortir l'affaire, je suis pas une balance. Mon frère est arrivé à peine quelques instants plus tard. Je me demandais s'il allait mettre cartes sur table, la jouer franc-jeu, mais pas un mot sur le sujet. Peut-être redoutait-il la réaction des parents ? Peut-être que c'est moi qui extrapolais ? Car si je m'en tenais seulement à ce que j'avais entendu, c'était juste une voisine qui voulait faire le même voyage que nous. J'aurais jamais pensé qu'on puisse nous prendre un jour comme exemple. Modèle à éviter, oui, évidemment, mais modèle à imiter, non, ça, j'avais pas prévu. On a démarré, j'ai observé au loin Christine monter dans sa voiture, et démarrer elle aussi. J'ai essayé de voir s'il y avait sa fille avec elle, à la place du passager, la sublime Julie, jusque-là, je pensais que c'était sur elle que mon frère lorgnait. Mais son véhicule était déjà trop loin du nôtre, j'ai pas réussi à discerner quoi que ce soit.

Sur la route, je me suis mis à surveiller discrètement les alentours, pour déterminer si Christine continuait de nous suivre ou si elle avait rebroussé chemin. Mais avec notre grosse caravane amarrée derrière, ça cachait le panorama. Sur certains dépassements, je l'apercevais à une centaine de mètres, jamais plus près. Elle conservait la distance adéquate, semblant rompue aux techniques de filature les plus pointues des services secrets genre CIA ou Mossad, que j'ai lues dans *Science et Vie Junior*. Mon frère, qui possède un grand sens de l'observation, qualité essentielle chez les militaires de carrière, finit par me demander ce que je regardais. Je prétendis que je comptais les voitures grises pour passer le temps. J'ai lu dans le même journal que c'est la couleur de voiture la plus vendue en France, le gris. Et après, les gens se plaignent que le monde le devient. Il y a des claques qui se perdent.

Au bout de quelques heures de route, des montagnes apparurent à l'horizon, tranquilles, majestueuses. On croisait des panneaux Genève, Chamonix, et mon père nous annonça fièrement qu'on allait emprunter le tunnel du Mont-Blanc, et ce coup-ci, c'était pas comme Fourvière, il se voulait catégorique. On était déjà le soir, on était encore très loin de Venise. Papa commençait à bâiller, ça faisait un bon moment qu'on roulait. — On va s'arrêter pour dîner, décida-t-il. — Déjà ! Il est pas un peu tôt ? s'inquiéta ma mère. — J'ai faim, et je suis fatigué, répondit-il. On sentit qu'il n'y avait pas une grande marge de négociation. — Moi aussi, j'ai la dalle, approuva mon frère. Ils devaient manger à 18 heures, comme en maison de retraite, dans leur caserne en Alsace.

Assis sur une grosse table de pique-nique en bois, avec les bancs vissés au sol, on a dîné au bord de la route. Faut savoir apprécier n'importe quel décor, n'importe quel instant, a expliqué mon père avec une sorte de sagesse dont il se prévaut régulièrement, mais qui lui reste le plus souvent étrangère, à la manière d'un agent de voyages qui n'aurait jamais pris l'avion. Malgré la glacière, ils avaient un peu transpiré, les petits sandwichs, mais ils se laissaient faire quand même. On en viendrait vite à bout. Le jour déclinait lentement, il flottait un air frais et doux, qui nous ébouriffait les cheveux et nous caressait la nuque. On entendait toujours les voitures glisser au loin sur le bitume, mais les sons s'estompaient, comme si on avait baissé le son de la télé. On percevait quelques chants d'oiseau, le léger souffle du vent, l'impression d'un apaisement avant la nuit, c'était agréable, je suis obligé d'en convenir. Le paysage était grandiose. On discernait quelques monts enneigés, au loin, sous un ciel azuré, qui commençait à rosir.

— Va y avoir un beau coucher de soleil, lança mon père en mâchant son deuxième sandwich jambon de pays-cornichons. — Avec les montagnes, on le verra pas, regretta mon frère. Les plus beaux couchers de soleil, c'est à la mer. — Y en a des très beaux à la montagne, répliqua mon père, mais faut vraiment être au sommet, tout en haut du mont le plus élevé... Sur le toit du monde. Il adore les grandes phrases emphatiques, ça le grise.

— Ou que le soleil se couche dans l'axe de la vallée, renchérit mon frère, qui aime contrebalancer avec une expertise technique. C'est à celui qui aura le dernier mot. Ils deviennent intenables en présence l'un de l'autre, comme deux gamins en classe, quand le prof dit « ces deux-là, faudrait les séparer ». Ça finit inévitablement par péter, c'est juste qu'on sait pas quand. Ni les pertes exactes, avec dégâts collatéraux et détérioration des rapports diplomatiques.

On se remit en chemin. Mon père bâillait de plus en plus. Mon frère proposa spontanément de prendre le volant, toujours prêt à rendre service. Mon père refusa tout net. — Ça va pas, non ?! On t'a retiré le permis, t'as déjà oublié ? — Sur l'autoroute, on risque pas trop de se faire arrêter. — T'es complètement inconscient. Si on a le moindre accident, c'est la prison ferme, tempêta ma mère. — Vous imaginez toujours le pire. — Avec toi, pas besoin d'imaginer, on l'a, répliqua-t-elle. — Sympa, bonjour l'ambiance ! lança Fabrice, irrité. — S'endormir au volant avec deux grammes d'alcool dans le sang, tu trouves pas ça grave ? — On va pas encore reparler de ça, merde ! — Tant que tu voudras conduire alors que t'es sous le coup de ta condamnation, on en parlera, affirma fermement mon père, sans pour autant basculer dans l'agressivité. — Et si ton général n'était pas intervenu, ça aurait été bien pire, rappela ma mère. — Bon, ça va putain ! explosa mon frère.

J'ai pas dû encore aborder le sujet : mon frère a tendance à picoler un peu, ce qui veut dire beaucoup, et même si le plus souvent c'est surtout de la bière, au bout de quatre ou cinq litres, ça commence fatalement à faire son petit effet. Il y a trois mois, en sortant d'une boîte de nuit du côté de Strasbourg, il s'est assoupi au volant et a fini dans un champ de colza. Comme seule explication, il m'a avoué, « qu'est-ce que tu veux, j'étais fatigué ». Il rentrait, seul dans sa voiture, mais il aurait clairement pu y rester. Parce que la voiture, elle a fini en bouillie. Après les prises de sang, les témoignages, bref, toute la procédure, et compte tenu de ses précédentes et nombreuses infractions au code de la route, qu'il avait pourtant eu du premier coup, on lui a retiré le permis pour un an. Maintenant, il prend le train. Il s'est aussi acheté un vélo. C'est très écologique, la sécurité routière. Mais ça le démange de se racheter une bagnole. Il adore. Il conduit beaucoup trop vite, évidemment, et pas toujours sobre, mais faut éviter de lui faire la morale, car ça lui prend grave la tête, comme il dit tout le temps. — C'est lourd. Très lourd. Ça aussi, il le répète à longueur de journée.

On dirait que le monde lui pèse sur les épaules, comme le dieu grec, Atlas, sauf que pour mon frère, c'est pas le monde, à mon avis, c'est peut-être juste son enfance. Ou son arbre généalogique. L'année dernière, il l'a reconstitué en allant chercher des extraits de naissance aux quatre coins de la France, un peu comme une course d'orientation, sauf qu'il était tout seul et que c'était pas chronométré. Il m'a expliqué qu'on avait tous un arbre généalogique au-dessus de notre tête, sinon on ne serait pas nés, et cet arbre, c'est souvent ce qui nous fait de l'ombre. On est comme les maillons d'une grande chaîne, a-t-il ajouté, et j'ai compris à quel point il se sentait prisonnier. J'ai eu envie de lui dire que moi aussi, je cherchais l'issue de secours de ma généalogie, la porte dérobée, en espérant la grande évasion. J'ai pas osé parce qu'il aurait compris que j'avais l'intention de le fuir, lui aussi, et parfois, c'est pas la peine d'en rajouter.

La nuit était maintenant totalement tombée, on était sortis de ce tunnel du Mont-Blanc interminable et les panneaux s'écrivaient dorénavant en italien. On avait dû passer une sorte de douane, mais je l'avais prise pour un péage d'autoroute. Il nous restait au moins quatre ou cinq cents kilomètres à parcourir, il était déjà plus de 20 h 30.

On enchaînait *galleria* après *galleria*, des tunnels italiens qui trouent les montagnes. Mon père prononça alors la phrase que je redoutais le plus. — On va s'arrêter pour la nuit, on reprendra au petit matin. — Mais Papa, le concert est demain à 16 heures ! — Eh bien, si on repart à 8 heures, on sera à Venise à midi. — À 13 heures ! On en a encore au moins pour cinq heures ! Et si on part qu'à 9 heures, ça sera 14 heures.

— T'auras encore deux heures d'avance, calcula mon frère. T'as envie de poireauter deux heures devant la salle de concert avant qu'elle ouvre ? — Je préfère, tu vois. Parce que si ça continue, je vais vraiment le rater, et ça, c'est pas possible. — Je te dis qu'on a de la marge. — Et puis ce serait si grave que ça ? demanda ma mère. — Maman, c'est pour ça qu'on fait le voyage, t'as oublié ?! — On fait le voyage pour voir Venise, pour être tous ensemble, pas seulement pour ton concert. Faut pas te prendre pour le centre du monde, Émile. — OK, pardon. J'ai préféré désamorcer tout de suite, sinon j'allais me faire massacrer. C'est quand ils sont dans leur tort qu'ils deviennent le plus dangereux.

— On va dormir où, alors ? risquai-je. — Dans la caravane. — Ah non, moi je monte la tente à côté, protesta Fabrice. — Bien sûr, les parents dans la caravane, les enfants dans la tente igloo, acquiesça ma mère. — Sauf que je suis plus un enfant, rétorqua Fabrice. Et le simple fait qu'il précise laissait planer le doute. — Faut qu'on trouve un camping, m'inquiétai-je.

Mon père quitta l'autoroute. Nous traversions désormais une campagne italienne non identifiée. La nuit, sans lune, se révélait particulièrement dense… En gros, on voyait rien à vingt mètres à la ronde. — Un camping ou un petit coin de verdure tranquille, sourit mon père, avec son air malicieux. — Moi, j'ai pas le droit de conduire sans permis, mais toi, t'es prêt à faire du camping sauvage. — Ça n'a rien à voir, Fabrice. — Comment ça, ça n'a rien à voir ! La loi, c'est la loi. On la respecte ou on la transgresse. On peut pas être des deux côtés en même temps. — Moi, si ! se vanta mon père. Fatigant, je vous dis. — Au petit matin, on sera déjà repartis, personne ne s'en rendra compte. — Tes arguments, c'est vraiment toujours comme ça t'arrange, soupira Fabrice.

Le long d'une départementale, mon père profita d'un portail ouvert, donnant sur un champ dont on ne distinguait pas le bout, sans la moindre habitation aux alentours, pour faire une cinquantaine de mètres sur le chemin de terre, s'arrêter, couper le contact et déclarer qu'on allait dormir là. Il était 21 heures, 21 h 30 maximum, mais on était tous épuisés. Tous sauf Fabrice, qui désolidarisa la voiture de la caravane pour lui mettre ses cales habituelles puis monter la tente igloo à côté. En dix minutes, il avait réglé l'affaire. On peut tout leur reprocher, aux militaires, sauf leur aptitude à installer un campement en quatrième vitesse en donnant l'impression de trouver ça normal. J'étais pour ma part allé m'aventurer quelques mètres plus loin, en reconnaissance, mais j'avais rien reconnu du tout. On semblait être au milieu de nulle part. Ça changeait pas beaucoup, vous me direz. J'ai tout le temps l'impression d'être une sorte de pas grand-chose au milieu de rien, et sur ce point précis, je dois pas me tromper de beaucoup.

On était couchés depuis un quart d'heure, à l'intérieur de nos duvets, côte à côte dans la tente igloo, lorsque mon frère s'est tourné vers moi. J'avais les yeux grands ouverts à calculer et recalculer le temps qu'il nous restait pour arriver à Venise, ça m'angoissait au plus haut point. Les grands drames du passé, on a essayé de les éviter, mais on n'a pas pu, et là c'était pareil, j'étais battu d'avance, fallait juste se résigner. Le prof d'histoire nous a raconté que des Allemands ont essayé d'assassiner Hitler, et ça a foiré. Moi, je verrais donc jamais ce concert à Venise, je le sentais, peut-être arriverais-je à la sortie, et je prétendrais y avoir assisté, il me resterait plus que ça. Faire semblant.

L'important c'est d'en avoir conscience. Les enfants savent très bien quand c'est pour de faux, les adultes, à force, je crois qu'ils oublient. Parfois, je vois des gosses qui jouent aux marionnettes devant des grandes personnes qui ne semblent pas se rendre compte qu'elles en sont devenues. Et moi, je me sens pile entre les deux.

Mon frère se redressa un peu, tendit l'oreille. On distinguait un ronflement venant de la caravane. — Ça y est, ils pioncent. — Probable, oui. — On va faire un tour ? — Où ? — Je sais pas, dans le coin, on va bien trouver un bled avec un bistrot ouvert. — À pied ? — Mais non, en caisse ! — T'es malade, t'as pas le droit ! — T'inquiète, je le fais tout le temps en Alsace. Et puis au pire, s'il y a des flics, ici, ils sont tous à moitié mafieux, tu leur files un bifton, l'affaire est réglée. — N'importe quoi ! Tu te crois dans *Le Parrain* ?! — Et alors, c'est très documenté, *Le Parrain*. C'est basé sur plein de trucs vrais. — En tout cas, si tu te fais arrêter, ça peut être la prison direct, comme au Monopoly. — Papa a raison, t'as vraiment toujours le trouillomètre au cul. Mon frère aussi fait souvent dans la métaphore ; chez les Chamodot, on est des littéraires, j'imagine que ça ne vous a pas échappé. Moi, je suis en première scientifique, et le prof principal a dit un jour en conseil de classe que j'étais sans doute un littéraire contrarié. Je me suis reconnu tout de suite – surtout contrarié.

Reste qu'il m'avait quand même piqué au vif. — J'ai pas peur, n'importe quoi ! J'ai peur pour toi. — Je suis un grand garçon, tu sais. J'ai envie d'aller boire un coup, je vais pas demander la permission pour tout ! Je suis majeur et vacciné. J'ai pensé que même après dix-huit ans, on reste mineur, enfin, je veux dire, la quasi-totalité des gens, on leur dit l'inverse juste pour les embrouiller, avec le droit de vote et le permis de conduire, mais l'âge ne change rien à l'affaire. Chacun mène sa petite existence un poil dérisoire, tente de s'en sortir comme il peut, finir le mois, finir l'année, et je vois pas en quoi ce seraient des gens majeurs, ceux qui crèvent dans la maison de retraite de la Chaussée, à Montargis.

Il y a deux ans, j'ai fait un sondage pour un exposé – j'étais en troisième. J'avais eu l'idée d'aller demander aux vieux de l'hospice en question ce qu'ils conseilleraient à des collégiens pour réussir leur vie, parce que chez les Iroquois, par exemple, on consulte souvent les anciens, et moi, niveau grands-parents, c'est l'hécatombe, alors je suis un peu obligé de m'ouvrir à des extracommunautaires. Le prof avait adoré l'idée. La maison de retraite, on la voyait des fenêtres du collège, il trouvait formidable le principe de passer du contact visuel à une vraie rencontre – le genre de chose qu'on fait presque jamais et c'est bien dommage, avait-il ajouté. Pour résumer, les vieux m'avaient dit, « ah, faut bien choisir sa femme, et même si tu la choisis bien, il y a des chances que ça aille pas fort malgré tout »… Et pour le travail, en gros pareil. Selon eux, dans l'existence, il n'y avait rien de vraiment certain, à part s'en prendre plein la gueule à un moment ou à un autre, ça oui, ils pouvaient presque me le garantir, la plupart du temps, la vie les avait pris au dépourvu, comme une grosse averse quand on n'a pas de parapluie, le genre qui vous glace jusqu'aux os. Leur seul conseil, au bout du compte, c'était que j'aille leur acheter des crèmes dessert au chocolat dans la supérette du quartier, parce que celles qui étaient servies à la cantine avaient la couleur du chocolat, mais le goût, pas du tout. C'était un bon conseil, faire quelque chose de gentil pour quelqu'un qui pourra rien pour vous en retour, moi je vois pas mieux.

— Tu viens avec moi ou pas ? reprit mon frère, un peu agacé. Il avait bien vu que je pensais à autre chose, ce qui est mon occupation préférée, je reconnais. — Parce que moi, j'y vais ! Je voulais pas y aller, mais j'avais encore moins envie de rester seul. Mon frère ouvrit très doucement la portière, il avait eu la présence d'esprit de garder avec lui les clefs de la voiture. Il m'a chuchoté de m'installer au volant, sans refermer, de mettre le levier de vitesses au point mort et de débloquer le frein à main. Je sais faire tout ça, parce que mon père m'apprend un peu à conduire dans la forêt entre Montargis et Paucourt, le week-end, depuis la rentrée dernière, donc j'étais bien content de pouvoir mettre mon savoir en pratique. Mon frère s'est mis à pousser la bagnole le long du chemin de terre, pour ne mettre le contact qu'une fois arrivé sur la route, afin de ne pas réveiller ma mère – mon père, il dort trop profondément – avec le moteur. Dès qu'il commence à faire des conneries, on dirait que Fabrice recouvre aussitôt toute son intelligence, et ça décuple même ses capacités intellectuelles, c'est spectaculaire. Encore un truc à ajouter à la liste des grands mystères de la science.

— Bouge de là ! m'a-t-il lancé affectueusement pour reprendre le volant. On a démarré, pris à droite, d'où on venait. — J'ai repéré un petit village qui avait l'air sympa. Moi, je me souvenais pas du tout, j'avais pas dû faire attention. — Y avait une fête foraine. Tu sais tirer à la carabine ? — Un peu. — On va vérifier ça, a-t-il répondu en souriant. Je commençais à trouver ça excitant, j'avoue.

— T'es avec Christine ? La question est sortie toute seule, j'ai pas pu m'empêcher. — Quoi ?! — Je vous ai entendus parler dans les toilettes de la station-service. — T'as entendu quoi, exactement ? — Pas grand-chose... Juste que t'avais l'air de vouloir la larguer. Il m'a considéré un instant, hésitant à tout avouer. — Ben oui, elle est trop vieille pour moi. — C'est ce que j'ai pensé aussi. — Mais elle comprend pas, elle s'accroche. C'est un secret, on est d'accord, Émile ? — Promis.

On est arrivés sur une petite place de village, où s'étaient effectivement établies quelques attractions de fête foraine, pas les manèges énormes qu'on trouve dans les parcs d'attractions, mais une chenille, un train fantôme, quelques stands de tir à la carabine, des buvettes avec panini et pizzas, et les fameuses autos tamponneuses. Un truc modeste, mais honnête. Mon frère ne songeait plus à dégommer des ballons à l'aide d'un fusil à air comprimé à trois mètres de distance, non, il paraissait beaucoup plus attiré par les autos tamponneuses. — Conduire ça, j'ai droit, me dit-il en souriant, j'ai même le droit de rentrer dans tout le monde. Il partit acheter des jetons, et une bière en passant. Quelques Italiens nous regardaient bizarrement, j'espérais que tout ça ne finirait pas trop mal... Ou au plus vite.

Mon frère m'intima l'ordre de m'asseoir dans une auto tamponneuse, non, pas la rouge, la bleue, elle va plus vite, t'as pas remarqué ? Moi, j'étais resté scotché sur une jolie brune qui conduisait une auto tamponneuse rouge, et j'avais spontanément eu envie de prendre la même couleur. On monta donc ensemble. — Tu me laisseras conduire, s'te plaît Fabrice. — On verra. On se prit un énorme choc par l'arrière, un gamin qui dépassait à peine du volant cherchait à nous tester. Il parlait avec les mains, en lançant des mots italiens qu'on comprenait pas, l'air très remonté, malgré ses dix ans maximum. Rital, c'est un truc qui commence très jeune apparemment, je dis ça sans le moindre racisme, nous, on passe tout le temps pour des romanichels, alors vous pensez bien, si j'étais raciste, je serais obligé de commencer par nous.

Mon frère, au lieu de répondre, se mit à conduire plus tranquillement encore que sur la route, en tapant gentiment les véhicules autour, mais doucement, juste pour montrer qu'il jouait le jeu. C'était pas ça qui l'intéressait, au fond. Lui aussi avait repéré la jolie brune, et il faisait mine de pas la calculer, mais forcément, sur une piste où l'on passe son temps à tourner en rond, on retombait souvent sur elle. Elle avait l'air un peu triste, ce qui rend toujours les filles plus attirantes, surtout pour ceux qui sont obsédés par l'idée de sauver le monde, comme c'est mon cas, et qui commenceraient bien leur mission par une jeune fille sublime, en la couvrant de baisers, et plus si l'occasion se présente.

À un moment, j'ai noté chez la fille une petite dilatation de la pupille, quand elle a regardé mon frère, je suis formel, et même un début de sourire à la commissure des lèvres. Elle a chargé une copine un peu plus jeune qu'elle dans son auto, et mon frère m'a fait un petit clin d'œil. — On est deux, maintenant, elles aussi, elles sont deux.

On enchaînait les tours. Il y avait des vieux tubes italiens dans les enceintes, avec du *Ti amo* à tout bout de champ et des chanteurs à la voix cassée, qui parlaient d'une époque un peu romantique, qui n'avait sans doute jamais vraiment existé, en tout cas, moi, j'y crois pas. Mon frère suivait la jolie nana, avec sa copine forcément moins jolie, c'est une règle statistique imparable. On tentait de leur rentrer dedans, l'air de rien, genre on n'a pas fait exprès. Et ce qui était bon signe, c'est qu'elles faisaient un peu pareil. Entre les garçons et les filles, c'est comme aux autos tamponneuses : on se tourne autour, on fait mine de s'ignorer… On se dévisage dès que l'autre a le dos tourné. Puis on se rapproche, on se frôle, on s'effleure, et à un moment, on se rentre dedans. D'abord très doucement, pour prendre contact, et puis au fur et à mesure, ça se rentre dedans de plus en plus violemment. Mes parents sont des spécialistes, pas besoin de fête foraine, avec menaces, engueulades et guerre mondiale. Parfois, on va même jusqu'à se percuter de plein fouet, à pleine vitesse, et comme sur la piste, c'est censé faire du bien quand ça fait mal. Jusqu'à ce que ça devienne trop douloureux et qu'on décide de s'éviter, passer au large, rouler chacun de son côté, avec avocat et garde partagée, je vous fais pas un dessin. Quand la partie est terminée, on recommence avec une autre, faut bien se l'avouer, il n'y a que la couleur de la voiture qui change.

— Tiens, vas-y, prends le volant, me cria mon frère sans préavis. Il descendit sur le bord de la piste, et je me suis retrouvé aux commandes sans avoir eu le temps de dire ouf. Je me suis mis à essayer d'éviter absolument tout le monde, c'est ce que je préfère, ça doit être une question de caractère. Un tour et mon frère avait déjà disparu, et la jolie brune aussi. S'ils étaient ensemble, c'était vraiment du grand art.

J'ai épuisé mon stock de jetons, puis je me suis promené dans les allées. Aucune trace de Fabrice. Je suis passé devant un manège avec deux-trois gamins sur des bagnoles miniatures. Je me suis dit qu'ils en avaient peut-être pour leur vie entière, à tourner en rond, c'était donc, mine de rien, une activité très éducative. Comme je trouvais toujours pas mon frère, j'ai commencé à m'inquiéter. Il était capable de disparaître pendant des heures et de revenir avec un sourire rayonnant, sans la moindre trace de culpabilité. Je décidai d'aller l'attendre dans la voiture. Et là, je vous le donne en mille, il était assis à l'arrière, en train de rouler des pelles à la brune. Sa manière de séduire les filles, c'est de la science-fiction en vrai, que des effets spéciaux, mais aucun trucage. À la vitesse de la lumière. Il m'a vu arriver, s'est redressé, a descendu la fenêtre. — Je te présente Natacha, elle est belge, elle est en vacances. — Bonsoir, mademoiselle. — Ouh, il est bien élevé, ce garçon. — Ben ouais, qu'est-ce que tu crois… Natacha, mon petit frère, Émile. — Salut, m'a-t-elle lancé avec un grand sourire. Elle devait avoir vingt ans à peine. Elle avait l'air gentille, un peu routarde sur les bords, mais la version pas trop grunge, petit piercing, mini-tatouage, on avait échappé aux dreadlocks et au short qui pue, en gros, la chance nous souriait. — Allez, on bouge ! lança mon frère en se faufilant entre les deux sièges avant pour aller prendre le volant. — Une seconde, je vais chercher mon sac !

Natacha sortit de la bagnole en se dépêchant et se dirigea vers la fête. Je me suis assis à l'arrière, la banquette était encore chaude. — Elle est pas mal, non ? — Carrément. — Très sympa en plus. — T'as du bol, elle parle français. — Ça, pour ce qu'on s'est parlé, éclata de rire mon frère, de ce rire gras et fort que j'aime et que je déteste, ça dépend, mais là, j'aimais bien. — Elle va dormir avec nous ? — Ben ouais, elle est en galère, je lui ai dit qu'on pouvait l'héberger pour la nuit. Je lui ai joué mon abbé Pierre. Sauf que l'abbé Pierre, il lui ferait pas ce que je vais lui faire, annonça-t-il en éclatant à nouveau de rire. — Et moi, je me mets où, en attendant ? — Tu roupilleras dans la bagnole. — Ah non, c'est vous qui prenez la bagnole ! — Impossible. C'est la voiture des parents. J'ai des principes, quand même. — Des principes quand ça te chante ! — Non, non, je t'assure, tu te rends pas compte, c'est trop risqué. Si jamais ils se réveillent en pleine nuit, j'ai pas envie que Maman me trouve les fesses à l'air. Dans la tente, au moins, on est cachés. J'étais pas du tout emballé. — Fais pas la gueule, c'est un cas de force majeure, je te revaudrai ça.

Natacha réapparut, avec un sac à dos sur les épaules. Elle monta côté passager, essoufflée, l'air inquiet. — Démarre ! Mon frère eut un petit temps d'arrêt, perplexe. — Qu'est-ce qui se passe ? — Démarre vite ! Je t'en supplie ! Je t'expliquerai après. Mon frère finit par obtempérer, il passa la première, fit crisser les pneus. La voiture disparut dans la nuit. — Tu mets pas tes phares ? — Si tu veux qu'on disparaisse, on disparaît ! — Personne nous suit ? — Personne. C'est opération fantôme. On roula quelques minutes comme ça, sans lumière nulle part, c'était de plus en plus n'importe quoi, cette virée nocturne.

Finalement, mon frère remit les phares, on semblait hors d'atteinte et il avait failli rater un virage, c'était pas le moment. — Alors, tu me devais pas une petite explication ? — Je suis obligée ? — T'es obligée de rien, Natacha. Elle sortit un joint et commença à le fumer.

La fille devenait de plus en plus mystérieuse, et avec mon imagination vagabonde, je vous dis pas. Était-ce une criminelle en cavale, une serial-killeuse de fête foraine, une auto-stoppeuse dealeuse de shit ? — Et vous, vous êtes en vacances aussi ? — On va à Venise. — Il paraît que c'est magnifique (et son visage s'éclaira d'un coup), peut-être la plus belle ville du monde. — On peut pas le dire, on n'y est pas encore, ironisa mon frère en pilant. Natacha faillit se manger le pare-brise, et moi voler vers les sièges avant. — Qu'est-ce qui t'arrive, t'es malade ? — On a raté la route.

Il fit demi-tour et retrouva le chemin de terre. Fabrice coupa le contact une trentaine de mètres avant la caravane, et la voiture continua doucement, avec l'élan. Il s'arrêta exactement au même endroit que deux heures plus tôt et se tourna vers Natacha. — Faut pas faire trop de bruit, y a des gens qui dorment dans la caravane. — Tes vieux ? Il fit oui de la tête. — Tu pars en vacances avec

173

tes vieux ? — En week-end prolongé. Ça te gêne ?
— Non, c'est drôle. Elle était un peu taquine, de
toute évidence. — Non, c'est pas drôle. Ils sont où
tes vieux à toi ? — À Namur. — Ils ont déjà vu
Venise ? — Jamais. Elle faisait déjà un peu moins
la maligne, ça sentait pas la famille Ricoré, vous
savez, celle qui prend son petit-déj dans le jardin,
avec une nappe à fleurs. — Nous, avec Émile, on
les emmène. — C'est cool, finit-elle par abdiquer.
— Bien sûr que c'est cool. Allez, suis-moi. — Et
Émile ? — T'inquiète, je dors dans la voiture, je
préfère. — T'es gentil, toi, me lança-t-elle en me
passant la main sur la joue. J'eus une sorte de tressaillement intérieur. Elle était vraiment craquante,
cette Natacha.

Mon frère, sans doute dans le feu de l'action,
avait omis de me rapporter mon duvet, ça faisait
pourtant partie du plan d'attaque, c'était même
selon moi le point stratégique fondamental pour
le confort des troupes. J'osais pas vraiment interférer dans leurs petites affaires, donc je me suis
mis à cailler dans la voiture, doucement mais
sûrement, et le froid, ça n'aide pas tellement à
patienter. Dix minutes. Vingt minutes. Mes yeux
commençaient à se fermer un peu malgré moi.
J'étais dans un état à mi-chemin entre assoupi et
congelé quand mon frère ouvrit la portière et vint
s'asseoir à côté de moi. — Tu peux y aller si tu

veux, elle est d'accord. — Pardon ? — Elle veut bien avec toi aussi. Je vais pas te faire un dessin. — Tu déconnes ?! — C'est elle qui a proposé. Alors là, je m'attendais à tout sauf à ça. — Ouais je sais, elle est bizarre ! Je me sentais terriblement fébrile, excité, apeuré, touché qu'elle veuille bien et déçu aussi, parce que même si c'était une attitude rare et charitable, ça se fait pas. Et puis je me sentais pas complètement célibataire, dans ma tête en tout cas.

— Je peux pas, j'ai Pauline, ai-je fini par déclarer. — Vous êtes ensemble ? — Non. — Alors t'as personne. Fais pas chier, vas-y. — Je sais pas. — T'es puceau ? — Évidemment, je te l'aurais dit sinon. — Tu flippes, c'est normal. Mais c'est pas la peur qui doit t'arrêter. Au contraire. Faut la dépasser, la peur. Faut jouer avec, tu piges ? — C'est pas que ça, le problème. — C'est quoi alors ? répondit-il, en perdant quelque peu patience. — Ben pour ma première fois, moi j'aimerais le faire avec une fille pour laquelle j'ai des sentiments. Je trouve ça préférable. C'était exactement le bon mot, préférable, il résumait parfaitement mon inclination intérieure. — Très mauvaise idée, rétorqua mon aîné. Théoriquement, je te comprends à fond, mais en pratique, vaut mieux justement t'entraîner avec une fille que tu connais à peine. Sinon, tu seras nul avec la meuf à laquelle

175

tu tiens, et là, t'auras vraiment tout raté, crois-moi. J'ai médité sur ce conseil, sans pouvoir déterminer si je devais le suivre. D'habitude, je suis plutôt du genre à penser que c'est une chose bien regrettable qu'on puisse pas apprendre des autres, ça me paraissait même à la base de la grande déroute actuelle de l'humanité. Mais là, j'en étais un peu moins sûr. Peut-être qu'il valait mieux que chacun se la fasse, son expérience. Peut-être que c'était le seul chemin.

Il me tendit un préservatif. — Allez, vas-y, qu'on n'en parle plus. Je trouvais ça glauque, quand même, un peu tentant aussi, parce qu'elle était incroyable, Natacha. Si la fille avait été immonde, refuser eût été beaucoup plus facile, mais la vie vous met tout le temps des choix compliqués dans la balance, pour voir de quel côté vous penchez, elle menace sans arrêt votre équilibre. Ça me fit hésiter, je sais, j'en suis pas très fier. Quand on attend impatiemment chaque printemps-été et chaque automne-hiver les nouvelles pages lingerie du catalogue de La Redoute et des Trois Suisses réunis, je le confesse en toute sérénité, c'est un stade normal du développement sexuel, c'était écrit dans « Questions psy » du *Journal du Dimanche*, ça m'avait enlevé un poids énorme quand j'avais lu ça, bref, quand on a ces magnifiques images-là quelque part en tête, et qu'on peut tester d'un coup en vrai, avouez que ça fait réfléchir. Avec en plus un frère qui en rajoutait des tonnes. — C'est une occasion qui se représentera pas de sitôt. Papa, il dit toujours qu'il faut savoir saisir sa chance, que chacun a la sienne, mais qu'on ne la voit pas. — Tu cites Papa, toi, maintenant ? — Il dit pas toujours que des conneries. J'ai pensé qu'en effet, à la manière des voyantes avec leur boule de cristal, à force d'annoncer des prédictions, on finit forcément par tomber juste de temps en temps.

Malgré tout subsistait en moi une forme de réticence, j'avais l'impression que mon frère avait cette habitude, qu'il partageait ses nanas avec ses compagnons de chambrée, et je voulais pas faire partie de ça. — Ça fait pas un peu prostituée ? — Non, elle te trouve mignon, c'est tout. Parfois, faut pas trop se poser de questions. — Je sais pas trop m'y prendre, tu lui as expliqué ? — Mais oui, t'en fais pas... Tu vas voir, c'est un super-coup. Je m'arrêtai net, c'était vraiment pas la chose à ajouter. — Quoi, vas-y, qu'est-ce que tu fous ? — Je peux pas, Fabrice. Je vais vous imaginer dix minutes avant tous les deux, ça va tout me couper. L'amour à la chaîne, c'est pas du tout mon truc. — Tu sais même pas ce que c'est, ton truc ! — En tout cas, je veux pas ça. — T'es vraiment con. — Je suis romantique. — C'est bien ce que je dis, t'es con.

On est retournés ensemble dans la tente. Natacha eut l'air surprise de nous voir débarquer tous les deux. — En fait, il a une nana, je savais pas, expliqua mon frère, du coup ça le gêne. — Je suis désolé, je te trouve trop belle, c'est pas du tout ça le problème, mais c'est par rapport à ma copine… — Oh, il est trop mignon, il est amoureux. — Il est con, oui, lança mon frère, encore bien remonté. — L'amour ça rend un peu con, mais c'est quand même ce qu'il y a de plus chouette dans la vie ! Elle était d'un naturel enthousiaste, fraîche, spontanée, cette Natacha. On aurait vraiment pu tomber plus mal. Il y eut un petit silence, sa déclaration nous laissa quand même méditatifs, mon frère et moi. L'amour, on n'y pense jamais vraiment, en fait, jamais assez. On en parle beaucoup dans certaines chansons, mais c'est surtout les vieux qui les écoutent. — Bon, ben dans ce cas-là, bonne nuit les garçons. Elle ne semblait même pas vexée, plutôt du genre pragmatique.

On se coucha tous les trois côte à côte, avec Natacha au milieu. Elle avait sorti son duvet à elle, donc on était tous emmitouflés, en mode sarcophage, on pouvait pas trop bouger. Je me demandais si j'aurais pas dû accepter cette proposition indécente, si j'allais pas m'en vouloir toute ma vie. Mon frère se mit à ronfler comme d'habitude. Natacha avait le visage tourné vers lui, je pouvais pas savoir si elle dormait déjà. J'entendais sa respiration, je voyais sa nuque, ses petits cheveux, son collier, je sentais son parfum. J'étais un peu troublé. J'eus un mal fou à trouver le sommeil, mais j'ai fini par rendre les armes.

Sauf qu'en plein milieu de la nuit, il devait être 4 ou 5 heures du matin, je me suis réveillé de nouveau. Natacha ne dormait pas non plus, elle regardait vers le sommet de la tente, méditative, comme s'il s'agissait d'une cathédrale gothique, mais c'était juste une mini-tente igloo premier prix. Elle avait les yeux dans le vague, un poil nostalgique. J'ai soudainement remarqué une larme qui glissait sur sa joue. — Ça va pas ? j'ai chuchoté. — Si, si, t'inquiète… — Tu pleures ? — Non, enfin, un peu… Je pleure souvent au milieu de la nuit, c'est pas grave, c'est comme ça. Elle se tourna vers moi, me regarda comme aucune fille ne m'avait jamais regardé jusqu'alors, je vous jure, elle me regarda comme un homme. — Je te plais ? — Beaucoup. Alors elle m'embrassa. Ce fut un baiser long et doux, langoureux je crois qu'on dit, un baiser dans lequel on s'oublie, où on se retrouve, enfin les deux, un baiser qui vous donne soudainement l'impression que votre vie n'est plus celle de quelqu'un qui attend devant un ascenseur en panne.

Elle se serra contre moi, autant vous dire que je commençais à perdre totalement le contrôle de la situation, si tant est que j'aie jamais contrôlé quoi que ce soit dans ma vie. Puis elle fit glisser le zip de son duvet. Je devinais ses cuisses, sa petite culotte, ses seins sous son tee-shirt, ça m'a paru si beau que je trouve pas les mots. Elle me regarda, avec un air un peu triste, mais brûlant. — Viens. Je jetai un œil vers mon frère, qui ronflait merveilleusement bien. Alors sans plus du tout réfléchir à ce que je faisais, je sortis de mon duvet et me blottis dans le sien. Elle recommença à m'embrasser, promena ses mains sur mon dos, le haut de mes fesses... Puis elle me guida en elle. J'étais au comble de l'excitation, je savais juste qu'il fallait se retenir le plus longtemps possible, et ça, c'était vraiment pas gagné.

Bon, je peux pas en dire plus, parce qu'après, ça devient trop personnel. Et puis tout le monde a suivi un jour les cours d'éducation sexuelle en sciences de la vie et de la terre, et s'en souvient encore, c'est des trucs qu'on n'oublie pas, donc pas besoin de révision. Ce que je peux signaler tout de même, c'est que juste après, quand ça a été terminé et que chacun a regagné ses appartements, et donc son duvet respectif, je ne me sentais pas tout à fait pareil, sans pouvoir vraiment le définir, quelque chose avait changé en moi, j'étais pas plus confiant, pas plus fort non plus, pas mieux ni pire, non. En fait, je ressentais avant tout une joie profonde de l'avoir fait, comme si j'avais gagné la Coupe du monde et la coupe Davis à la fois, même si, j'avoue, j'avais pas très bien compris ce qui s'était passé. Mais pour être tout à fait honnête, j'étais une fois de plus déchiré en deux, comme une feuille de papier qu'on jette à la poubelle, à la fois heureux et amer, parce que c'est avec Pauline que j'aurais aimé vivre ces instants, sauf votre respect pour Natacha que je remercierai jamais assez, et d'ailleurs que je ne remercierai sans doute pas du tout. La vie, c'est ce qui arrive quand on a d'autres projets, qu'il dit, mon père – il cite souvent John Lennon, un Beatles assassiné parce qu'il avait imaginé un monde meilleur.

La vie m'arrivait, comme des vagues sur une plage, me recouvrait, m'inondait. Je prenais l'eau de partout, c'était même pas la peine d'écoper. Et ma vie d'adulte semblait là-bas au bout de l'horizon, de l'autre côté de l'océan, ce serait un peu l'Amérique, avec ses promesses, ses lumières et sa statue de la Liberté, et j'avais l'impression étrange de commencer tout juste la traversée, avec une grosse probabilité de couler à pic en chemin, forcément, avec une embarcation comme la mienne, trouée de partout, c'est le problème quand on est trop sensible. Mais avant l'Amérique, il y avait l'Italie, et dans cette petite tente igloo, quelque part entre Chamonix et Milan, vers 4 ou 5 heures du matin, pendant quelques instants que je n'oublierai sans doute jamais, avec une fille que je n'aimais pas, et que je connaissais encore moins, j'ai pourtant cru un peu voir Venise.

Dimanche 15 avril

Il y a des matins difficiles, c'est connu. Un bruit fort et sec nous réveilla en sursaut, ça ressemblait à une sorte de violent impact contre de la tôle ondulée, comme si on venait de balancer une énorme pierre contre la caravane. À peine avais-je ouvert les yeux que mon frère passait déjà la tête hors de la tente. « Oh putain !!! » fut son unique commentaire. Avant d'ajouter : « Émile, viens voir ! » Alors que Natacha se cachait la tête sous son duvet, bien décidée à finir sa nuit, je me mis aussitôt à quatre pattes à côté de mon frère pour regarder ce qui se passait. Deux hommes très élégants se tenaient à une cinquantaine de mètres de nous, avec à la main des clubs de golf. Mon regard balaya les environs, la chose se révélait d'une logique imparable, nous avions campé, sans le savoir, en plein milieu d'un parcours de golf.

Mon père apparut tout en finissant de s'habiller, et ramassa la balle qui venait de percuter sa caravane. — Non mais ça va pas ?! Vous avez pas le droit ! lança-t-il aux deux Italiens, imperturbables. Ils auraient sorti des flingues et auraient commencé à nous mitrailler, ils auraient eu à peu près le même regard. Mon père examina la bosse sous la fenêtre de la caravane, provoquée par la balle de golf. Il fulmina. — On va faire un constat, je vais devoir aller chez un carrossier, ça va coûter bonbon, je vous préviens ! J'espère que vous êtes bien assurés ! — Vous parlez français ? cria l'un d'eux, avec un accent italien. — Absolument, la langue de Molière, monsieur ! Je sais pas pourquoi il a apporté cette précision, ça n'a impressionné absolument personne.

— Et vous êtes français ou roumains ? continua l'Italien, qui devait avoir une bonne soixantaine d'années, une bonne éducation et, de toute évidence de bons gros revenus, ce qui faisait beaucoup face à nous qui n'avions rien de tout cela. — Dès que vous voyez une caravane, vous voyez des Roumains !? C'est de la ségrégation, monsieur, vous en êtes conscient ? — Français ? — Oui, et fiers de l'être ! — Les Roumains, ils rouspètent pas comme ça, admit l'Italien. — Vous me tirez dessus et c'est moi qui rouspète ?! — Il faut partir le plus tout de suite possible, répondit l'Italien, c'est le territoire privé ici. Jusqu'ici, il avait usé d'un français impeccable, mais une pointe de nervosité l'entraînait à commettre des petites erreurs de vocabulaire et de grammaire. — Bien sûr qu'on va partir, on est attendus à Venise. Mais avant, on va prendre le petit-déjeuner tranquilles, que ça vous plaise ou non. Pas vrai, chérie ?

Ma mère se tenait dans l'embrasure de la porte de la caravane, contemplant un peu méfiante les forces en présence. — J'ai lancé le café, peut-être peux-tu en proposer à ces messieurs ? Sa proposition me surprit, car si on découvre un jour un sixième sens à ma mère, ce sera clairement pas celui de l'hospitalité.

— M. Giacomelli fait partie du gouvernement italien, nous expliqua notre interlocuteur, en présentant son acolyte, il est ministre. — Je vois pas le rapport, beugla mon père, faisant mine de ne pas se sentir menacé. — Le rapport, il est facile, si vous partez pas tout de suite, dans cinq minutes, il y aura des voitures de police, beaucoup, partout, et vous risquez d'être très en retard à Venise. Je pris la nouvelle avec un mélange de désespoir et de résignation. — Papa, on devrait pas traîner, tu m'as promis qu'on y serait à l'heure. — Je prends mon café d'abord, me lança-t-il, inflexible. On allait droit à la catastrophe. Ma mère lui apporta une tasse aussitôt, et se mit à remballer tout le reste.

Pendant ce temps, mon frère ordonna à Natacha de se lever et se mit à replier la tente à toute allure. Mon père considéra alors cette jolie jeune femme

185

sortie de nulle part avec la plus grande curiosité. — C'est qui, cette demoiselle ? Fabrice regarda mon père, Natacha, puis à nouveau mon père, et prit l'air le plus circonspect possible. — J'en sais rien, déclara-t-il sur un ton catégorique. — Tu te fous de moi ?! — Je te jure, Papa ! — Émile, c'est qui cette fille qu'était dans votre tente ?! — C'est Natacha. — Bonjour monsieur, se présenta-t-elle en venant lui serrer la main avec un grand sourire, du genre réchauffement climatique, à faire fondre les deux pôles à la fois. — Bonjour mademoiselle, je suis enchanté, moi c'est Bernard. Il ne lui lâchait pas la main, ça aurait pu durer des heures.

— Vous croyez qu'on a le temps de faire connaissance, on a les flics au cul ! interrompit brutalement ma mère. La jalousie, après tant d'années, c'était quand même très émouvant. Mon frère m'ordonna de finir de ranger la tente dans le coffre pendant qu'il accrochait la caravane à la voiture en retirant les cales. Les deux Italiens nous considéraient avec la tête qu'on doit avoir quand on regarde gesticuler des animaux enfermés dans un zoo.

— J'ai pas peur d'un ministre, marmonnait mon père en se mettant au volant, je pars parce que vous voulez partir, mais moi, je serais resté, je les aurais attendus, les carabiniers, et même l'armée, qu'ils nous envoient l'armée, tiens, qu'on rigole ! — On n'envoie pas l'armée pour trois pelés et un tondu, Papa, se vexa mon frère, faut dire qu'il est susceptible. Elle a quand même autre chose à foutre ! — Ah oui ? Et qu'est-ce qu'elle fait, l'armée, en temps de paix, à part attendre ? — N'importe quoi ! On n'attend pas, on s'entraîne. — Y aura toujours des planqués, me dis pas que dans ta caserne, y a pas des tire-au-flanc, j'y croirai pas. — Évidemment, y en a partout, reconnut mon frère. Mais on passe pas notre temps à attendre, ça c'est pas vrai. — Vous vous en rendez même plus compte, c'est normal… Et c'est pas forcément négatif ! T'as vu *Le Désert des Tartares*, Émile ? Comme si c'était le moment de parler cinéma. — C'est un vieux film, dans le désert, un film sur l'attente des militaires, tout le film, ils attendent, c'est magnifique. C'est avec cet acteur incroyable, comment il s'appelle déjà ? — Oui, eh bien nous, on va pas attendre, on va y aller, Bernard ! vitupéra ma mère, parce que quand on campe sur un terrain de golf qui appartient au ministre de l'Intérieur, pas besoin d'avoir fait Saint-Cyr pour comprendre qu'il faut foutre le camp.

Mon père mit le contact, démarra. Natacha s'était tout naturellement installée entre mon frère et moi, la situation semblait l'amuser au plus haut point. — Comment tu sais que c'est le ministre de l'Intérieur ? — Réfléchis ! Il a parlé de flics… Les flics, c'est le ministre de l'Intérieur.

J'ai pensé que ce serait bien s'il y avait vraiment un ministre qui s'occupait des choses intérieures, comme les sentiments, les émotions, les désarrois aussi, il aurait fort à faire, mais faut pas rêver, il traite exclusivement des choses extérieures, le ministre de l'Intérieur. Et notamment des gens à jeter à l'extérieur du pays, parce que chacun chez soi, paraît que c'est la moindre des choses, même pour ceux qu'en ont pas. Et le ministre de l'Économie, paraît qu'il fait surtout des dépenses. Mon père dit que les titres qu'on leur donne, c'est pour tromper l'ennemi, et apparemment, l'ennemi, c'est nous.

On fonçait sur le chemin de terre, plutôt bosselé, et soudain, la caravane roula dans une flaque, on entendit un gros crac. Mon père lança avec un grand sourire, « c'est le Paris-Dakar ! ». Il tourna à droite sur la départementale, vers l'autoroute. L'attelage semblait tenir le choc. — On est sortis d'affaire ! annonça-t-il victorieusement. — Attends, je vérifie que personne nous suit, tempéra mon frère. Il scrutait le paysage derrière, il sortit même d'un sac kaki des jumelles, ils sont vachement équipés, les militaires. — Pour l'instant RAS ! Ils disent aussi affirmatif et négatif à la place de oui ou non, on s'occupe comme on peut. — On les a bien eus ! triompha mon père. — On n'a eu personne. On a évité la catastrophe, c'est tout, répliqua Fabrice sur un ton plus grave. Le seul point positif, c'est que je me rendais compte que j'avais moins honte de nous en pays étranger. Par exemple, sur l'apparence vestimentaire, les gens du coin pouvaient s'imaginer que c'est la mode chez nous, on pouvait jouer sur le malentendu. De toute façon, il nous restait que ça à espérer, le malentendu.

On retrouva vite l'autoroute, il y avait quelques policiers à l'entrée qui faisaient des contrôles d'identité. J'ai soudain été pris d'une peur atroce. On allait se faire interpeller, j'en étais sûr, et là, ce serait la fin de l'histoire. Les carabiniers italiens nous témoignèrent un mépris si total qu'il m'en parut suspect. Ma mère dit souvent, « nous partis, y a plus de voleurs », ça vous situe le niveau d'honnêteté de la famille. C'est pas qu'on truande sans arrêt, mais si l'occasion se présente, mes parents, faut pas non plus les tenter. Et puis les lois et les règlements, mon père y est allergique, ça date de sa petite enfance, à l'école primaire, un très mauvais souvenir pour lui. C'est vrai que ça partait pas bien, sa mère l'a oublié une année de trop à la maternelle, véridique, j'invente rien, elle devait être particulièrement distraite, ou ivre, mais faut pas le dire, sinon mon père s'énerve. Il supporte pas qu'on parle mal de Mamie Ida, que j'ai jamais connue et qui était une femme extraordinaire et très belle. Il a toujours sa photo dans son portefeuille, un vieux portrait en noir et blanc, on dirait une star de l'âge d'or d'Hollywood. Si c'est pas de l'amour, ça, il n'y a même pas la photo de ma mère à côté. Et encore moins celle de mon frère et moi, l'idée n'a jamais dû le traverser. Bref, je peux pas vous énumérer les chefs d'accusation exacts qu'on retiendra contre nous, mais un jour, on y aura droit. Les cavales, ça peut pas durer infiniment, on finit tôt ou tard par se faire choper, tous les grands criminels vous le diront.

À la première station-service, on s'arrêta pour le petit-déjeuner. Je protestais même pas sur le principe de cette pause, car la bonne nouvelle dans toute cette précipitation, c'est qu'il n'était même pas encore 8 heures du matin. En décampant, on avait regagné un peu de temps sur le planning. Du coup, je me remettais à y croire, parce qu'on peut pas trop empêcher l'espoir, qui revient sans qu'on s'en rende compte, comme le soleil qui soudain crève un nuage, et scintille, vous réchauffe, au moment précis où on l'avait oublié. L'attraction de la matinée, c'était surtout Natacha. À l'espace des machines automatiques, elle buvait son café, tranquille, à côté de mon frère, face à mes parents, qui la considéraient comme si elle allait devenir leur belle-fille dans les plus brefs délais.

Ma mère lança le bal des questions indiscrètes.
— Et qu'est-ce que vous faites dans la vie ? — Je
voyage. — C'est pas un métier, ça. — Ah non,
non, niveau métier… Comment expliquer, j'étais
en fac de langues en Belgique, mais je me suis dit
que j'apprendrais plus vite en allant visiter les pays
en question. — Pas bête, déclara mon père, toujours sous le charme. — Oui, enfin, à un moment,
si vous passez pas les diplômes, vous n'irez pas
bien loin, coupa ma mère. Et si en plus vous per-
dez votre temps avec mon fils aîné, vous n'allez pas
beaucoup pratiquer l'italien. Ma mère balançait ses
piques comme un lanceur de couteaux. De l'autre
côté de la table, Natacha esquivait comme elle
pouvait.

Mon frère, encore un peu endormi, se résolut
à contre-attaquer. — Maman ! Laisse-la un peu
tranquille, elle fait ce qu'elle veut. — Je disais ça
pour l'aider, moi. Les jeunes, on peut plus rien
leur dire aujourd'hui. — Ça n'aide pas du tout !
— Mes parents aussi, ils parlent comme vous,
reprit Natacha très gentiment. Mais je crois que ce
qui m'aiderait effectivement, au lieu des conseils et
des critiques, c'est qu'on me fasse enfin confiance.
— La confiance, ça se mérite, rétorqua ma mère,
inflexible. Regardez ce grand dadais, dit-elle en
désignant mon frère, on lui a fait confiance, et je
peux vous dire que les conneries, depuis qu'il est

né, il les a accumulées. Vous voyez les pyramides d'Égypte ? Eh bien c'est rien du tout à côté de la somme de ses conneries !

— Bon, si c'est ça, on se casse ! Fabrice saisit Natacha par le bras, pour l'entraîner dehors. — Attends, Fabrice, on discute, dédramatisa mon père. — C'est pas une discussion, c'est un règlement de comptes. — Ta mère exagère toujours tout, tu devrais être habitué. Excusez-nous, mademoiselle. — Pas de souci, répondit Natacha. Ils revinrent finalement s'accouder à la table haute en Formica spéciale pause-café. Mon père reprit la conversation à son compte, ça semblait plus prudent. — Et qu'est-ce qui va se passer, maintenant ? Vous souhaitez venir avec nous jusqu'à Venise ? — J'aimerais bien, si ça pose pas de problème, sourit la demoiselle. — Ils vont être serrés comme des sardines à l'arrière, non ? lança ma mère, toujours aussi récalcitrante. L'armistice, c'était pas demain qu'elle le signerait. — Mais non, ça ira, pas vrai Émile ? répondit Fabrice. J'acquiesçai d'un petit sourire résigné, depuis le présentoir des vidéos que je faisais semblant de regarder. — Il aime bien se serrer contre Natacha, Émile, c'est pas vrai ? J'eus immédiatement un violent vertige, tout proche du K-O technique avec arrêt de l'arbitre. Nous avait-il entendus, Natacha et moi, à 5 heures du matin ? Faisait-il semblant de dormir ?

Je me repassais le film dans la tête, en avance et retour rapide, avec arrêt sur images. Je me souvins qu'il avait ronflé tout le temps… Je me mis à transpirer. Nous avait-il espionnés ? On leur donne des faux passeports à l'armée, pour leurs missions secrètes, alors les faux .ronflements, à côté, c'est vraiment le b-a-ba. Plus j'y pensais, moins j'avais envie de connaître la réponse, oui, pour une fois, je préférais pas savoir. D'ailleurs, peut-être que si je désapprenais tout, je retrouverais l'inconscience totale et ce serait une sorte de paradis terrestre. Mais avec les informations en continu à la radio, on n'est pas aidé.

J'entendis alors Natacha répondre à ma place.
— Absolument, on va se serrer les coudes à l'arrière de la voiture, ça existe aussi entre jeunes, la solidarité. Mais avant, ajouta-t-elle, je vais juste passer aux toilettes, si ça vous ennuie pas. — Ça nous sied tout à fait, mademoiselle, à votre aisance, je vous en prie. Mon père peut soudainement devenir extrêmement poli, d'une façon toute personnelle, à la manière d'un lord anglais dans les films de James Ivory, mais mal doublé en français. On sent comme un problème quelque part, mais on sait pas bien où.

Natacha revint des toilettes, toute fraîche. Elle s'était refait une beauté, comme remarqua mon frère. Moi, j'avais plutôt l'impression qu'elle avait enfilé son masque de mademoiselle-tout-va-bien, qui semblait cacher un sacré paquet de poussière sous le tapis, Fabrice n'allait pas tarder à éternuer. Il y a des filles, à peine elles vous soufflent dans le cou qu'elles vous enrhument, un vrai fléau. C'est comme la grippe en hiver, faudrait rendre la vaccination obligatoire. Et puis il y a les effets secondaires, d'abord on est totalement sous le charme, complètement amoureux, mais après, paraît qu'on découvre de l'enfance maltraitée ou du père absent, des trucs qui rendent les filles très difficiles à vivre. C'est Fabrice qui m'a expliqué, il est un peu psychologue à ses heures perdues, qui sont nombreuses, vous imaginez bien.

Enfin, en ce qui me concerne, avec les filles, c'est pas trop une question de rhume, elles me font plutôt boire la tasse, c'est normal, pour quelqu'un comme moi qui se maintient difficilement la tête hors de l'eau, la moindre petite vague et j'y ai droit. — On y va ? lança-t-elle avec un sourire que je devinais forcé, mais fallait vraiment être très attentif. Au final, son visage rayonnait quand même. Elle possédait un charme fou et elle s'en servait comme d'une sorte de paravent pour ranger tout le reste derrière. Ce sont des professionnelles du camouflage, les filles, elles surpassent de loin les services secrets du monde entier. — On est partis ! lança mon père, tout heureux de doubler le quota de présence féminine dans sa voiture.

C'était encore le petit matin. Les voitures nous doublaient régulièrement, parfois à une si grande vitesse qu'on aurait pu penser que nous étions à l'arrêt. J'en fis la remarque à mon père qui me cita Confucius, enfin, c'était peut-être du Kant, voire du Alexandre Jardin ou même l'horoscope de l'année d'Élizabeth Teissier, au niveau des sources, avec lui, il y a toujours une certaine marge d'erreur. Le prof de maths appelle ça le principe d'incertitude. Chez nous, il tend clairement vers l'infini.
— Ne crains pas d'aller lentement, crains d'être à l'arrêt, articula-t-il en y mettant le ton, à la manière des maîtres d'école en primaire le jour de la dictée.

Au lieu de désespérer, je me suis mis à regarder Natacha, qui s'était assoupie entre mon frère et moi. Elle portait un petit short, on voyait ses jolies cuisses, ses mollets, ses mèches de cheveux bouclées qui lui gribouillaient le front. D'habitude, les filles, on peut pas les observer trop longtemps, parce que ça se fait pas, mais là, elle dormait et moi j'avais aucune occupation pour les quatre heures suivantes, j'ai donc pu m'attarder. Plus je la contemplais, plus je repensais à notre étreinte, à la douceur inouïe de sa peau, à l'odeur de son cou. J'ai commencé à me demander si j'avais pas rêvé, parce que j'avais pas l'habitude. J'étais même

195

gagné par l'envie de recommencer. La première fois, j'avais pas eu le temps de comprendre tout ce qui se passait, j'étais trop occupé à me convaincre que c'était réellement en train d'arriver pour profiter pleinement. Enfin, là, c'était pas exactement le moment idéal pour une seconde fois. Alors j'ai détourné les yeux, je me suis remis à observer les paysages, l'Italie qui défilait derrière les fenêtres, avec ses champs et ses cyprès. Il paraît que le printemps italien ne déçoit jamais.

J'ai senti Natacha qui bougeait un peu. Je l'ai contemplée de nouveau, j'aurais pu tomber amoureux si j'avais pas déjà été pris. Et là, je sais pas si elle a senti mon regard sur elle, mais elle a ouvert les yeux et m'a souri. Quand elle sourit, c'est comme si on venait d'ouvrir les volets, ça rayonne et ça éclabousse en même temps, ça fait du bien. Je me suis mis à sourire aussi, sans même le décider vraiment. C'est communicatif, la bonne humeur, c'est pour ça que les gens deviennent cyniques, pour plus se faire avoir par un sourire qui passe, et plus être déçus après. Enfin, moi qui suis fort en maths, je me demande si c'est un bon calcul, je pense qu'à la fin, ils y perdent.

Mon frère roupillait, mes parents se concentraient sur la route, on aurait presque pu se croire seuls au monde, juste elle et moi. Elle m'observait avec ses grands yeux doux, c'était une vraie caresse. Comment un regard peut faire autant de bien ? Je peux pas expliquer, j'ai même pas un début de réponse. Elle allait se mettre à parler, dire un truc, et cet instant silencieux se désintégrerait, comme les vaisseaux spatiaux dans les films de science-fiction, il n'y aurait plus que l'espace inter-sidéral. Rien ne dure, décidément ; pour les choses désagréables, c'est la meilleure nouvelle qui soit, mais pour les instants magiques, c'est vraiment triste.

— Elles sont bizarres les racines de tes cheveux… Tu te les décolores ? me demanda-t-elle doucement. Ah la redescente sur terre, un vrai crash aérien ! Je m'y attendais tellement pas à celle-là. Je fis non de la tête, je devais être pitoyable, impossible de donner le change, c'était de l'ordre de l'effon-drement total, comme les implosions d'immeubles qu'on voit à la télé, les vingt étages qui s'écroulent sur eux-mêmes. — Non parce que t'as les cheveux clairs et les racines sombres, comme les filles qui se décolorent. « Ça se voit tant que ça ?!! » ai-je hurlé dans ma tête, dans le silence total, évidemment. Et si ça se voit tant que ça, ma vie est juste un film d'horreur. J'aurais voulu me glisser dans un cer-cueil et qu'on m'enterre vivant, je voyais pas d'autre solution. — C'est parce qu'ils blondissent au soleil, réussis-je enfin à balbutier. — Au soleil, mais t'ha-bites où en fait ? — À Montargis, en région Centre.

— Et c'est très ensoleillé, la région Centre en hiver ? — Ah oui, ça tape, faut pas croire. — Et ça suffit à te blondir les cheveux ? Elle avait quand même du mal à gober cet horrible bobard, les Belges ne sont pas aussi cons que dans les célèbres blagues les concernant, faut pas croire. — J'en sais rien, moi, je suis pas très au point sur ces trucs-là.

— Moi aussi j'étais blond quand j'étais tout petit, finit par lancer mon père depuis l'avant de la voiture. Il avait tout écouté, mine de rien, et voulait aider, ça laissait augurer le pire. — Vous étiez blond ? s'étonna Natacha. — Exactement comme Émile quand j'avais son âge ! En vieillissant, ça s'est mis à foncer un peu. — Et c'est le soleil qui le fait blondir ? insista la demoiselle. Je commençais à la trouver super-têtue, elle sentait bien que c'était terrain miné. C'est des trucs personnels, la couleur des cheveux, on peut pas en parler comme ça, poser des questions indiscrètes. Sans doute qu'elle se rendait pas compte, parce qu'elle semblait plutôt pavée de bonnes intentions, comme l'enfer justement, et résultat, elle faisait du dégât.

— On aide un peu à l'éclaircissement, confessa soudain ma mère. C'est le truc qui m'acheva. Faut jamais avouer, jamais, sinon, on perd le bénéfice du doute, et le juge vous condamne à la peine maximale. Natacha se retourna, et le regard qu'elle posa sur moi, mélange de surprise, de gêne, de compassion et de répulsion, je m'en souviendrai toute ma vie. Jamais on ne referait ce qu'on avait fait dans la tente, c'était plus possible, non, pas avec une fausse blonde, quelque chose venait de se briser définitivement. — Vous teignez les cheveux de votre fils ? s'étonna-t-elle, en haussant la voix, comme si c'était un acte très grave, à la fois rarissime et criminel. Il y eut un silence de mort. On ne nous avait jamais posé la question frontalement. Ma mère se sentit jugée, voire menacée. — C'est lui qui demande, répondit-elle en souriant, avec la nette envie de parler d'autre chose. Mais on n'allait pas s'en sortir comme ça, faut pas rêver.

Natacha ouvrait de grands yeux vers moi, un vrai supplice. — Tu demandes à te faire teindre les cheveux ?! — Éclaircir, précisa mon père. — Oui, éclaircir, c'est pareil. — Pas tout à fait, nuança ma mère. — Il a raison, il est plus beau comme ça, affirma mon père. — Et c'est toi, Émile, qui as eu l'idée ?! — Non, c'est nous, mais maintenant il a compris que c'était dans son intérêt, et c'est lui qui réclame… Mais tout ça, c'est des histoires qui ne vous concernent pas et on n'a pas à se justifier comme si on était des mauvais parents, objecta ma mère, qui perdait patience. — Vous verrez, quand vous aurez des enfants, si c'est facile, ajouta mon père. — Ah, mais je juge pas… — Si, si, reprit mon père, on sent bien que vous nous avez jugés. Nous, à nos enfants, on donne tout, vous comprenez. Tout. On s'est privés pour leur payer des leçons de tennis, des voyages linguistiques, des cours particuliers pour qu'ils réussissent leurs études, maths-physique, et j'en passe… Il y en a beaucoup des parents qui font ça à votre avis ? — Je sais pas, répondit Natacha, méfiante. — Comment ça, vous savez pas ? Vous croyez qu'y en a plein, des parents comme nous, qui font autant pour leurs enfants ?! Son ton devenait très agressif. — Non, sans doute que non, concéda-t-elle. — Évidemment que non ! Moi j'ai lu un nombre de bouquins incroyable sur l'éducation quand ma femme était enceinte, on n'agit pas à l'improviste ! Tout ça fait partie d'un plan, il y a une réflexion derrière.

— La teinte des cheveux aussi ? — Mais elle est impertinente ! s'énerva ma mère. — Vous voulez qu'on vous descende à la prochaine station-service ? — Excusez-moi, j'essaye juste de comprendre, je voulais pas du tout vous mettre mal à l'aise. — On n'est pas mal à l'aise, quelle drôle d'idée ! T'es mal à l'aise, Émile ? — Non. Je ne mentais même pas, j'étais bien au-delà du malaise, j'avais l'impression d'être un arbre qu'on abat à la hache, chaque phrase, c'était un coup de plus, une destruction radicale, irrévocable, au plus profond de mon intimité. — Personne n'est mal à l'aise !

hurla ma mère, ce qui réveilla mon frère. Il émergea, comme s'il était 5 heures du matin.

— Ça va pas de crier, vous voyez pas que je dors ! — Eh bien si tu dors, dors ! lui cria-t-elle toujours aussi remontée. Mon frère la considéra ahuri, c'est comme si on l'avait roué de coups en plein sommeil. — On est chez les fous, pensa-t-il à haute voix, dans un éclair de lucidité absolue, en se recalant la tête entre la portière et l'appuie-tête. — Ce sont des choses intimes, expliqua alors mon père à Natacha, en se radoucissant. Ça ne regarde personne, vous comprenez ? — Bien sûr, je comprends parfaitement. — Alors je vous prie d'avoir la délicatesse de ne jamais réaborder le sujet, c'est d'accord ? poursuivit-il avec une fermeté empreinte de menace, à la manière d'un caïd de la mafia. — Oui, monsieur, acquiesça Natacha, vous avez ma parole d'honneur, déclara-t-elle, emphatique, elle voulait sans doute le rassurer et clore le débat, ça devenait pesant pour tout le monde. La parole d'honneur, sembla dire mon père, ça me va, mais il ne lui en fallait pas moins.

Natacha prit ma main dans la sienne avec l'air de me dire, mon pauvre garçon, je savais pas du tout ce que tu vis, jamais je n'aurais pu imaginer, et je suis vraiment désolée, du fond du cœur. Je fis une moue complice, mais affligée, du genre moi aussi je suis désolé, tu vois, c'est horrible, et je sais pas comment m'en sortir. Ni si je m'en sortirai un jour. On peut en communiquer des trucs avec les yeux, et parfois, ça rend vraiment service. Là-dessus, tout le monde se replongea dans ses pensées personnelles, parce qu'il n'y avait effectivement plus rien à ajouter.

J'essayai de me rendormir, une grosse humiliation, ça épuise. Ou peut-être que c'était la seule évasion possible. Je songeais que j'aurais pu naître dans un nettement plus mauvais endroit, avec des parents qui m'auraient tapé dessus, par exemple. Statistiquement, ça aurait pu être mille fois pire, faut reconnaître. Mais j'aurais tellement aimé naître chez des parents dans la moyenne, ne serait-ce que d'un point de vue psychiatrique. Je suis sûr que si un jour ils passent à Sainte-Anne, on les laissera jamais ressortir sans des examens approfondis. Je dis pas qu'il faut les enfermer, quoique, je dis juste que je les échangerais bien contre un père et une mère un peu plus logiques, un peu rationnels et un peu bourgeois aussi, propres sur eux, c'est pas qu'ils sont sales, les miens, pas du tout, mais ils se négligent un chouia. C'est une question d'ordre de priorités, j'ai pas les mêmes.

La voiture s'est alors mise à chasser sur la droite, puis sur la gauche, mon père corrigea avec le volant, mais sembla inquiet, enfin, pas autant que ma mère. — Qu'est-ce qui se passe, Bernard ?!

Freine !! — Je sais pas, c'est bizarre, déclara-t-il. On dirait que la caravane est prise par des bourrasques. J'inspectai les environs, notamment les branches des arbres. — Y a presque pas de vent, Papa. Mon père ralentit considérablement, mais le phénomène persistait. — On doit avoir un pneu crevé, supposa-t-il. Je me suis pris la tête dans les mains, dégoûté. La poisse, quand ça vous colle à la peau, il n'y a pas grand-chose à faire. Mon père prétend pour sa part qu'il est une personne particulièrement chanceuse, parce qu'il a gagné une fois le premier prix d'une tombola dans un super-marché, c'était une caméra Super-8 dont personne ne s'est jamais servi, d'ailleurs, on l'a même pas emmenée avec nous en Italie, on n'a pas de pellicule, puis ça se fait plus trop, le Super-8, au temps des caméscopes. En tout cas, depuis ce concours, mon père se voit comme un mec particulièrement vernis. À quoi ça tient, franchement…

À la première possibilité, il déboîta et se dirigea vers une sortie, sans savoir où elle nous menait. La voiture s'immobilisa sur une petite aire d'autoroute, cette fois-ci sans station-service, ni machine à café, juste une bâtisse préfabriquée improbable, avec des chiottes qui puent à dix kilomètres et des tables de pique-nique jonchées de chips écrasées. On sortit tous du véhicule. Mon père inspecta les pneus de la caravane. L'un des deux était effectivement complètement dégonflé. — Il est crevé ? demanda mon frère. — Ça m'en a tout l'air, acquiesça mon père. — Elle est où, la roue de secours ? demandai-je aussitôt. — On a la roue de secours de la voiture, mais pas celle de la caravane, m'expliqua très calmement Papa. — C'est une blague ? — J'ai l'air de plaisanter ? m'interrogea-t-il sèchement. J'ai pensé alors que la malchance, faut savoir la provoquer, ça se travaille, ça vous tombe pas dessus comme ça, par hasard. — On a dû abîmer la roue en partant du golf tout à l'heure. Vous vous souvenez, du gros nid-de-poule ? On acquiesça, piteusement. — Et on fait quoi ? On appelle les secours ? proposa mon frère. — Pas besoin, lança mon père.

Quelques secondes plus tard, il ressortit de la caravane avec une bombe aérosol à la main, un truc qui permettait de colmater les pneus crevés en injectant un produit à l'intérieur. — On est sauvés ! m'annonça-t-il en souriant, pressentant mon inquiétude. — On peut aller à Venise avec ça ? — Ah non, mais on va pouvoir aller à la prochaine station-service, et là, on réparera le pneu. Et après, on repart aussi sec. Je regardai ma montre, et pendant que mon père remplissait de mousse carbonique le pneu dégonflé, sans dire un mot, j'allai me cacher derrière un arbre. J'accusais sévèrement le coup. Ce voyage virait au fiasco complet.

J'avais tellement pas voulu ça, je souhaitais juste un billet de train pour aller voir Pauline jouer du violon à Venise, tout seul, tranquille. Arriver dans les temps, bien en avance au concert, parce que faut pas croire, à la SNCF, il y a aussi des trains qui arrivent à l'heure. Là, c'était fini, le concert, je l'avais raté.

Je fus saisi par un désespoir incommensurable, je sais pas ce que ça veut dire exactement, mais ça doit correspondre. Natacha est venue me voir, puis mon frère, puis mon père, et même ma mère. Ils se tenaient en cercle autour de moi, à me demander ce que j'avais, mais moi, je pouvais même pas articuler tellement j'étais triste. — Qu'est-ce qui ne va pas, Émile ? demanda ma mère, inquiète. J'étais pris de spasmes, je pleurais, c'était les chutes du Niagara, je réussis à balbutier « je sais pas », parce que je pouvais pas tout leur sortir comme ça, j'avais pas la force, et ça n'aurait rien arrangé. — C'est parce que tu vas rater le concert ? Natacha, c'est la première personne qui me comprenait aussi vite, avec une sorte d'intuition féminine infaillible, et la gentillesse en plus. Je hochai la tête plusieurs fois, comme si j'avais le hoquet.

— Chez les Chamodot, tant qu'on n'a pas passé la ligne d'arrivée, lança mon père, on ne s'avoue jamais vaincu. Fabrice consulta sa montre. — On ne sera jamais à 16 heures à son opéra, c'est clair et net. Mon père estima opportun de relativiser le problème. — Tu l'inviteras à dîner au camping, ta copine, le violon, tu sais, c'est joli, mais c'est vite pénible. Je me mis à chialer de plus belle, enfin, façon de parler, car je devais pas être joli à voir. Il comprit que son idée n'emportait pas totalement mon adhésion. Alors il s'est éloigné avec Maman. Fabrice a disparu lui aussi.

J'ai lentement glissé le dos contre le tronc d'arbre, pour me retrouver le cul par terre. Natacha est restée accroupie à côté, en silence. Elle semblait solidaire. Après un petit moment, j'ai entendu un énorme vrombissement, puis un crissement de frein. Une moto venait de s'arrêter devant moi, et aux commandes, mon frère, casque sur la tête, m'en tendait un second.

— Allez, mets ça et monte. Je t'emmène à Venise, et je peux t'assurer qu'on y sera dans les temps. J'en croyais pas mes oreilles. — Tu viens de voler cette moto ? s'inquiéta Natacha. Sur ce point en revanche, je n'étais qu'à moitié étonné, parce que c'était un peu sa spécialité, quand il avait seize ans. — Juste un emprunt, précisa-t-il. Ils n'avaient qu'à pas la laisser sans surveillance… Enfin, Papa a fait un peu diversion. C'était donc une démarche familiale. Je voulais surtout pas en savoir plus. — Dépêche, monte ! m'ordonna Fabrice. Puis il lança à Natacha une phrase dont je me souviendrai toute ma vie, même quand je serai très vieux, avec Alzheimer, Parkinson, de l'arthrose et des varices à la fois, c'est sûr, j'aurai toujours pas oublié. — Mon petit frère a un rendez-vous à Venise et il n'est pas question qu'il le rate. Je vous jure, ça m'a bouleversé. Au fond, c'est un cœur d'or, mon frère, et celui qui n'a pas compris ça n'a rien compris du tout.

Je m'arrêtai de pleurer d'un coup, c'était devenu hors sujet. J'enfilai le casque et courus à la voiture pour récupérer mon sac à dos dans le coffre, avec mes affaires de rechange. J'avais prévu de laisser ma tenue pour le concert à part, pas au fond de la valise comme n'importe quel débutant. Avec une famille comme la mienne, on est obligé de parer sans cesse à l'imprévu, parce que chez les Chamodot, les retournements de situation, c'est le sport national.

Mon frère fit rugir le moteur. Je grimpai sur le cale-pied pour enfourcher l'engin, franchement, c'était facile. Je m'assis derrière et me serrai contre Fabrice du plus fort que je pus. J'eus envie de lui dire merci, t'as trop la classe mec, si on y arrive, t'es mon héros, et même si on n'y arrive pas, on aura essayé, je t'aime, il n'y a rien de mieux qu'un grand frère. Mais évidemment, avec le bruit de la moto, il n'aurait rien entendu, j'aurais dû répéter quinze fois pour rien, sans parler de la pudeur.

Les gens trouvent que c'est une qualité, la pudeur, que c'est vachement beau, vous savez, cette gêne étrange qui fait que les personnes qui s'aiment n'osent pas se l'avouer. Moi je pense que c'est à l'origine de pas mal de guerres mondiales. Du coup, je taisais le moindre mot de gratitude pour l'instant, mais je peux vous dire que j'avais le cœur gros.

La vitesse à laquelle il démarra me redonna définitivement le sourire. On chevauchait une fusée à réaction. On allait faire quatre cents bornes en trois quarts d'heure ! — Soyez prudents, cria ma mère, à qui ça devait faire un petit pincement de nous voir filer ainsi. — Promis, Maman. Mes parents et Natacha remontèrent aussi en voiture, fallait pas non plus traîner.

Sur l'autoroute, j'avais l'impression qu'on avait inversé les rôles. Les autres véhicules semblaient rouler désormais au ralenti, tellement on avançait plus vite qu'eux. L'air poussait vers le haut mon casque trop grand pour moi, ça me serrait en dessous du menton, au niveau de la carotide. Alors pour ne pas finir étranglé à l'arrière d'une moto volée, enfin, empruntée, monsieur le procureur, je vous jure qu'on allait la rendre, je me recroquevillai derrière Fabrice. Je ressentais une sorte d'ivresse extrêmement agréable, j'avais même pas peur. J'avais soudain l'impression qu'on était devenus invincibles, qu'on allait plus vite que le vent. En même temps, j'avais bien conscience qu'à la moindre erreur de pilotage, on finirait dans le décor, et au cimetière direct. Au moins, là, on aurait une bonne raison de rater le concert.

Les panneaux kilométriques nous signalant la distance qui nous séparait de Venise revenaient bien plus fréquemment que d'habitude. Et le nombre en question diminuait à vue d'œil. 340… 305… 270… 220… D'après mes calculs, on allait arriver vers 15 heures à notre destination, heure locale. Il nous restait juste à espérer qu'on n'ait pas d'accident, ni qu'on se fasse arrêter par les flics. Flashés, à la limite, c'était pas si grave, le propriétaire de la moto recevrait l'amende, mais interceptés par des gendarmes qui vous immobilisent le véhicule, si près du but, ce serait horrible.

On est sortis de l'autoroute en suivant les panneaux indicateurs *Mestre – Venezia*, ma montre affichait 14 h 50. Plus rien ne pouvait nous arrêter désormais. On s'est engagés sur une nationale, enfin, il s'agissait d'une grande route avec pas mal de voitures, sans intérêt particulier, sinon que par moments, elle traversait les champs. Les blés me semblaient déjà grands, mais encore très verts. Au-dessus des blés, le ciel avait choisi son bleu le plus magistral.

On arriva à pleine vitesse dans une zone commerciale périurbaine, vous savez ces endroits très déprimants mais très pratiques, où le côté déprimant l'emporte largement sur le côté pratique. D'ailleurs, c'est fait exprès, car plus on déprime, plus on achète, les scientifiques sont formels. À Montargis, ils ont construit une zone identique, à cause de l'aménagement territorial, qui déloge la nature, les champs et les arbres. Maintenant, à la place des herbes folles et des papillons, de grands hangars se sont dressés, avec des parkings à perte de vue. On peut y acheter un nombre spectaculaire de produits de première inutilité. Notamment à la pharmacie de la galerie commerciale, où tout le monde se rue sur les antidépresseurs, c'est quand même bien pensé.

Mon frère pilotait la moto d'une manière un peu nerveuse, parfois fébrile, mais bon, j'allais pas jouer les difficiles. J'aperçus le panneau d'entrée dans Mestre, je me souvenais que sur la carte, c'était la dernière ville avant Venise. De là on devait passer sur un immense pont, un peu comme à l'île de Ré, pour arriver sur la lagune. On peut pas vraiment affirmer que Mestre soit un avant-goût de Venise, tellement c'est industriel, sans aucun charme, avec murs gris, bâtiments décatis, rues désertes qui ne mènent nulle part, plutôt un arrière-goût. La beauté est souvent précédée de la mocheté, afin de créer le contraste. Enfin, c'est d'après mon prof de français philosophe, qui répète souvent qu'on vit dans le monde de la dualité et que le haut n'existerait pas sans le bas, le chaud sans le froid, le silence sans le bruit, etc. J'ai pensé que si c'était ça, la raison pour laquelle il y a tant d'horreurs et de haine dans ce monde, je veux dire, pour que par opposition, la beauté et l'amour existent, ça faisait quand même cher payé.

On a longé un grand terminal ferroviaire, emprunté des bretelles en tout genre, il y avait aussi des travaux sur la chaussée, le genre de truc qui vous ralentit, mais en moto, on a doublé toute la file de voitures à l'arrêt, c'était trop bon. On a traversé ensuite un petit bourg, j'observais à la dérobée les façades, les magasins, les restaurants, Trattoria da Mimmo, Pizza della Casa… On suivait inlassablement les panneaux *Venezia* et on a assez vite atteint l'immense pont qui relie la terre ferme à Venise. La moto glissa sur le bitume, au-dessus de l'eau, le soleil provoquait des reflets étincelants, qui ricochaient sur les chromes de l'engin. L'air n'avait déjà plus le même parfum, et la vie non plus.

Au loin, je distinguais la Sérénissime, comme ils l'appelaient dans le guide de voyage. Je ne pouvais pas m'empêcher de penser que Pauline se trouvait là-bas, quelque part dans l'une de ces maisons,

Pauline avec ses yeux marron qui vous transpercent, sa mèche de cheveux qui vous ensorcelle, son sourire miraculeux qui vous soulage de tout, son rire qui vous berce et vous réjouit, Pauline et son cœur qui bat, Pauline, ce mélange de force et de grâce, d'aplomb et de fragilité, de foi et de doute. Il n'y a rien de plus séduisant que la présence simultanée de forces opposées.

Je me disais qu'elle serait peut-être quand même un peu épatée de me voir, enfin j'espérais. En même temps, parce qu'on ne me la fait plus, j'envisageais aussi le pire. Peut-être qu'elle n'aurait pas trop le temps, peut-être qu'on ne pourrait même pas manger de pizza tous les deux comme prévu, juste boire un cappuccino, sauf que j'aime pas le café, alors je prendrais un Coca. Mais un instant à la regarder, moi, ça me suffisait, ça valait le voyage, un sourire de sa part, je demandais pas plus. Juste ses yeux qui se posent sur moi, avec douceur, juste la sentir contente de me voir. Bon, après, c'est sûr, un baiser, je vais pas mentir, je dirais pas non. Mille kilomètres pour un baiser, moi je dis que ça les vaut, surtout un baiser à Venise. Enfin, tant qu'on n'a pas obtenu ce baiser, tant qu'on ne l'a pas donné, car c'est l'une des rares choses que l'on offre et que l'on reçoit en même temps, sinon la seule – et ce doit être le signe que c'est vraiment de l'amour –, eh bien tant que ça n'est pas arrivé, on ne peut pas vraiment se prononcer. On fait des suppositions, on s'avance un peu, quitte à reculer après. Mais il faut bien tenter sa chance.

Un train roulait sur le pont, je me rendis compte qu'une voie ferrée longeait la route. Aux fenêtres des wagons, les gens fixaient l'îlot vers lequel ils se dirigeaient, les yeux emplis de curiosité. Ma vision de la ville se précisait aussi au fur et à mesure que la distance se réduisait. Ça semblait tenir un peu miraculeusement, toutes ces maisons au milieu de la mer. Je sais pas pourquoi, ça m'a rappelé la vie du Christ. Tout le monde a entendu parler de Jésus, il y a deux mille ans, qui aurait marché sur l'eau, moi j'ai jamais trop su quoi penser de cette histoire. Les Italiens, peut-être afin de rivaliser, comme ils sont très prétentieux, ou très croyants, ou un peu des deux, ont carrément fait une ville entière sur l'eau. Faut pas les provoquer.

Juste après la fin du grand pont, on arriva à une gare routière, et face à nous, des petits ponts, des canaux, à gauche, la gare... Mais plus une seule rue, ni avenue, et plus une seule voiture, que des bateaux. Mon frère coupa le moteur de la moto. — Faut que tu finisses à pied. Tu sais où c'est ? En guise de réponse, j'ouvris mon sac, et dans le feu de l'action, constatai que j'avais laissé le guide de voyage dans la voiture. — J'ai pas pris le plan ! — C'est pas grave, tu vas demander aux gens.

— Je vais rien comprendre, je parle pas italien !
Je paniquai aussitôt comme un malade. — Calme-toi, me conseilla mon frère. Je sais pas si ça a déjà calmé quelqu'un qu'on lui dise « calme-toi », je veux dire, depuis le début de l'humanité. — Il faut que t'apprennes à mieux contrôler tes émotions, ajouta-t-il très froidement. Sinon, tu pourras jamais être tireur d'élite, par exemple. — J'ai jamais voulu être tireur d'élite, qu'est-ce que tu racontes ?! — C'est dommage, j'ai l'intuition que tu serais bien. — Aucun rapport ! ai-je vitupéré.

On était encore totalement hors sujet, je sais pas comment on se débrouille pour jamais avoir la bonne conversation au bon moment, je vous jure, c'est pas donné à tout le monde d'être aussi désynchronisé. — Alors qu'est-ce qu'on fait, maintenant ?! ai-je hurlé. Mon frère demeura très zen et balaya du regard la place. Les militaires, ça reconnaît le terrain hyper-vite, question de survie. — Là-bas, on dirait que c'est une sorte de syndicat d'initiative. Je me suis mis à courir à fond dans la direction qu'il indiquait.

À l'intérieur de l'office de tourisme, une jolie hôtesse nous accueillit, brune, dans les trente ans, bronzée, très bien choisie, rien que son visage semblait vous souhaiter la bienvenue en Italie. Je perçus tout de suite que mon frère ne restait pas insensible, il allait évidemment se mettre à la draguer.

— *Hello*, lança-t-il avec un petit sourire. — *Buon giorno*, répondit-elle avec une sorte de charme, c'est vrai qu'on avait envie de la demander en mariage aussi sec. — *You speak English?* enchaîna mon frère. — Oui, mais je parle aussi français. Je lus sur le visage de Fabrice une franche déception. Même une Italienne se rendait compte qu'il parlait anglais avec l'accent français. C'était humiliant pour lui, mais peut-être une bonne nouvelle pour la construction européenne, allez savoir. — Mon petit frère doit se rendre à l'opéra de Venise, le plus rapidement possible. — *La Fenice?* Elle avait prononcé « féniché », avec l'accent parfait, c'était encore plus joli. — Oui, c'est ça, acquiesçai-je. — Alors il y a le vaporetto, ou il peut aller aussi à pied. — Le plus rapide, c'est quoi ? s'enquit mon frère. — C'est presque la même chose. Parce que le vaporetto, il va pas très vite, et beaucoup d'arrêts. — Et s'il court ? — *Scusi?* — S'il y va en courant. — Ah oui. Alors plus vite à pied ! Et elle éclata de rire. — Mais il faut pas se perdre. Elle nous sortit un plan et me traça le chemin à suivre avec un stylobille noir. Venise, j'avais pas encore fait attention, c'était un labyrinthe gigantesque. — Combien de temps pour y aller ? — *Trenta, quaranta minuti*, mais il faut pas trop qu'il se trompe. Il était déjà 15 h 20. J'étais de nouveau en retard.

On ressortit de l'office de tourisme *illico presto* – je parlais déjà un peu italien, les langues étrangères, c'est contagieux. — Tu veux que je t'accompagne ? me proposa mon frère. — Non, ça va aller, t'inquiète pas. En moi, je pesais le pour et le contre. C'est sûr qu'il aurait pu m'aider à trouver mon chemin un peu plus vite, mais je tenais pas vraiment à ce que Pauline tombe sur nous à l'entrée de la salle de concert, ça me semblait très compliqué à gérer. Et même s'il y avait une chance sur mille pour que ça arrive, ça faisait déjà trop.

— Je gare la moto un peu mieux et on y va ensemble, insista-t-il, sans doute percevait-il mon hésitation. — Pas la peine, je t'assure. C'est déjà génial de m'avoir conduit jusqu'ici. Franchement, merci. — Pas de quoi, me lança-t-il avec un regard si touchant que j'en ai eu des frissons. Je m'éloignai en lui tournant le dos. — T'as pas peur de te paumer ? — Non, non, t'en fais pas. — Allez, je viens avec toi. Et là je compris qu'il n'y avait plus de négociation possible. Il m'arracha la carte des mains, embrassa du regard tout le panorama et lança son doigt dans la direction d'un petit pont. — Par là ! J'aurais aimé vérifier, mais les minutes défilaient, il fallait m'en remettre à lui.

On s'enfonçait dans la ville à grandes enjambées, sans prendre le temps de la visite. Mais malgré l'empressement, je fus saisi par une sorte d'émerveillement. Il y avait des ruelles, toutes piétonnes, et des canaux, surplombés par des ponts dont les marches vous achèvent, si vous commencez à faiblir, et puis soudain, sans prévenir, une petite place avec une église, la porte grande ouverte, des terrasses de café, des arbres pour vous abriter du soleil, du linge aux fenêtres. C'était d'une beauté à couper le souffle. Surtout quand on court à perdre haleine. Cette ville ressemblait à un rêve devenu réalité. On avait enlevé les rues, les trottoirs, les caniveaux, et à la place on avait mis des fleuves faisant office d'avenues, et aucune voiture, non, que des bateaux, mais des bateaux élégants, en bois clair brillant, ou tout noirs avec les gondoliers dessus. Ça m'a fait l'effet d'une œuvre d'art, mais dépassant tout ce que j'aurais pu imaginer. Je vous jure, cette ville, fallait y penser. La beauté, la poésie, la grâce, tout ce dont on nous prive à longueur de journée, parce que la vie doit être pratique, organisée, et qu'il faut inverser la courbe de la croissance, ou du chômage, et aussi relancer la consommation des ménages, vous savez, toutes ces phrases du journal de 20 Heures qui nous éloignent du bonheur en nous le promettant à chaque instant, eh bien ici, dans chaque ruelle, sur chaque petit pont, tout vous suffit, il n'y a plus de promesse, c'est devant vous, offert à votre regard, et il ne reste qu'à s'agenouiller et remercier. Venise, c'est une raison d'y croire, et il n'y en a pas souvent.

Je jetai un coup d'œil à ma montre. Il était déjà 15 h 45. On courait toujours, on avait gravi le grand pont du Rialto et on avait tourné à droite après, sans prendre par la place Saint-Marc, parce que mon frère avait débusqué un raccourci sur le plan. En plus, les chemins classiques, ça ralentissait trop, à cause de l'affluence de touristes, tous évidemment beaucoup moins pressés que nous et difficiles à dépasser dans les ruelles étroites. Mon tee-shirt était de plus en plus trempé, à cause de la sueur, heureusement que j'avais pris de quoi me changer. — On y est bientôt ? m'inquiétai-je. — On est tout près.

Quelques minutes plus tard, on arriva face à un bâtiment entouré d'eau, que mon frère me désigna avec un ton catégorique. — C'est là ! Le problème, c'est qu'on ne distinguait aucune ouverture, pas de passerelle non plus pour rejoindre l'édifice. — T'es sûr ? — Oui, mais on doit être à l'arrière, faut faire le tour. Et sans pont qui nous reliait, ça devenait un vrai casse-tête. On essaya à droite, on essaya à gauche. À chaque fois, des impasses. On revint sur nos pas. Mon frère se concentra sur le plan. Il me restait huit minutes, dix si le concert débutait en retard. Après un moment de profonde réflexion, il parut enfin entrevoir la solution. — Par ici ! J'ai continué à le suivre, en me demandant si j'aurais fait mieux sans lui. C'était évident que non.

Et là, au détour de deux ruelles, la Fenice nous apparut. C'était sur une petite place, le Campo San Fantin, sans grand dégagement car ils avaient mis une église en face, mais l'entrée me parut majestueuse, avec des marches à monter sous des drapeaux qui flottaient et une grande affiche accrochée : « *Festival Internazionale di Giovani Virtuosi.* » Des gens tous très bien habillés se pressaient pour entrer. J'arrêtai une passante qui ressemblait à une Italienne plus vraie que nature, tellement elle était vieille et brune, en montrant du doigt le bâtiment. — *Prego, la Fenice?* — *Sì, sì, la Fenice !* me cria-t-elle avec un sourire. Il était 15 h 55. On avait gagné.

— Je te retrouve vers 20 h 45, au pied du campanile de la place Saint-Marc. Ça te suffira ? — Je pense, oui. — Attends, ça te laisse largement le temps de l'emballer… Et plus si affinités ! Fabrice se mit à rire. Dès que ça parle de cul, il se marre. Surtout quand je suis concerné. Allez, éclate-toi bien ! Il me tapa dans la main, comme deux amis complices, et me laissa devant l'entrée. J'eus un petit pincement de le voir repartir. C'est fou comme un frère qui vous démolit la tronche dès qu'il rentre de permission peut soudain se transformer en bienfaiteur de l'humanité.

Je montai les quelques marches de la Fenice. Pauline m'avait expliqué qu'elle laisserait mon nom sur une liste d'invités. J'entrai dans le grand hall. Mes pieds s'enfoncèrent dans une profonde moquette rouge, le genre de tapis qui vous fait vous prendre pour une star, alors que vous êtes rien du tout. Plus loin, deux agents d'accueil en noir vérifiaient les places des uns et des autres. Évidemment, je n'avais pas la mienne. Sur la droite, j'aperçus une salle où devait se trouver la billetterie. Je me présentai à une Italienne aux cheveux blancs, qui me salua avec une retenue proportionnelle à son élégance. Elle portait un chignon, me considérait avec ses yeux clairs, au milieu de son visage harmonieux mais froid. Et moi en face d'elle, tout blanc, encore ruisselant, je devais ressembler à un bonhomme de neige fondu.

— *Buon giorno*, articulai-je fébrilement, vous parlez français ? Elle fit non de la tête, comme si je l'importunais. — *Yo soy Émile Chamodot*, allez savoir pourquoi je me mis à parler espagnol, je l'avais pris en deuxième langue, et c'est venu comme ça. *Sobre la lista*, ajoutai-je. — *La lista?* — *Sí !* Elle acquiesça. Miracle, on se comprenait. — *Come se chiama?* — Pardon ? — *Il suo nome?*

— Mon nom ? Elle fit oui. — Émile Cha-mo-dot, lui redis-je en décomposant bien toutes les syllabes. Elle parcourut sa liste, attentivement. Je priais pour que j'y figure, mais mes prières ne suffirent pas. — *No.* — *I am very surprised*, répondis-je, Émile Chamodot, *are you sure?* — *Yes, I'm sure.*

Évidemment qu'elle était sûre. Moi, sur une liste de ce genre-là, aussi sélective, bien sûr que ça se pouvait pas. On m'avait forcément oublié, ou rayé, on n'échappe pas à sa destinée comme ça en claquant des doigts. La seule liste faite pour moi, c'était la liste d'attente. Et celle-là, je vais y rester inscrit toute ma vie si ça continue. Puis il y a la liste des commissions, tous les vendredis soir au supermarché avec ma mère, j'y coupe jamais. Mais après mille kilomètres en caravane, moto, et un semi-marathon, je n'allais pas renoncer, non, pas si près du but.

— *Yo soy un amigo de Pauline Després.* — *Amici?* — *Sì!* *Amici de Pauline Després.* Elle me regarda, dubitative. — *I have travelled one million kilometers to come here.* Elle semblait de plus en plus sceptique. — *One million kilometers?* — *Yes, from Paris.* — *One thousand?* — *Yes, one thousand*, me repris-je. Ça la fit un peu sourire, et son visage très fermé se radoucit, sans doute parce que les Italiens doivent avoir de la sympathie pour les gens qui exagèrent. Ou pour ceux qui viennent de loin, je sais pas. — *What is the name of your friend again?* — Pauline Després. Elle parcourut une nouvelle fois sa liste. — *Yes, she's on the list.* Elle me tendit alors mon billet. J'eus envie de lui baiser les mains, les joues, le front, et même les pieds, mais je me contentai de bredouiller *Gracias.* — *Prego*, répondit-elle en me considérant avec une certaine tendresse. Mon père avait donc raison, si vous dites *Gracias* à un Italien, même s'il ne parle pas espagnol, il comprend.

Je filai aux toilettes, m'enfermai pour me changer. Parce que parfois la vie est bien faite, un grand lavabo se trouvait là, et me permit de me laver, mais une toilette express, vous imaginez bien. Avec du papier mouillé, je m'essuyai aussi vite que je pus le front, le ventre, sous les bras, enfin, l'essentiel, et j'enfilai ensuite ma chemise blanche, qui s'était froissée, forcément, mais sous la veste, ça passait. Avec le pantalon noir, ça faisait même pas mal du tout. Une sonnerie retentit, continue et stridente, la même que celle du vieux réveil de ma grand-mère qui me déchirait les oreilles le matin quand je dormais avec elle dans son lit, parce que c'était minuscule, son appartement, et qu'elle ronflait toute la nuit.

Je réenfilai mes chaussures, me recoiffai. Je remarquai que mes racines foncées commençaient à se voir à la base de mes cheveux décolorés, qui poussaient toujours trop vite. Ça me mit un coup. J'aurai beau essayer de tout prévoir, il y aura toujours sur moi le petit détail qui tue. Comme si j'avais été marqué au fer rouge, pour que jamais je ne m'éloigne du troupeau. D'ailleurs, au lycée, la « bande des cools », comme on les appelle, il y a belle lurette que j'ai fait une croix dessus. J'existe pas pour eux. Mais c'était pas le moment de faire une crise existentielle. Je fourrai mes affaires sales dans mon sac à dos, bus une gorgée d'eau à même le robinet, m'apercevant à quel point j'avais soif, et sortis des toilettes un peu plus présentable que j'y étais entré.

Quelques secondes plus tard, je pénétrai dans la grande salle de la Fenice. C'était un endroit immense et majestueux, très haut de plafond, comme dans les églises, pour favoriser l'élévation des sons et des âmes, enfin, j'imagine. Une hôtesse consulta mon billet. On allait me demander de monter cinq étages pour me retrouver au poulailler, ça n'allait pas louper. Les théâtres à l'italienne, c'est bien les seuls endroits où les pauvres peuvent regarder les riches de haut. Finalement, la demoiselle m'invita à la suivre à la moitié du parterre, pour m'installer à une très bonne place, sans strapontin, ni visibilité réduite. La classe. Le public était constitué principalement de jeunes, italiens et français, ça me rappela que ce concert se tenait dans le cadre d'un échange entre lycées. Ça chahutait un peu, moi, j'aurais jamais pu, j'étais trop impressionné.

Je m'asseyais enfin dans le fauteuil qui m'était réservé, après tout ce long chemin, quelle délivrance, fallait savourer. La devise de mon père, « impossible n'est pas Chamodot », me revint en tête. Au milieu du nombre incalculable de conneries qu'il profère à longueur de journée, sur ce point précis, il avait dit vrai, la preuve. Ce serait tellement plus simple s'il avait toujours tout faux.

Une cinquantaine de musiciens entrèrent en scène en même temps, tous très jeunes, entre douze et seize ans, sous les applaudissements nourris de l'assemblée, on sentait qu'il y avait des copains dans la salle. Dès qu'elle apparut, je ne vis qu'elle, avançant timidement sur de hauts talons, vêtue d'une petite robe noire, élégante et incroyablement féminine, qui dénudait une partie de ses cuisses et plus haut dévoilait un décolleté aussi troublant qu'inattendu. Jamais elle n'avait été aussi sensuelle, tout en courbes et en arrondis. Elle sublimait la géométrie dans l'espace. Moi je savais plus bien où regarder tellement ça tournait dans tous les sens. Et puis on l'avait maquillée, coiffée, on avait fait ressortir ses yeux, rougi ses lèvres, elle était encore plus jolie que je le croyais possible. Comme quoi on peut être déçu en bien, même avec une jeune fille qui vous plaît plus que tout.

Je sentis mon cœur qui battait, j'étais ému rien que de la voir à vingt mètres de distance. Si elle s'approchait, je ne répondrais plus de rien, mais comme personne n'allait me demander quoi que ce soit, c'était pas si grave. Elle appuya délicatement son violon contre son cou, le bloqua sous son menton. Elle semblait impassible, mais ça devait bouillonner à l'intérieur. C'est sûr qu'elle ne m'avait pas vu, mais c'était mieux, fallait surtout pas qu'elle se déconcentre. Elle brossa l'archet sur les cordes, joua quelques notes, vérifia la tension de l'instrument. Tout le monde l'imitait, s'accordant et procédant aux derniers réglages.

Le chef d'orchestre, nettement plus vieux que ses musiciens, et qui devait être son père, si j'avais bien tout compris, entra à son tour, très élégant lui aussi, avec son costume et son nœud papillon, l'œil clair, les cheveux blancs. Il salua avec l'air contrarié. Je sais pas pourquoi, j'eus aussitôt l'impression que c'était le genre de type, vous pouvez regarder mille photos de lui dans ses albums de famille, vous n'en trouverez jamais une où il sourit. Je parle en méconnaissance de cause, j'avoue. Il pivota vers ses musiciens, ce qui découvrit à notre regard son crâne doté d'une légère calvitie. Il brandit alors sa baguette, l'immobilisa en l'air. Il y eut un grand silence sur scène, dans la salle aussi, comme une profonde inspiration, une prise d'élan avant le grand saut. Puis sa baguette commença à bouger et découpa l'espace pour y dessiner une succession de croquis imaginaires. Et les archets sur les violons se mirent en mouvement.

Quand Pauline et tout le reste de l'orchestre entamèrent avec une délicatesse infinie l'andante du concerto de Vivaldi pour deux mandolines *RV 532* – j'invente rien, c'était marqué sur le programme –, la poésie s'empara du monde. Quelque chose dans cette mélodie sublime, et pourtant si simple, si évidente, quelque chose que je ne saurais pas vraiment définir, me toucha le cœur. Une larme se mit à couler sur ma joue, mais pour une fois, j'étais pas triste du tout. J'eus l'impression que cette musique n'avait été composée que pour moi, comme une lettre qu'on m'aurait écrite il y a fort longtemps, dans une langue sans mot, et que je lisais enfin, en y saisissant chaque intention, chaque nuance, chaque soubresaut. Je vous jure, sans me vanter, je sentais que ça s'adressait à moi. Sans doute pas qu'à moi, en tout cas pas à tout le monde, mais peut-être à chacun. Je pourrais pas expliquer ce qu'elle me disait, mais j'avais l'impression de comprendre. Et envie de dire merci.

De tout le concert, mon regard ne quitta jamais Pauline, qui enchaînait morceau après morceau, comme habitée par la musique. Toute ma vie, sans le savoir, j'avais juste attendu d'être là, pour la voir, elle, si belle, pour l'entendre jouer cette musique-là, pour connaître ce moment, ce moment parfait. Tout avait débuté un matin, au lycée, à l'internat des filles, avec une balle de ping-pong. J'aurais jamais pu prévoir la suite.

Puis le concert s'arrêta. L'orchestre joua ses dernières notes et se leva dans un même élan pour saluer le public enthousiaste. Les musiciens s'avancèrent sous les bravos, Pauline me sembla plus divine encore. Je cherchai son regard, tapi dans l'ombre, en le redoutant aussi, craignant de ne pas être à la hauteur de son éclat. Sa robe de couturier, au tombé parfait, face à mon costume de prêt-à-porter discount un peu froissé. Sa chevelure noire brillante contre ma tignasse décolorée. Je me sentis soudain minable, pour changer. D'ailleurs, jamais nos regards ne se croisèrent. Elle évitait de fixer le public, par timidité sans doute. J'aurais rêvé de venir jusqu'à la scène, lui apporter un bouquet de roses, comme d'autres le firent auprès d'autres musiciens, mais je n'avais rien, même pas de petit cadeau désuet, je n'y avais pas du tout pensé. Faudrait que je potasse des manuels de savoir-vivre, tellement j'ai pas les bases.

Les musiciens retournèrent en coulisses et la salle se vida. J'avais du mal à me relever de mon siège, j'avais reçu trop d'émotions. Ma mère dit dans ces cas-là qu'on est « sur le cul », et on peut pas mieux résumer. J'aurais pu rester des jours comme ça sans bouger. Le concert se rejouait dans ma tête, adagio, andante… Une hôtesse interrompit brutalement la représentation. — *Prego, signore… Tutto bene?* — *Sì, sì, bene, bene.* Ça pouvait pas aller mieux. Mais je compris à ses yeux qu'il fallait que je sorte au plus vite. Je me suis levé, je me suis dirigé vers le hall, mais avant, j'ai contemplé une dernière fois la salle, avec toutes ces loges, leurs innombrables dorures, leurs sièges élégants, redevenus vides, ces abat-jour accrochés symétriquement le long des murs jusqu'au plafond, entourant des portraits d'illustres ancêtres, et tout en haut, une immense fresque bleue, comme une voûte céleste. J'ai essayé de m'imprégner de chaque détail, pour m'en souvenir à jamais.

L'hôtesse m'avait certifié dans un français impeccable que tous les musiciens ressortaient par l'entrée principale, alors je me suis assis dehors, sur les marches, et j'ai attendu tranquillement. Il devait être 18 heures, le moment de la journée où les rayons du soleil déclinent dans le ciel et la lumière s'adoucit. L'air était léger, il faisait vraiment bon. Je me suis senti étonnamment bien. J'avais oublié que le bonheur, ça peut vous prendre par surprise, comme ça, sur des marches en pierre délicatement chauffées par le soleil, à regarder passer les touristes, à honorer le plus joli rendez-vous qu'on vous ait jamais donné.

Mais le bonheur est souvent de courte durée, c'est un dicton rabat-joie que ma mère répète à longueur de journée et qui se vérifie de temps en temps. Car je préfère vous le dire tout de suite, sans ménager de faux suspense, Pauline n'est jamais apparue à la sortie de la Fenice. J'ai attendu plus d'une heure, j'ai vu défiler un tas de musiciens, en petits groupes, en couples, parfois seuls. Ils ne portaient plus leurs costumes chics, nœuds papillons et robes de soirée, mais désormais des jeans et shorts, ou des minijupes d'été, parfois même des tongs aux pieds, on les reconnaissait malgré tout parce qu'ils tenaient à la main, ou calés en bandoulière, leurs instruments respectifs dans de gros étuis rembourrés.

Au bout d'une heure et quart, les marches étaient devenues désertes, alors j'ai commencé à m'inquiéter sérieusement. Je suis allé retrouver l'hôtesse dans le hall, qui m'expliqua qu'il n'y avait plus personne et que la Fenice allait fermer ses portes. Je protestai, j'attendais quelqu'un, expliquai-je, j'avais fait très attention, la personne avait joué sur scène, c'était impossible qu'elle ne sorte pas à un moment ou à un autre ! L'hôtesse m'assura qu'il n'y avait plus âme qui vive dans le bâtiment. Je sombrai immédiatement dans une angoisse vertigineuse. Comment avais-je pu laisser Pauline passer sans l'apercevoir ? Comment avait-elle pu, de son côté, ne pas me remarquer non plus ? C'était impossible à expliquer. On me demanda gentiment de partir. Je compris qu'il n'y avait rien à faire de plus.

Mon seul espoir résidait alors dans un petit bout de papier au fond de ma poche, sur lequel était inscrit un numéro que Pauline m'avait donné avant de partir, le numéro de téléphone de l'appartement où elle résidait à Venise. Après quelques rues à déambuler, je trouvai une cabine téléphonique. Je tapai méthodiquement les chiffres un par un, avec l'indicatif. J'en menais pas large, parce que si c'était pas le bon numéro, c'en était terminé de mes chances de croiser Pauline à Venise. Ça sonna au bout du fil, je sentis mon pouls battre plus fort. Décroche, décroche, décroche, répétai-je à voix basse. Je me mettais à parler tout seul, comme les vieux, je vous dis pas l'angoisse. Pourvu que ce soit l'appartement de Pauline. Qu'elle soit rentrée, qu'elle me donne une explication logique, pas besoin d'excuses, juste de comprendre… Et soyons fou, qu'elle me propose de se retrouver pour dîner. J'y croyais encore un peu. Ça sonna dans le vide pendant de longues minutes. Personne ne répondit jamais. Je raccrochai lentement, harassé. Ça faisait beaucoup pour une seule journée.

Je me mis à errer dans les ruelles de Venise. Je ne trouvais plus du tout ça si beau, les canaux, les places et les églises, non, ça me semblait plutôt terriblement déprimant, un peu comme dans la chanson d'Aznavour, *Que c'est triste Venise*, que mon père chante parfois dans la voiture – faux, évidemment – et qui m'avait toujours hérissé le poil. Ça n'allait pas s'arranger.

J'en avais gros sur la pomme de terre, et c'est vraiment pas un euphémisme. Mille kilomètres pour un lapin, ça calme. J'avais plus qu'à retourner avec ma famille, dans mon camping, c'était ma place, la seule, c'est vrai, qu'est-ce que j'étais allé m'imaginer ? Le droit de rêver, oui, mais fallait surtout pas oublier le retour sur terre, le crash inévitable. L'histoire de ma vie. C'est une tartine de merde, m'expliquait Mamie, dont il faut manger un petit bout chaque jour. Et parfois, aussi, il y a de la confiture. Mais pas tout le temps. Et jamais sans manger un petit bout de merde avec. Forcément, j'ai essayé d'inventer un autre destin. Mais je suis pas plus malin que les copains, contrairement à ce qu'on a voulu me faire croire. Pauline m'avait oublié, fallait se dire les choses en face, d'homme à homme. D'ailleurs, je ne figurais même pas sur la liste des invités. J'avais fait mille kilomètres pour une fille qui ne se souvenait pas de moi. Dans le genre déroute sentimentale, je crois pas qu'on puisse tomber plus bas. J'eus envie de me remettre à chialer, mais pas pour les mêmes raisons que pendant le concert. Cette fois, je me suis retenu. Pour ce qui est de garder tout son désespoir à l'intérieur, j'avais de plus en plus d'entraînement.

Si vous voulez vous jeter d'un pont, à Venise, il y a l'embarras du choix. Mais on ne tombe pas de bien haut, à part le Rialto et le pont de l'Académie, et encore. En plus, avec le nombre de gondoles qui passent à la minute, il y aura toujours un Italien avec son chapeau de paille et son tee-shirt rayé pour venir vous repêcher avant que vous n'ayez eu le temps de boire la tasse. Alors j'ai simplement marché dans la direction de la place Saint-Marc, pour aller attendre mon grand frère.

Je me suis acheté une grande part de pizza *quattro formaggi*, parce que j'allais bientôt défaillir, et un Coca avec. C'est la seule réponse qu'on ait trouvée au mal de vivre, chez les Chamodot. Certains fument, d'autres picolent, ou se défoncent, nous on bouffe. Faut bien essayer de se remplir un peu quand tout fout le camp. Pourtant, on grossit pas trop, parce que ma mère nous colle régulièrement son régime Weight Watchers dans les dents, on se retrouve rationné sans avoir rien demandé à personne, avec margarine sans graisse animale, quiche lorraine sans pâte, pâtes sans œufs, vinaigrette sans huile. La misère.

J'ai demandé mon chemin, *Piazza San Marco per favore*, et j'ai pas tardé à rejoindre la fameuse place. La splendeur du lieu m'a changé les idées, pendant quelques minutes au moins, c'était tellement majestueux que ça réconfortait. J'ai tourné à droite devant le grand campanile où j'avais rendez-vous. À ma gauche, collé à la basilique Saint-Marc, le palais des Doges s'étirait jusqu'à la mer. Enfin, pas tout à fait la mer, le Grand Canal. Je contemplai un instant les deux célèbres colonnes, dont l'une était surmontée d'un lion ailé, et l'autre d'un bonhomme avec une lance, qui devait représenter quelque chose du genre dieu grec ou romain… Peu m'importait, tellement j'avais envie d'en finir. Je ne prétends pas que j'aurais eu le cran de me suicider. Simplement, je me disais que si je disparaissais, ça ne changerait pas grand-chose. Un peu de peine à mes parents, sans doute, mais ils s'en remettraient, ils ont connu bien pire dans leur enfance. À mon frère aussi. Mais à part eux, tout le monde s'en tamponnerait royalement, surtout Pauline, qui ne viendrait pas à mon enterrement. Quand on se prend un lapin, faut pas se mentir, c'est foutu. Donc à quoi ça servait de mourir si la fille que j'aime ne pleurait même pas sur ma tombe ? À rien du tout. J'ai repoussé mon suicide à une date ultérieure.

Je suis revenu au pied du campanile et j'ai attendu. J'étais vraiment dégoûté. J'ai finalement retrouvé mon frère. Il est arrivé avec une bière à la main, et une haleine qui laissait deviner que c'était pas sa première. — Alors, ce concert ? — Magnifique. — Et après ? — Après, rien. — T'as pas réussi à te la faire ? — Non. — Tu la revois demain ? — Je sais pas trop. Mon frère mesurait déjà l'ampleur du désastre. — Elle t'a mis un gros vent ? — On peut dire ça comme ça, oui. — Ah, elles sont pas possibles les nanas, franchement ! Elle te fait venir à Venise pour te mettre un vent ?! Non mais sérieux ! T'as son numéro ? Je hochai la tête. — Je vais l'appeler, moi, tu vas voir, je vais lui parler. — Non, c'est gentil, Fabrice, mais je préfère pas. Je pensais, plutôt mourir que de le laisser téléphoner. — Non mais t'as raison, oublie-la, profite de Venise. Si elle veut pas de toi, c'est que c'est une abrutie. Point final. J'avais du mal à voir les choses comme lui, mais ça faisait du bien quand même d'entendre son point de vue. — Papa et Maman nous attendent au camping, faut qu'on y aille. — Et la moto ? — J'ai essuyé nos empreintes et je l'ai laissée à trente mètres d'un commissariat de police. Je suis quelqu'un d'honnête, tu sais. — J'en doute pas.

On monta dans un vaporetto pour Fusina. C'était le nom de l'endroit où se trouvait le camping, et le nom du camping aussi, ils avaient fait simple. Ça ressemblait un peu à des bateaux-mouches, leurs embarcations, tout en rangées de sièges, à l'air libre ou abrités, c'était au choix. On s'assit côte à côte, sans parler, à regarder le paysage.

Le bateau démarra alors que la nuit tombait, c'était vachement bien coordonné. Le bleu du ciel se fonçait progressivement, en y incorporant des teintes rose orangé, d'une subtilité et d'une douceur infinies. On entendait le petit bruit du moteur, le clapotis des vagues, quelques bateaux nous croisèrent. Le long du canal, les vieux bâtiments glissaient dans la nuit avec une élégance absolue. Puis Venise s'éloigna, et on traversa une grande lagune.

J'aperçus alors une sorte de zone industrielle, avec des cheminées, des tours, des engins de chantier. On s'y dirigeait tout droit. — C'est par là, le camping ?! — Juste à côté de l'usine, me confirma mon frère. Mais une fois là-bas, on s'en rend plus compte, t'inquiète pas. Il devrait s'appeler camping « Usina », ils ont rajouté un « F » pour tromper leur monde. En s'approchant, je pus enfin découvrir notre lieu de résidence, ça semblait effectivement pas si mal, au bord de l'eau. On accosta et on marcha trois ou quatre minutes pour rejoindre l'entrée du camping. On ne pouvait pas le rater, il n'y avait que ça et l'usine dans le périmètre, difficile de confondre l'un et l'autre, à moins d'être vraiment à l'ouest.

On arriva à notre emplacement, la caravane était installée, ainsi que la table et les chaises de jardin, et notre tente igloo était montée à côté. On aurait dit qu'ils campaient là depuis trois semaines. Mon père prenait un verre en regardant les dernières lueurs du jour sur la mer, assis entre Natacha et ma mère. — Ah, mon fils, te voilà ! T'as vu ce qu'on est bien ici ? À ce moment précis, un avion nous passa juste au-dessus de la tête, avec un vrombissement d'autant plus énorme que l'appareil paraissait incroyablement proche. Mon père me sourit, magnanime. — On est dans le couloir aérien de l'aéroport, c'est le seul petit défaut. — Avec l'usine à côté, ajouta ma mère. — Oui, mais l'usine, on la voit pas et on l'entend pas, alors je vois pas où est le problème. — Au niveau du glamour, répliqua ma mère. — Mais c'est romantique ! Regarde la lagune ! Ces reflets sur l'eau, ces mouettes, tout à l'heure, j'ai même vu un poisson volant. Et ces étoiles !

Je levai les yeux et aperçus en effet les trois premières étoiles de la nuit. — Le romantique, le glamour, ça n'existe pas dans l'absolu. C'est là où tu regardes, et surtout la façon dont tu regardes. — Peut-être, admit vaguement ma mère. Natacha acquiesça elle aussi, en fumant un joint, mon père buvait vraiment du petit-lait. Sa drogue à lui, c'est convaincre, peu importe de quoi.

— Alors, ce concert ? — C'était super. J'avais pas vraiment envie de m'appesantir, mais dans ma famille, on s'en tire jamais à si bon compte. — Et après, t'as pu voir ton amie ? me questionna ma mère. — T'es vraiment curieuse comme une chatte, objecta mon père. — Pas du tout ! — Ah si, tu veux toujours tout savoir et rien payer ! — Et t'es pas pareil, toi, peut-être ? — Si, mais je suis plus discret. — Toi, plus discret ?! C'est la meilleure !

Je sautai sur l'occasion pour filer à l'anglaise. — Bonne nuit. — T'as pas faim ? s'étonna ma mère. — Non, M'man, j'ai mangé. Mon père me réclama une bise et en profita pour relancer la conversation. — Mais pour ton amie alors, tu nous as pas dit ? Ils me laissaient pas le choix, fallait que je leur raconte un truc, même un gros bobard, sinon ils me lâcheraient jamais. — Ben, après le concert, j'ai retrouvé Pauline sur les marches de la Fenice comme prévu. — Oh, c'est romantique ! commenta ma mère. — Laisse-le raconter ! rétorqua mon père. — Mais y a rien de spécial à dire… On s'est promenés dans Venise. — T'as vu comme c'est beau ? coupa mon père. — Très beau. Après, on a mangé une pizza… — En tête à tête ? — Ben oui, on n'était que deux. — Elle te regardait avec

les yeux qui brillent ? demanda alors ma mère.
— Je pourrais pas dire.

Ça tournait carrément à la torture médiévale
d'imaginer la soirée idéale que j'aurais jamais
vécue, le truc qui vous retourne les viscères.
— Continue ! m'a ordonné mon père. J'allais
tomber en dépression nerveuse si ça durait trop,
alors j'essayai de conclure. — Non mais c'est tout,
on a parlé, on a rigolé. Et après, elle a dû rentrer.
— Génial. — Oui, génial, répondis-je avant de
partir vers ma tente igloo, dévasté. — Et tu l'as
embrassée ? cria mon père à la cantonade alors que
je m'éloignais. Ils ne m'épargneront rien, jamais.
— Non, Papa, c'est une amie. — Et alors ?!
s'exclama-t-il en rigolant. Je pressai le pas.

— T'as la tente pour toi tout seul, on s'est loué
un mobile home avec Natacha, m'expliqua mon
frère pendant que j'ouvrais la fermeture Éclair.
C'était une très mauvaise nouvelle, je pensais me
serrer contre elle toute la nuit, et peut-être recommencer ce qu'on avait fait la veille, s'il y avait
moyen. Parce que niveau chaleur humaine, je me
sentais bien loin de la canicule. À l'intérieur de la
tente, ma mère avait déroulé mon duvet, installé
toutes mes affaires, et même glissé à côté de l'oreiller une tablette de chocolat lait-noisettes, ma préférée. Cette attention me bouleversa. Je sais, c'est
con. Mais chez nous, un carré de chocolat, c'est

le réconfort ultime, c'est de l'eau en plein désert. J'étais à deux doigts de verser ma larme, tellement j'étais à fleur de peau.

Quand je revins du bloc sanitaire, ma trousse de toilette à la main, mon père m'attendait à côté de la tente, assis sur un fauteuil, à contempler le clair de lune. Il m'invita à m'installer à côté de lui, sur l'autre fauteuil vide. Une grosse boîte était posée à ses pieds. — Tu vois ce carton ? C'est pour toi. — C'est un cadeau ? — Oui, c'est de la lotion pour tes cheveux, une marque italienne qu'on ne trouve qu'en Italie. Ça éclaircit de manière plus naturelle, moins chimique, tu comprends. — Super. — Elle était en promo, je t'en ai pris un carton entier, on est tranquilles pour au moins un an. — Merci, Papa. — On fait ça pour toi, tu le sais ? Parce que t'es plus beau comme ça, c'est vrai, on n'invente rien, ça te va mieux. Et puis à la base, t'es blond, c'est ta nature. Mais si tu veux qu'on arrête, on arrête. — Tu me dis ça maintenant que t'as acheté ce gros carton ? — Ben oui, il a des contradictions, ton père, tu sais. — J'avais remarqué. — Si tu croises un jour un père sans aucun défaut, tu me le montres. Le tien, tu vois, il n'est pas parfait, et il n'essaye surtout pas de l'être. De ce point de vue-là, c'était absolument réussi, pensai-je en mon for intérieur.

Il y eut un silence, mon père me regardait, j'ignorais ce qu'il allait encore me sortir. — Ça s'est pas exactement passé comme tu nous as raconté, pas vrai ? Je tombais des nues. C'est fou de faire aussi peu illusion. Je savais pas quoi dire, mais avec lui, pas besoin, il répond à ses propres questions. — C'est pas simple, les filles, et puis on nous donne pas le mode d'emploi, hein ? Il paraissait calme, avec cette envie de m'aider dont il faut toujours se méfier. J'hésitai à lui lâcher le morceau. Mon père trouverait peut-être dans mon fiasco un certain panache, une formidable occasion de postuler au palmarès des plus grandes déroutes sentimentales de tous les temps. Mieux vaut être un perdant magnifique qu'un gagne-petit, m'avait-il affirmé un jour. Mais au fond, je crois qu'il ne le pensait pas vraiment. Nous, on n'a pas les moyens de perdre gros, parce qu'on n'a jamais eu grand-chose.

— On avait rendez-vous à la sortie du concert, mais elle n'est jamais venue. Mon père me lança un regard compréhensif, et même, car il sait aussi l'être parfois, délicat. — Et t'as un numéro de téléphone où la joindre ? Je fis oui de la tête. — L'appartement où elle habite à Venise, mais ça répond pas. — Tu devrais essayer de rappeler maintenant. — Il est 22 heures ! — Justement, elle devrait être rentrée. — Ça se fait pas de téléphoner

240

aussi tard. — En amour, les règles changent. La politesse n'est pas toujours de mise. Et elle te doit bien une explication, non ? — Si j'appelle à cette heure-ci, ses parents vont me détester. — Peu importe ses parents, c'est à elle qu'il faut plaire ! Et pour ça, rien de tel que l'audace. De l'audace, encore de l'audace, et toujours de l'audace.

J'aimais bien son idée. Le problème, c'est que chez nous, l'audace, ça devient vite du culot. On doit être des alchimistes à l'envers, on alourdit tout, c'est une vraie malédiction. — Je vais me faire jeter, Papa. Et là, j'ai peur que ce coup-ci, ce soit pas supportable. Tu comprends ? — Y a rien que je comprenne mieux que ça. Je perçus l'émotion qui traînait dans sa voix. Lui non plus, on ne lui avait pas toujours dit oui. Lui aussi, il s'était pris des couloirs entiers de portes au nez, plus souvent qu'à son tour. Et fait rarissime en ce qui le concerne, il se tut, sans doute de peur de se dévoiler plus. Même les gens qui parlent tout le temps font des non-dits. Ça se voit moins, c'est tout.

— Alors je fais quoi, Papa ? — Il y a un grand auteur, je me souviens plus lequel, qui a écrit quelque chose du genre : « La vérité, c'est qu'il y a énormément de gouttes d'eau qui ne font pas déborder le vase. » On était repartis dans les citations, généralement déformées, ça faisait longtemps. — Et ça veut dire quoi ? — Ça veut dire que tu es bien plus fort que tu ne le crois. Va à la cabine téléphonique et rappelle-la. Il me passa sa main dans les cheveux affectueusement et prit congé, retournant vers sa caravane.

J'étais bien embêté, parce que mon père peut vous donner les meilleurs conseils du monde, mais aussi, la plupart du temps, les pires. C'est un peu la roulette russe, le triomphe ou la catastrophe. Après réflexion, la catastrophe, on était déjà en plein dedans, alors perdu pour perdu... Je rangeai le carton de lotions décolorantes dans un coin de ma tente et partis en direction des cabines téléphoniques.

— Allô ? Je reconnus sa voix tout de suite, c'était elle. — Pauline, c'est Émile. Je suis désolé, il est tard... — Ah, Émile, je suis tellement contente que tu m'appelles, me coupa-t-elle. Ma peur de déranger à une heure pareille semblait hors de propos. — T'es à Venise ? — Ben oui, je suis arrivé cet après-midi. — Et t'as vu le concert alors ? — Oui. — T'as aimé ? — J'ai adoré. — C'est vrai ? Oh, ça me touche trop ! — Mais je t'ai attendue après. — C'est à cause de mon père, il a piqué une crise, il n'était pas du tout content de notre interprétation, il m'a pourrie, horrible, j'étais en larmes, pas présentable du tout... Et après, on avait rendez-vous chez des Italiens super-snobs, impossible d'arriver en retard. — Je t'ai même pas vue passer. — On est sortis par l'entrée de service, qui donne sur le petit canal derrière, on a pris un bateau-taxi. — Ah d'accord… — Je suis vraiment désolée, j'aurais tellement préféré te voir… Je me suis retrouvée dans un palais magnifique, avec un buffet somptueux, mais une ambiance sinistre… — T'inquiète, j'ai pas attendu si longtemps, ai-je prétendu.

J'ai dédramatisé, j'étais tellement content de l'entendre que je ne lui en voulais plus du tout. — Et t'as le temps de me voir demain ? me proposa-t-elle soudain. — Bien sûr, quand tu veux ! Un voyant rouge s'est aussitôt allumé dans ma tête. Bip ! Mauvaise réponse. « Je peux peut-être m'arranger », en me donnant l'air très occupé, ça aurait été bien mieux, stratégiquement parlant. Mais avec Pauline, la bonne réponse me vient toujours avec un temps de retard. — Tu passes me chercher à 15 heures ? À mon appart, c'est dans le Dorsoduro. 3, Campo San-Barnaba. Tu sonnes à l'interphone « Donadoni », tu te souviendras ? — Oui, oui, t'inquiète.

J'ai cru que la conversation allait s'arrêter là, mais elle s'est mise à me demander des trucs sur moi. C'était bon signe, elle s'intéressait, mais sa curiosité ne m'arrangeait pas du tout. — Tu dors chez tes cousins ? — Absolument. — Ils habitent où ? La panique. Je connaissais aucune adresse crédible dans Venise, et pour mentir, faut quand même en savoir un minimum. Alors je décidai de m'arranger avec la vérité. — C'est juste à l'extérieur de Venise, à dix minutes en bateau. — Ah d'accord... Et ça s'appelle comment, le coin ? J'aurais voulu inventer autre chose, mais rien n'est venu, à part mozzarella. — Fusina. — Et c'est sympa ? — Très sympa, bredouillai-je piteusement. Pile à ce moment-là, un nouvel avion de ligne survola le camping. — C'est quoi, ce boucan ? me demanda-t-elle, intriguée. — C'est mon cousin qui nous montre sa Ferrari. Parfois, on sort des trucs, on sait même pas d'où ça nous vient. Ou c'est l'hérédité. — Alors va faire un petit tour en Ferrari et on se voit demain. Ça me fait trop plaisir, Émile. Je t'embrasse.

Elle n'avait pas prononcé « bises » ni « bisous », encore moins « ciao » ou « à plus », non, elle avait dit « je t'embrasse ». Je t'embrasse. Moi aussi, je l'embrassais. Je l'embrassais chaque soir avant de m'endormir, et toute la nuit aussi, dans mes rêves. Une fois, mille fois, un milliard de fois. Et là, c'est elle qui venait de le faire au téléphone, mine de rien, en passant. Comme une promesse. Enfin, fallait pas s'emballer. Malgré tout, j'étais heureux ! Avoir entendu sa voix, avoir compris qu'elle n'y était pour rien dans son absence, avoir rendez-vous avec elle. Finalement, j'avais sans doute désespéré trop vite : vivre, ça en valait la peine, et parfois, dans des instants comme celui-ci, ça en valait aussi la joie.

Lundi 16 avril

Il devait être dans les 8 h 30 du matin quand
mon père est passé à côté de ma tente et a cru
bon d'engager la conversation avec moi, tout
excité. — Émile, tu dors ? — Oui, Papa, j'aimerais bien... Je demeurais dans une sorte de
léthargie, dans un monde à part, entre l'éveil et le
sommeil. — J'ai une grande nouvelle à t'annoncer ! — Quoi ? — C'est quelque chose d'absolument incroyable. Tu vas pas en revenir ! — C'est
urgent ? Je me méfie tellement, je vous jure.
— C'est urgent que je te le dise en tout cas !

J'ai fini par sortir de mon duvet, j'ai ouvert la
fermeture Éclair, j'ai essayé d'écarquiller les yeux,
et il m'est apparu en maillot de bain, les cheveux
mouillés, dégoulinant. — Qu'est-ce qui t'arrive ? — Quelque chose qui va changer nos vies.
Écoute bien... Ce matin, je suis allé faire quelques
brasses dans la lagune. — T'es malade, ça doit être
dégueu avec l'usine ! — T'inquiète, je suis allé de
l'autre côté. — Elle devait être gelée ?! — Oui,

elle était fraîche... Mais écoute un peu... À un moment, j'étais dans l'eau, et je sais pas ce qui m'a pris, j'ai soudainement inventé... Tu devines pas ? — Non. — J'ai inventé une nouvelle nage ! Comme ça, spontanément. Tu te rends compte de ce que ça veut dire ? — J'suis pas sûr. — Y a que quatre nages officielles ; quand on y réfléchit, c'est très peu, tu trouves pas ? — En même temps, ça suffit... — Non, non, c'est trop peu, et moi, ce matin, je viens d'inventer une façon différente de se mouvoir dans l'eau, beaucoup plus reposante... Une nage relaxante... très agréable... Ça se rapproche de la nage des chiens, ou des éléphants. T'imagines, l'argent qu'on va pouvoir gagner si on réussit à vendre au monde entier une nouvelle façon de nager ?

Avec mon père, les journées débutent parfois directement dans la quatrième dimension. Alors j'ai essayé d'être cartésien, pour qu'il reste une personne à peu près sensée dans cette famille. — Tu crois que le mec qu'a inventé la brasse, par exemple, il est milliardaire ? — Pas s'il l'a pas déposée, mais moi, je vais la déposer. Et si ça plaît, on est riches, mon fils. Riches ! J'ai préféré ne rien répondre du tout, sinon j'en avais pour la matinée. Je fis signe que j'allais dormir encore un peu. — Et tu sais comment je vais l'appeler, cette nage ? — Non, Papa. — La crevette. — T'es sérieux ?

— Attends, y a le papillon, et ça nage même pas… Alors pourquoi pas la crevette ?! — Je vais me recoucher un peu, d'accord ? — Ta mère trouve que c'est une idée de génie. — À plus, Papa.

Une demi-heure plus tard, j'avalais mon chocolat chaud avec des croissants achetés à la supérette du camping – c'était un peu la fête, m'a-t-on expliqué. Tout le monde était déjà levé et vaquait à ses occupations. Mon frère et Natacha, portant chacun une anse d'une grande bassine, filaient aux sanitaires faire la vaisselle du petit-déjeuner, l'air amoureux. — Tu laveras ton bol, me lança sèchement Fabrice en guise de bonjour. Les militaires sont inflexibles sur l'intendance. Mon père revenait de la douche en slip, tongs, serviette de bain et trousse de toilette sous le bras, bref, l'élégance absolue, affichant son sourire des grands jours. — Tu parles de la crevette à personne ! J'veux pas qu'on me pique l'idée, je compte sur toi ! J'acquiesçai catégoriquement. Il rejoignit ma mère, déjà prête, qui s'affairait dans la caravane.

Seul à ma table pliante, je regardais la lagune, pensif, et Venise au loin, dont j'étais séparé par une mer d'huile. Il faisait encore très beau, il n'y avait quasiment pas de vent. Un avion de ligne éventra le ciel. Comme je rêvassais, ma mère m'ordonna de me dépêcher.

Je me suis retrouvé dans la bagnole, assis à l'arrière, avec Natacha entre mon frère et moi. Mon père a allumé l'autoradio et lancé sa chanson fétiche. « ASIM… BONANGA !!!! » Natacha eut un moment de profonde perplexité, c'est sûr que ça surprend, surtout la première fois, surtout au saut du lit. Elle avait dû en voir, des numéros de cirque, mais là, c'était sans chapiteau. — Allez, chantez avec moi au lieu de tirer la tronche ! « ASIM BONANGA… ASIM… BONA… »

— Il a des origines africaines ? finit par me demander discrètement Natacha. — Une partie de sa famille est pied-noir, lui avouai-je à mi-voix, même si mon père n'aime pas qu'on en parle. Les pieds-noirs, si j'ai bien compris, ce sont des gens qui viennent d'Afrique du Nord, mais dont la négritude s'est arrêtée aux chevilles. Moi, je savais pas que ce genre de choses, ça commençait par le bas. Mais je me suis dit que c'était naturel, au final, c'est comme les arbres, tout part des racines. Du coup, les pieds-noirs ne le sont pas du tout dans leur tête, si vous voyez ce que je veux dire, ça n'a pas eu le temps d'arriver jusqu'en haut. Sauf, apparemment, pour mon père, qui ne doit pas être câblé pareil que les autres, je pense que ça vous a pas échappé.

Natacha a acquiescé, comme si les choses s'éclaircissaient, mais en fait, elle ne semblait guère plus avancée. Quand mon père chante, ça me provoque un mélange d'attendrissement et de consternation, un petit élan, avec le désir de le prendre dans mes bras, mais surtout une envie irrépressible de fuir à l'autre bout du monde. C'est à cause de la contradiction de la vie dont je vous ai déjà parlé.

— Allez, chantez ! insista encore mon père. C'est quelqu'un qui insiste énormément. — Les paroles, c'est toujours pareil, ASIM BONANGA ! Je la remets ? — Non merci, répondis-je froidement. Faut pas exagérer, déjà, on l'écoute et on le subit, on va pas non plus encourager le mouvement… — Vous n'aimez pas mon chant mélodieux ? On ne répondit pas, alors il baissa un peu la musique et se mit à se concentrer sur sa conduite. Moi, je surveillais Natacha, pour pas perdre de vue son charme naturel. Pourquoi une jolie fille, ça procure autant d'émotions, de désir, de fantasmes ? Quel est le processus chimique, biologique, neuronal qui se déclenche ? J'ai jamais osé demander au prof de physique, mais si ça se trouve, il ne connaît même pas la réponse. C'est comme l'origine des rayures des zèbres, apparemment, ça reste un des grands mystères de la science, on a des hypothèses, mais on n'est sûr de rien.

— Avant Venise, on va faire une visite surprise juste à côté. — On va voir qui ? ai-je demandé, surpris. — Je peux pas te dire. Mais c'est une des raisons pour lesquelles j'ai souhaité que toute la famille vienne ici, si ce n'est la raison principale de notre voyage. — Ah bon ?! C'était pas pour mon concert et pour que Maman voie le Grand Canal ? — Pas seulement, non. J'ignorais s'il racontait n'importe quoi, ou s'il y avait un peu de vrai, souvent, il mélange la vérité et le mensonge, pour tromper l'ennemi. — C'est pas un truc grave ? m'inquiétai-je. Natacha regardait dehors, sans se mêler à la conversation, mais je sentais bien qu'elle laissait traîner l'oreille. — Si, très grave, répondit mon père, mais la vie, c'est pas toujours de la rigolade ! Sur cette déclaration fracassante, qui laissait redouter le pire, qui n'est jamais certain, il prit une route à droite.

Quelques minutes plus tard, on s'arrêta devant un cimetière. — Terminus, tout le monde descend, ordonna mon père. L'expression était de circonstance. Mes pieds foulèrent des petits graviers blancs. Nous nous trouvions face à un cimetière de taille moyenne, juste à la sortie de la ville, là où finissent les maisons et commencent les champs. Les morts, ça se range où on peut. Sous un grand ciel azuré, quelques arbres bordaient l'entrée, et abritaient une maison de gardien. Le bruit du vent fit frémir les feuilles des cyprès, un de mes sons préférés, comme un tressaillement, puis la voix de mon père, grave et chaude, s'y superposa. — Je voudrais vous montrer quelque chose. Mon frère ne semblait pas étonné. Moi, j'étais pas du tout au courant. — Quelqu'un est mort, quelqu'un qu'on connaît ? — Oui, m'assura mon père, avec un air concerné, quelqu'un est mort. Mais c'était il y a très longtemps. Et non, cette personne, tu ne l'as pas connue. Mon père alla frapper à la porte du gardien. Coup de bol, un vieil Italien, dont j'aperçus vaguement la silhouette, le fit entrer. Ma mère lui emboîta le pas. Natacha n'avait pas encore osé quitter la voiture. Mon frère s'approcha de moi et me chuchota à l'oreille : — Ça doit être sa mère, je crois qu'elle est morte en Italie. — Ah bon ? La mère de Papa ? — Oui, notre grand-mère, quoi.

Comme personne ne ressortait de la maison du gardien, on finit par y pénétrer à notre tour avec Fabrice. C'était une vieille bicoque en pierre, pas bien grande, avec un comptoir, il faisait frais à l'intérieur, c'était agréable. Face à mes parents, le gardien, qui devait approcher les cent cinquante ans, consultait un grand registre entièrement écrit à la main, avec des listes de noms, sans doute des gens décédés, parce qu'ils correspondaient à des numéros de tombes, écrits en face, au bout de la ligne. Il y en avait un sacré paquet. — *Scusi, ma non vedo niente*, articula-t-il avec une voix éraillée, en faisant non de la tête. C'était un homme tout maigre, la seule trace de graisse dans son corps, elle était dans ses cheveux. Il portait de grosses lunettes, mais ça paraissait pas suffire, tellement ses yeux étaient abîmés. Le pauvre homme semblait sorti de l'une de ces tombes qu'il gardait vaillamment. Lui demander de trouver un nom français sur un registre italien écrit à la main, presque aussi vieux que lui, semblait une très mauvaise idée. Mais on n'en avait pas d'autre. Pas moi en tout cas, parce que mon père, lui, n'a pas tardé à en trouver une.

— On va se diviser, et on va faire toutes les allées du cimetière. Vous cherchez « Ida Chamodot » sur les noms des tombes. Elle est là, j'en suis sûr. Ou « Ida Toledano », si elle s'est fait enterrer avec son nom de jeune fille.

C'était pas le moment de rechigner, alors on s'est mis en quête de la tombe de ma grand-mère paternelle, celle que je n'ai jamais connue, celle qui avait disparu à quarante-trois ans, dans des circonstances obscures, celle qui s'était remariée avec un Italien et qui l'avait suivi, sans doute jusqu'ici, laissant mon père, à vingt ans, seul à Paris. J'en savais pas plus que ça, mon père en parlait si peu. J'avais jamais réfléchi à l'idée que cette grand-mère avait une tombe quelque part et qu'on puisse aller s'y recueillir. Nous, à la Toussaint, on va pas au cimetière, on fait des crêpes. Même Natacha se mit à nous aider dans nos investigations, c'était un peu la chasse au trésor, sans trésor, mais c'était excitant, quand même. Évidemment, presque tous les

253

noms de tombe étaient italiens, mais je reconnus deux ou trois anglais, un allemand, enfin je crois, et des noms aussi venant d'ailleurs, mais j'aurais pas pu dire d'où. Chacun de nous continuait ses recherches, minutieusement, avec l'espoir d'être celui qui trouverait. Mon père marchait plus doucement que d'habitude, avec une sorte de vulnérabilité qui flottait dans l'air, il devait avoir le trac. Sans doute n'était-il jamais venu ici, sinon il se serait souvenu.

On dut bientôt se rendre à l'évidence, la tombe de grand-mère Ida demeurait introuvable. On se regroupa vers le milieu de la plus grande allée, bredouilles. — C'est pas possible, on l'a ratée, elle est forcément là. J'ai encore reçu une lettre du cimetière, pour payer la concession, je la renouvelle tous les quinze ans. — Tu m'as jamais parlé de ces dépenses, s'étonna ma mère. — T'inquiète pas, c'est pas comme en France où c'est du racket, ici, c'est très bon marché. — Même pas cher, si vous payez pour rien, c'est pas normal, affirma Natacha, dont le bon sens fait toujours du bien. — Absolument ! Mon père adore qu'on l'approuve, c'est si rare. Faut dire qu'il n'y met pas toujours du sien.

C'est alors que le vieux gardien italien arriva vers nous. Il beuglait, mais de loin, on saisissait mal. Au fur et à mesure qu'il se rapprochait, comme il répétait inlassablement les mêmes mots, on finit par comprendre. — *Fossa comune ! Fossa comune ! Fossa comune, signore !* Et il nous indiqua l'extrémité gauche de l'allée. Mon père le considéra avec un désarroi que je ne lui connaissais pas. — Ida Chamodot, dans la fosse commune, vous êtes sûr ? — *Sì, sì, signore, certo ! Fossa comune ! Fossa comune !* J'aurais voulu qu'il arrête de répéter ça sans arrêt, il aurait traité mon père de dernier des derniers, ça aurait été pareil. *Fossa comune*, ça sonnait comme fosse septique, fosse à purin, bref, des trucs vraiment pas glorieux. Même si on a l'habitude dans la famille, ça vous en remet à chaque fois un coup sur la tronche. Les épaules basses, la tête baissée, mon père nous invita à le suivre.

On arriva devant un emplacement bien plus large que les autres, mais c'est normal parce qu'ils étaient plusieurs là-dessous. On s'arrêta devant, un peu émus, ça faisait bizarre de la trouver là. Pour ceux qui ont souffert de la solitude toute leur vie, c'est peut-être une solution intéressante, la fosse commune, avoir de la compagnie pour l'éternité, ça se refuse pas. Mais j'étais apparemment le seul à trouver l'idée sympathique. On enterre souvent les couples ensemble, mais dans ce cas, ça s'appelle pas pareil. Non, la fosse commune, si j'ai bien compris, ça commence à partir de trois personnes, d'où peut-être l'expression six pieds sous terre.

Il n'y avait ni pierre tombale, ni fleurs, ni même une stèle avec les noms des locataires. Bref, c'était encore plus triste que le reste. D'ailleurs mon père semblait désespéré. — Il l'a tuée, et il n'a même pas été foutu de lui payer une tombe. — Qui ça, Papa ? — Son caporal. Elle s'est remariée avec un légionnaire. Il buvait, il la tapait. Et il buvait aussi, ça, elle n'était pas exempte de tout reproche. Ma mère ne disait rien, c'était pas le moment d'en rajouter. — Il avait peut-être pas les moyens de payer une sépulture, lança mon frère, avec un air dépité, les retraites de l'armée, à l'époque, c'était pas lourd… Et c'est toujours pas terrible !

En attendant, le mythe familial en prenait sacrément un coup. Les Chamodot, qui soi-disant possédaient leur étoile personnelle dans le ciel, eh bien ils finissaient à la fosse commune. — Vous voyez, les enfants, votre grand-mère, c'était une femme exceptionnelle. C'est grâce à elle que je suis qui je suis. C'était un peu émouvant, mais elle avait quand même dû se planter dans quelques dosages, d'un point de vue éducatif, cette grand-mère, vu le résultat. Ce sont des choses qui arrivent quand on picole. — La pauvre, poursuivit-il, elle méritait mille fois mieux. C'était une princesse, une reine.

Franchement, je savais pas quoi faire pour le consoler, ça me fendait le cœur de le voir comme ça. — Peu importe comment on nous enterre, ce qui compte c'est comment on vit, non ? Fabrice venait courageusement de prendre la parole.

— Tu as raison, mon fils, mais la mémoire aussi, c'est important. C'est pour ça que je voulais qu'on vienne ici. Ma mère est morte quand j'avais vingt-trois ans, et je peux te dire que ce jour-là, tu comprends ce que ça veut dire, être seul. Cette phrase me fit l'effet d'une gifle en pleine figure. Je regardai Maman, pour me rassurer. Elle me sourit.

Mon père proposa alors de faire une minute de silence en l'honneur de feu Ida Chamodot. Il voulait lui rendre hommage pour tout ce qu'elle avait souffert – ce qui semblait gigantesque – et pour tout ce qu'elle nous avait légué – ça en revanche, je voyais pas trop. J'ai repensé à son visage, sur la photo en noir et blanc où elle ressemblait à une star américaine. La seule chose qu'elle avait réussi à sauver dans sa vie, c'étaient les apparences. Et encore, pas jusqu'au bout. J'ai pas osé demander de quoi elle était vraiment morte, c'était pas le moment, en tout cas, ça devait être dans la fureur et les larmes, parce que sinon, on décède pas à quarante-trois ans. Alors pendant ces soixante secondes de silence, je me suis dit qu'une vie à crier pour une minute à se taire, l'équation tombait vraiment pas juste, elle y avait trop perdu au change.

Après la minute de silence, mon père lança un coup d'œil panoramique, et comme il n'y avait absolument personne à la ronde, il nous fit signe de nous rassembler et parla à mi-voix. — On va prendre quelques fleurs sur les tombes qui en ont trop, et discrètement, on va fleurir celle-là. Personne ne sembla choqué par l'idée, à part moi évidemment, et Natacha. Mon père prit son air de pas y toucher. — Juste une fleur par-ci par-là, ça se verra à peine. — Ça se fait pas trop, quand même, s'inquiéta Natacha. — Et laisser un emplacement tout triste comme ça, alors que je paye pour l'entretien, vous trouvez ça normal ? Ne lui laissant pas le temps de répondre, mon père vola un gros bouquet de roses sur une tombe adjacente et le déposa sur la fosse commune.

Une minute plus tard, mon frère rapportait une énorme couronne, toute neuve, en faisant attention à pas se faire voir. Il y avait une inscription en italien qui ne nous était clairement pas adressée, alors Fabrice la déchira et la mit dans sa poche. Ma mère arriva avec une jolie plante en pot dans les mains et la plaça à côté. — Ça tiendra plus longtemps que les fleurs coupées ! Profanateurs de sépultures, ça manquait à notre palmarès. Mais j'ai trouvé l'idée tellement touchante que j'ai suivi le mouvement, et Natacha aussi. Si on ne pouvait pas répartir équitablement les richesses de la planète auprès des vivants, peut-être qu'on pouvait y arriver avec les fleurs auprès des morts. Ça rattrapait pas, mais quand même. À la fin, la fosse commune, on aurait dit la tombe d'une rock star. Si Mamie Ida voyait ça du ciel, elle devait être morte de rire, ou de honte. En plus d'être morte tout court. On est repartis en courant, comme des truands sortant d'une banque après un hold-up.

On roula en silence. Chacun errait dans ses pensées, moi je me demandais où on m'enterrerait quand je serais mort, même si c'était pas pour tout de suite, et s'il y avait quelque chose après, vous voyez, ce genre de grandes questions sans réponse qu'on se pose parfois. Sur chaque tombe du cimetière, en dessous des noms, il y avait toujours deux dates, l'année de naissance et celle de mort. Une vie, j'ai pensé, c'est un long cri, de joie ou de douleur, ça dépendait des jours, ou des vies, un cri parfois très intérieur, qui jaillit du cri primal du bébé à la naissance, déchirant l'infini, qui devient, quatre-vingts ans plus tard, un cri tout bas, un murmure, notre dernier souffle, et une vie c'est ça, un cri coincé entre deux dates.

Vers midi, nous prenions place dans le vaporetto de Fusina, direction Venise. Sur le pont du bateau, mon frère et Natacha se tenaient la main en regardant au large, ça faisait très romantique. S'ils n'en étaient pas à la case « ils se marièrent et eurent beaucoup d'enfants », ça prenait une jolie tournure. Il n'y a peut-être pas que dans les bouquins pour mômes que certaines histoires se finissent bien. Cette pensée m'a un peu ragaillardi. Par ricochet, j'ai vu mon père attraper la main de ma mère, lui refaire ses yeux doux. Quand mes parents prennent leur air amoureux, ça me fait plaisir et ça me gêne aussi, parce que je me sens tout de suite de trop. Vous me direz, ça change, moi qui suis plutôt du genre à me sentir pas assez. Mais cet après-midi, à Venise, peut-être qu'avec Pauline cette impression allait s'évaporer, au moins durant le temps passé avec elle. Ou toute la vie, on sait jamais, on peut rêver. Surtout si on reste ensemble jusqu'à ce que la mort nous sépare, moi je signe tout de suite.

On déjeuna dans une trattoria sur le quai du Grand Canal, en terrasse, au milieu de centaines de touristes. Le soleil se frayait un chemin entre deux parasols pour nous caresser le front. Un petit vent tiède nous glissait sur le corps. Le temps était splendide. Quand le serveur apporta les boissons, mon père tenta de remettre un peu d'ambiance. — Allez, on trinque ! — À quoi ? demanda ma mère. Faut toujours trinquer à quelque chose, sinon ça porte malheur. — À Venise, proposai-je. — Et à Natacha, renchérit mon frère. — À l'amour, décréta mon père, en bon chef de famille. Alors, sur la terrasse du Grand Canal, avec nos Coca-Cola, nos verres de rosé et d'eau gazeuse à la main, on trinqua tous à l'amour.

Après les pizzas, je me mis à surveiller l'heure, en me demandant à quel moment filer sans leur donner l'impression que j'étais pressé de les quitter. La délicatesse, c'est important. Des fois qu'ils prennent la mouche, changent d'avis, m'interdisent de partir. On apporta la carte des desserts, je déclinai la proposition. — Je vais devoir y aller. — On te retrouve à quelle heure ? me demanda ma mère. J'en avais aucune idée. Mon père vint à ma rescousse. — Laisse-le, il rentre quand il veut. T'as le dernier vaporetto à 22 heures, t'as ton ticket de retour ? Je fis oui de la tête, en vérifiant dans ma poche.

J'ai traversé le pont de l'Académie, et tourné à droite dans la direction du quartier du Dorsoduro. Dans les ruelles, les passants mitraillaient avec leurs appareils photo. J'ai pensé que n'importe qui devient un photographe professionnel, ici, il suffit d'appuyer sur le bouton, quel que soit le cadrage, c'est magnifique partout. Et face à tant d'éclat, d'éblouissement, on essaye forcément d'en capturer un peu, pour en emporter un bout avec soi. Évidemment, ça marche jamais, c'est comme vouloir emprisonner le vent.

Je suis finalement arrivé au Campo San-Barnaba. J'ai cherché le numéro 3. Une grande bâtisse vénitienne, avec ses fenêtres en pointe, sa façade ocre et ses volets verts se dressait devant moi. Ma montre affichait 14 h 50, alors je me suis assis sur les marches de l'église à côté. J'ai pensé, si elle est pas là, ce coup-ci, je l'attendrai jusqu'à ce qu'elle revienne, je l'attendrai tout l'après-midi, toute la nuit, un mois, un an s'il le faut, comme dans *Cinema Paradiso*. Sauf que dans le film, la fille, elle vient jamais. J'essayai de me rassurer. Parce qu'un deuxième échec consécutif s'annonçait difficile à encaisser.

À 15 heures précises, je sonnai à l'interphone « Donadoni ». J'avais du coton dans les jambes et la voix prête à dérailler dans les aigus – et du coup, on me dit toujours « bonjour madame » à l'interphone. C'est pas génial pour la virilité, mais on s'habitue, faut pas se vexer, quoi. Les secondes avant que ça décroche me parurent très longues. D'ailleurs, ça décrochait pas. Alors je sonnai une seconde fois. Et là, une voix. — Émile ? — Oui, c'est moi. C'était elle. — Quelle ponctualité, bravo ! C'est au quatrième étage. Je poussai une lourde porte cochère en bois et m'engageai dans un large escalier en pierre, qui ressemblait plus à celui d'un château qu'à ceux qu'on trouve d'habitude dans un immeuble. Je montais les marches doucement, mais au fond de moi, ça chauffait de partout, mon cœur battait, j'en menais pas large. Elle m'attendait en haut, derrière la porte entrouverte. Elle me fit un petit sourire, l'air contente de me voir, je vous dis pas comme c'était réciproque. J'avais fini par croire qu'on allait se rater jusqu'à la fin du séjour.

Elle m'invita à entrer dans un grand appartement ancien, avec des murs en pierre, des sols en carrelage à damier blanc et noir vieilli sur lesquels on aurait pu jouer aux échecs géants, ou aux dames aussi. Le couloir me parut interminable, avec des meubles somptueux, qui dataient d'une autre époque, mais difficile de dire laquelle. Dans le séjour, il y avait une immense table en bois usée, entourée d'une dizaine de chaises énormes, un peu genre Chevaliers de la table ronde, mais rectangulaire. Dans le salon, en enfilade, deux gigantesques canapés aux tissus élégants se faisaient face, avec, au milieu, une longue table basse sur laquelle différents livres d'art empilés attendaient bien sagement qu'on les consulte. Par les fenêtres, on apercevait un canal, sur lequel passaient des gondoles et des bateaux-taxis. Je me suis dit que j'aurais adoré vivre là, mais pour Pauline, ça paraissait relativement normal. — Y a personne ? m'étonnai-je. — Mes parents font la sieste et mes cousins sont en vadrouille. Tant mieux, pensai-je sans le dire. J'ai du mal à partager avec d'autres la compagnie de Pauline. Je sais pas comment expliquer, seul avec elle, c'est n'être plus jamais seul.

— Tu viens ? me lança-t-elle. Je crus qu'elle m'emmenait dans sa chambre et pendant un instant je me suis imaginé qu'on allait s'étendre silencieusement sur son lit, se rapprocher, soudain s'embrasser, puis se déshabiller lentement, et faire l'amour, avec ses parents endormis dans une chambre à côté, ce serait tellement risqué et incroyablement excitant. Mais en fait, on est allés dans la cuisine, parce qu'elle n'avait pas encore terminé son déjeuner. Il y a souvent une petite nuance, dans la vie, entre ce qu'on attend et ce qui arrive.

Elle s'excusa encore pour la veille, et me proposa de partager ses « antipasti de légumes grillés et fromages italiens », mais je lui expliquai que je sortais de table. Alors elle s'inquiéta de savoir si j'avais pris un dessert et attrapa une part de tiramisu dans l'immense réfrigérateur qui se trouvait derrière moi. Je connaissais pas, mais je fis comme si. C'est une sorte de gâteau italien, avec très peu de gâteau et beaucoup de crème, et du café, que j'aime pas d'habitude, mais là, c'était hyper-bon.

— On l'achète chez un traiteur, en bas. Il est pas mal ? me lança-t-elle en voyant que je me régalais. — Délicieux. — C'est bizarre de se voir ici, avoua-t-elle. Je savais pas du tout ce qu'elle voulait dire… Bizarre dans un sens positif ou bizarre négatif ? Je ne me sentis pas rassuré, alors je pris les devants. — Moi je trouve ça cool. — Carrément, c'est cool, approuva-t-elle.

Et après, son regard changea d'expression. De toute évidence, un truc n'allait pas, un truc qu'elle avait réussi à me dissimuler jusque-là. — Tu te sens pas bien ? Elle avala sa salive, son visage s'obscurcit davantage, comme si un nuage était passé pile au-dessus de sa tête. — Mes parents se sont encore engueulés, j'en peux plus de cette ambiance, je te jure, c'est horrible. Elle se leva, sortit de la cuisine sans ajouter le moindre mot, et disparut derrière une porte au fond du couloir. Et puis rien, le silence de l'appartement, le bruit du réfrigérateur, le tic-tac de l'horloge, le tiramisu qui me regardait.

Les minutes défilèrent. Pauline ne revenait toujours pas. Alors je me résolus à tenter de la retrouver. J'arrivai face à la porte derrière laquelle elle avait disparu, frappai doucement. Aucune réponse. Je l'ouvris. Je la découvris, de dos, allongée sur le lit de cette chambre à coucher, dans une demi-pénombre, recroquevillée. Je crois qu'elle pleurait. Un peu de lumière filtrait entre les doubles rideaux et caressait son corps qui me sembla plus désirable que jamais. J'entrai doucement dans la pièce, refermai la porte. Je retirai mes chaussures. Pas de chaussette trouée cette fois-ci, le soulagement, je vous dis pas. Je m'étendis à côté d'elle, sans la toucher, en laissant même un espace de cinquante centimètres environ entre elle et moi. Ça s'appelle le respect. C'était surtout le chemin qui me restait à parcourir désormais. Après mille kilomètres, ça aurait dû me paraître dérisoire, mais non, c'était encore un abîme infranchissable. Elle ne bougeait pas, comme si elle n'avait pas remarqué ma présence. Pourtant, elle m'avait forcément entendu. Elle avait arrêté de pleurer. Peut-être qu'elle dormait. Peut-être pas.

Jamais sans doute je ne me suis senti aussi gauche. Je voulus lui caresser les cheveux, mais arrêtai mon geste en cours de route, le jugeant malvenu, déplacé. J'étais mort de trouille. J'avais l'impression de jouer ma vie sur cet instant, que rien ne serait pareil quand je sortirais de cette chambre, soit vainqueur, béni par un baiser, soit vaincu, ayant essuyé son rejet, le cœur brisé.

C'était comme dans *Le Rouge et le Noir*, qu'on avait étudié en cours de français, ce moment où Julien Sorel prenait la main de Mme de Rênal, qu'elle lui refusait dans un premier temps, mais il insistait et finalement elle succombait. Il fallait partir à l'abordage. Ce qui me retenait néanmoins, c'était la peur de tout gâcher. Qu'elle monte sur ses grands chevaux et me dise, non mais qu'est-ce qui t'arrive, tu m'as prise pour qui, c'est pas du tout ce que tu crois, je suis tellement déçue, faut plus qu'on se voie. Plutôt mourir. Je préférais qu'on reste amis. Juste amis, c'était déjà formidable, ne surtout pas perdre ça, me répétais-je intérieurement. Alors je ne fis rien. Elle non plus.

Frustré par ma propre passivité, je me recroquevillai, lui tournant désormais le dos. Terrorisé à ce point-là, je vous jure, c'en était pathétique. Mais l'impensable se produisit. Je l'entendis bouger, se rapprocher, et se coller doucement contre moi, sa poitrine effleurant mes omoplates, ses mains enserrant ma taille, son nez chatouillant ma nuque. C'était inouï. Sublime. Mon cœur se mit à battre la chamade, je vous raconte pas. J'aurais dû être heureux, jamais je n'avais été si proche de mon rêve, mais je me sentais plus effrayé encore. Cependant elle avait fait un pas vers moi, il me fallait faire le second, quelle qu'en soit l'issue. J'allais y arriver, j'avais simplement besoin de quelques instants pour me lancer.

Je sentais son corps chaud contre le mien, le lent va-et-vient de sa respiration, ses mains sur mes hanches, si longtemps espérées. J'en aurais pleuré. Les secondes s'égrenaient, sans que je réussisse pourtant à amorcer le moindre mouvement. J'inspirai silencieusement, tentai de prendre mon courage à deux mains, comme dit ma mère. J'imaginai d'abord le mouvement à effectuer, le décomposant dans ma tête, lentement pivoter sur le flanc, pour me retrouver face à elle, et délicatement la serrer dans mes bras dans cette position. Puis, si elle s'abandonnait à l'étreinte, rechercher ses lèvres et y déposer le baiser le plus tendre, le plus délicat, mais aussi le plus brûlant qu'une fille ait jamais reçu. Puis un autre. Et encore un autre. Et après, on verrait bien. Ça se tenait, comme plan. Simple et efficace. Il suffisait de s'en remettre au ciel, et de se lancer.

À l'instant précis où je me décidai enfin, elle se dégagea de moi, d'une manière très déterminée. Elle se leva du lit et je l'entendis sortir de la chambre, tout ça en moins d'une fraction de seconde, une sorte de grande évasion. Je me suis senti démuni, impuissant, hébété, saisi par un sentiment de manque atroce. Je me suis demandé si elle allait revenir, mais le temps passa. J'avais laissé filer ma chance. Elle avait paru disposée à m'embrasser, pendant quelques instants, mais de toute évidence, elle avait changé d'avis. Ça s'était joué à quelques secondes. Comme un but raté en finale de Coupe du monde, le ballon qui passe au ras du poteau, l'arbitre siffle la fin du match, et c'est toute l'équipe qui a perdu. On n'a plus que ses yeux pour pleurer.

Je finis par me relever et sortir de la chambre. Je longeai le grand couloir, mais je ne vis personne dans la cuisine, donc je poursuivis ma route jusqu'au salon. Là, je tombai sur Pauline assise dans le canapé, face à son père, debout. Ils cessèrent de parler en me voyant arriver. — Papa, je te présente Émile, un ami du lycée. — Bonjour, lâcha-t-il en me regardant à peine. — Bonjour monsieur, bredouillai-je, très mal à l'aise. J'avançai pour lui serrer la main, mais il n'amorça pas le moindre geste, alors je me ravisai, rebroussai chemin en tentant de rester naturel. Sans son costume de chef d'orchestre, le père de Pauline était à peine moins impressionnant. Il dégageait une sorte d'hostilité immédiate, qui vous glace jusqu'aux os en moins de deux, comme le super-héros qui vous congèle juste en pointant son doigt dans votre direction. Dans ce type de situation, j'essaye toujours de faire bonne impression, même si j'aggrave mon cas, c'est un réflexe. J'ai donc affiché mon plus large sourire.

— J'étais au concert, dimanche, c'était super. — Vous n'êtes pas difficile, me répondit-il en levant les yeux au ciel. Je m'engage dans des projets pédagogiques avec des jeunes, toujours avec beaucoup d'enthousiasme au départ… Mais au final, la musique n'en sort pas grandie, c'est le moins qu'on puisse dire. — T'es vraiment dur, Papa. — « Dur » ? Tu plaisantes, j'espère ? C'était calamiteux. Y en avait pas un pour rattraper l'autre. — Sympa pour moi. — Oh arrête de tout prendre personnellement, je parle de l'orchestre en général. — J'en faisais partie, au cas où tu n'aurais pas remarqué. — Mais c'est un tout, on va pas dissocier un élément de l'ensemble. Il faut que tu cesses de croire que tu es le centre du monde, ma chérie. — On est tous au centre de son monde, on ne peut pas faire autrement, lançai-je pour la défendre.

Ils me regardèrent tous deux, étonnés, comme si je leur volais une part de leur dispute. — Ton ami est philosophe, conclut le père de Pauline, d'un air supérieur. — C'est normal, c'est un matheux. Son visage, contre toute attente, s'éclaira un peu. — Mais c'est très bien, ça, jeune homme ! — Merci, répondis-je, perplexe. — Les mathématiciens auront bientôt le monde à leurs pieds, vous verrez. Je n'arrête pas de le dire à ma fille, mais c'est une littéraire.

Là-dessus, il quitta la pièce. À la manière d'un caméléon, le visage de Pauline épousait la teinte blanchâtre des coussins du canapé. — Mon père est charmant, comme tu peux le constater. Tout le monde nous l'envie, à ma mère et moi, mais c'est parce qu'ils ne le connaissent pas. — Moi, je l'ai trouvé sympa. Sympa n'était absolument pas le mot qui convenait, mais c'est le seul qui me soit venu. — Quand j'étais tout petite, il m'a collé un violon et un archet entre les mains, et m'a fait prendre des cours. Il me mettait la pression, t'imagines même pas… C'était jamais assez bien. Et au bout de dix ans, maintenant que j'ai atteint un niveau correct, il essaye de me décourager, tu vois l'ambiance ? — Et tu continues quand même ? — Je dois être maso. — Peut-être que t'y as pris goût ? Elle soupira, comme pour esquiver une envie de chialer. — C'est surtout la seule manière que j'aie trouvée pour qu'il s'intéresse un petit peu à moi. Mais tu viens de le voir, c'est pas une stratégie très efficace. Sauf si on aime s'en prendre plein la tronche, dans ce sens-là, oui, ça fonctionne. Sa dernière lubie, c'est de me foutre en pension à Londres. J'ai pâli. C'était la plus mauvaise idée que j'aie jamais entendue de ma vie.

La mère de Pauline entra, un tout petit peu moins belle que la dernière fois que je l'avais vue dans leur maison à Montargis. Elle portait une robe de chambre très chic, mais en milieu d'après-midi, ça faisait quand même négligé, d'autant que ses cheveux en désordre confirmaient l'impression inquiétante qu'elle sortait non pas de sa sieste, mais de sa nuit. Sans parler de la lenteur dans sa façon de s'exprimer. — Tu n'as pas vu mes pilules, ma chérie ? — Ah non, M'man, t'en as déjà trop pris ce matin. Pauline me montra discrètement un tube de bonbons caché dans sa poche où elle avait glissé les médicaments. — Puis faut que tu te dépêches de te préparer pour le bal de ce soir. — Ah oui, c'est

271

vrai, le bal. La mère me regarda. — Vous accompagnez ma fille ? — Ah, je sais pas… — Bien sûr qu'il m'accompagne, coupa Pauline. D'ailleurs faut qu'on file chercher nos costumes ! Elle m'entraîna aussitôt hors de l'appartement, sinon elle allait étouffer, ouvrir la fenêtre n'aurait pas suffi. L'air de famille, c'est souvent ce qu'il y a de plus difficile à respirer. Moi, je me disais que malgré leurs petites histoires, j'aurais rêvé d'avoir des parents comme ça. Même leurs disputes me paraissaient distinguées.

On s'est retrouvés dans les rues de Venise à marcher côte à côte. Je pouvais pas détacher mes yeux de ses lèvres, si douces, si sensuelles. Je m'en voulais tellement d'être passé à côté de l'occasion qui s'était présentée dans la chambre. J'ai pensé au proverbe qui affirme qu'il faut toujours tourner sept fois sa langue dans sa bouche avant de parler. Je crois pas qu'il y ait des gens qui le fassent vraiment, ce serait toute une gymnastique. Mais moi, je donnerais ma vie pour tourner sept fois ma langue dans la bouche de Pauline, contre la sienne, avant de parler. Et après, j'aurais plus rien à dire, je garderais le silence en souriant. Dès qu'on prononce des mots, c'est source de malentendus, à cause des bruits de fond, des mauvaises interprétations et des sourdes oreilles aussi.

Et puis ma vie a basculé en une fraction de seconde. Au détour d'une ruelle, j'ai soudain aperçu dans une gondole, à trente mètres de moi, mon père et Christine, enlacés comme un couple d'amoureux. La vision d'horreur. J'ai eu un vertige, j'ai cru que j'allais m'étaler par terre. C'était une sorte de bombardement éclair, je me suis retrouvé enseveli sous les débris. J'ai essayé d'émerger, de remettre de l'ordre dans ma tête. Soit Christine était avec mon père et mon frère en même temps… Non, c'était pas possible, il y a des limites au cauchemar, quand même. Soit mon frère m'avait menti et avait couvert la liaison de mon père… Oui, ça se tenait beaucoup plus. Malgré les précautions de Fabrice, la vérité venait donc de m'éclater à la figure, comme un obus qui vous tombe dessus. Je me suis senti atteint à tous les points vitaux à la fois, vous savez, ceux qu'on doit viser en self-défense, pour neutraliser l'adversaire. J'étais absolument hors d'état de nuire, anéanti, liquidé, laminé. Ma famille ne tenait plus qu'à un fil.

Dans un réflexe de survie, je fis un pas de recul, pour me cacher derrière un marchand de glaces. Croiser le regard de mon père avec cette femme dans ses bras, j'aurais pas eu la force. Encore moins d'écouter ses justifications pourries à mon retour au camping. La flamboyance des Chamodot qu'il me vendait à longueur de journée venait de s'éteindre définitivement dans une ruelle de Venise comme un pétard mouillé. Il ne me la ferait plus, jamais. Il valait pas mieux que le dernier des salauds. Et Maman dans tout ça ? J'aurais voulu le tuer. — Ça va pas ? s'inquiéta Pauline, qui voyait bien que je vacillais. — C'est mes parents... C'est compliqué en ce moment.

C'est alors qu'elle me lança, sorti de nulle part, avec un grand soupir : les miens vont divorcer. Mon père n'arrête pas d'aller voir ailleurs. J'ai aussitôt pensé, le mien pareil, il va voir ailleurs si j'y suis, et du coup je viens de tomber sur lui. Ça va faire de beaux dégâts, qui seront vraiment pas beaux, mais j'ai rien dit du tout. J'ai plutôt tenté de dédramatiser son cas. — T'es sûre ? Parce que parfois, ils se balancent des trucs comme ça, super-graves, sans se rendre compte, et puis en fait... — Ils ont vu un avocat. La procédure est en cours. — Ah. C'est mal barré. — Mais t'as raison, reprit-elle, ils ne se rendent pas compte de tellement de choses. C'est comme si en vieillissant ils devenaient de plus en plus inconscients, tu vois ce que je veux dire ? — Grave. Est-ce que mes parents allaient se séparer aussi ? Et si oui, finiraient-ils de construire la maison ? Parce qu'un week-end sur deux et la moitié des vacances scolaires, ça fait pas rêver, et si en plus, c'est pour me trimballer d'une caravane à une autre, vous imaginez le cafard.

J'avais plus du tout envie d'aller à ce bal, je voulais juste qu'on se serre dans les bras avec Pauline, et qu'on se jure qu'à nous deux on réussirait à rendre la vie supportable, et même jolie. Qu'un seul regard suffirait à nous rappeler combien on s'aime, et que le reste n'aurait plus jamais d'importance. Mais on arriva dans une boutique de costumes et masques vénitiens. Pauline farfouilla sur un portant et me tendit une tenue d'Arlequin, avec des carrés jaunes, rouges, verts. Ça m'inspirait modérément. — C'est pas un peu ridicule ? — Pas du tout, j'adore. C'est le plus malin, Arlequin. Essaye-le ! Quand j'eus enfilé le costume dans la cabine, je pris le temps de m'inspecter de la tête aux pieds, comme un général avant un défilé. Mais je ne cherchais pas à être impeccable, non, ce que j'aurais tellement voulu, c'est être irrésistible. Manque de bol, je ressemblais plutôt à un clown.

Pauline sortit de sa cabine d'essayage dans une robe de Colombine blanche, avec un décolleté qui n'avait pas froid aux yeux, ni au reste, et qui du coup me donna un peu chaud. La robe lui dessinait une taille fine et dénudait délicatement les épaules. C'était comme un coquelicot sur le bord d'un champ, qui aurait oublié de rougir. Je la trouvais sublime. — T'en penses quoi ? me demanda-t-elle avec un sourire inquiet. J'ai été obligé de minimiser. — Bien. — T'es pas mal non plus ! Tu sais que tous ces morceaux de tissu de couleur différente, ça représente un costume rapiécé ? Arlequin, c'était un mendiant, un vaga-bond, m'expliqua-t-elle. Pour une fois que je me déguisais, j'aurais pu espérer un costume de prince de Venise, de Scaramouche, viser une sorte d'élé-vation sociale, même éphémère, c'est d'ailleurs peut-être pour ça qu'on se travestit, au fond. Mais non, mes origines me collaient à la peau, comme les vieux chewing-gums aux tables du lycée.

— Tu habites où, Émile, à Montargis ? Le père de Pauline venait de sortir d'une autre cabine d'es-sayage, dans un costume vénitien noir, je l'avais même pas vu arriver. — Pas loin de la forêt, vers le lycée. — Dans une maison ou un appartement ? poursuivit-il, l'air de s'intéresser à moi. Ça partait peut-être d'un bon sentiment, mais ça devenait périlleux. — Maison, répondis-je, fébrilement. C'était pas complètement faux, fallait juste qu'on la construise. En attendant, j'allais pas dire cara-vane, il m'aurait aussitôt reconduit à la frontière. — Et tes parents, ils sont dans quoi ? Un vrai guet-apens, ça tournait à l'interrogatoire, sans mise en garde à vue préalable. J'avais aucune réponse prête à l'avance. Je devins tout rouge. — Tu ne sais plus ce que font tes parents ? s'étonna le père de Pauline. — C'est vrai, renchérit sa fille qui arrivait derrière moi, tu m'as jamais dit, comme si elle avait senti qu'ils venaient de toucher le point faible. J'eus l'impression de n'avoir d'autre choix que d'avouer.

Tout mensonge aurait pu être retenu contre moi. — Mon père est dans la vente à domicile, finis-je par balbutier. — Représentant de commerce ? demanda le chef d'orchestre avec un sourire amusé, VRP ? Je hochai la tête de haut en bas. — Ton père, c'est le mec qui vient sonner à la porte pour nous refourguer sa camelote ? Et Pauline éclata de rire après avoir posé la question, tellement l'idée lui semblait saugrenue.

— Oui, c'est ça, répondis-je au bord des larmes. Je sais pas si vous avez été humilié récemment, c'est une sorte d'anéantissement intime, Hiroshima dans votre âme, ça brûle et ça emporte tout sur son passage. Eux se rendaient pas compte, ils se retenaient tout juste de se foutre carrément de ma gueule, y compris Pauline. Seule sa mère, surgissant d'une autre cabine dans une robe violette improbable, crut bon de me venir en aide. — Ça n'a rien de drôle, ce doit être un dur métier. Et là, je me suis demandé ce qui était le pire, faire rire ou pitié. En tout cas, c'était bien plus que je ne pouvais en supporter. Je suis retourné dans ma cabine d'essayage. Et comme ils avaient disparu dans la leur, j'en ai profité pour me barrer, sans dire au revoir à personne, oui, je me suis sauvé du magasin.

J'ai fui, battu en retraite, c'était la grande débâcle, la défaite à plate couture. J'ai couru dans les rues de Venise le plus vite possible, pour pas qu'ils me rattrapent. J'aurais hurlé si j'avais pu. Évidemment, personne ne m'a suivi. À bout de souffle, je me suis arrêté en crachant mes poumons. Peu à peu, je me suis calmé. Malgré tous mes efforts, je ne serais à jamais qu'un vilain petit canard, c'était ça, la vérité. Dans le conte que j'adorais écouter lorsque j'étais gamin, le vilain petit canard se transformait en cygne blanc à la fin. Mais fallait être réaliste, ce genre de métamorphose, c'était pas pour moi. Me teindre les cheveux, me déguiser de la tête aux pieds, rien ne me rendrait jamais présentable.

Je suis monté sur le bateau en direction du camping. Quelques mouettes accompagnaient notre parcours en criant, j'avais l'impression qu'elles se moquaient de moi. Sans doute n'aurait-il jamais fallu faire ce voyage à Venise. Déjà, ça m'aurait évité d'apprendre que mon père se tapait la voisine. Je ne mesurais pas encore les conséquences, pour l'instant c'était juste horrible. Terriblement décevant. Et si mon père a deux femmes dans sa vie, moi, son fils, je ne réussirai peut-être jamais à en conquérir une. La porte s'était entrouverte un instant cet après-midi, mais j'avais eu trop peur d'entrer. Le bonheur, quand on n'a pas l'habitude, c'est beaucoup plus compliqué qu'on ne croit. C'est comme les grands gagnants du loto, certains ne s'en remettent jamais.

Je revoyais en boucle dans ma tête les minutes passées dans la chambre de Pauline, et ce moment clef où elle était brusquement sortie du lit. Pourquoi avait-elle soudain changé d'avis ? Et d'un coup, j'ai compris. Comme je lui tournais le dos, elle était couchée, le nez dans mes cheveux. Elle avait dû voir qu'ils étaient décolorés. Impossible de ne pas s'en rendre compte à cette distance. Je me souvenais de son mouvement de recul, oui, c'était une réaction de dégoût, tout s'éclairait désormais. N'importe quelle fille aurait fait pareil à sa place. Ces fichues racines avaient tout gâché.

En arrivant au camping, j'entendis de la musique vers le bar-restaurant-pizzeria-vente-de-cartes-postales, il y avait comme une animation, ça faisait festif ; franchement, c'était pas le moment. Quand j'ai rejoint la caravane, Natacha et mon frère cuisinaient ensemble. Fabrice dressait le couvert sur la petite table de camping, tandis que Natacha coupait des tomates en salade. Ils dégageaient une complicité qui faisait très envie. — Tu tombes bien, on va bientôt dîner, me lança Natacha avec un sourire d'une douceur unique en son genre. — T'as passé une bonne journée, frérot ? me demanda Fabrice en me tendant un Coca, tandis qu'il vidait une nouvelle bière. — Très bonne, répondis-je la mort dans l'âme. J'avais vraiment pas envie de développer.

Je suis entré dans la caravane, ma mère regardait tranquillement un jeu télévisé sur RAI Uno.
— Ton père est encore à Venise, mais il va pas tarder, m'a-t-elle expliqué. La pauvre, si elle savait. Je me suis jeté dans ses bras, et je l'ai serrée, je lui ai dit : — Je t'aime Maman. — Moi aussi Émile, moi aussi, mais elle semblait plus intéressée par l'émission et son animateur à la beauté plastique.

Elle m'a alors demandé : — Et comment ça s'est passé avec ton amie ? — Moyen. — Ah... On aurait dû refaire ta couleur... — T'as raison Maman ! J'ai foncé dans la tente récupérer un pot de lotion italienne. On a installé un tabouret au milieu de la caravane, et tout en continuant à regarder le jeu télévisé, elle m'a fait ma couleur. Ça m'a un peu apaisé, que ma mère s'occupe de moi comme ça. Après le temps de pose réglementaire, *cinque minuti*, selon le carton d'emballage, on a tout rincé, et on a séché les cheveux. D'abord avec une serviette, puis un petit coup de sèche-cheveux.

— Alors, ça va ? ai-je demandé, parce que j'avais pas de miroir devant moi comme chez le coiffeur. — C'est bien, m'a-t-elle assuré. C'est un peu plus clair que d'habitude, mais c'est très joli. J'aimais pas du tout cette réponse. Je me suis rué dans la mini-salle de bains de la caravane. Face au miroir, j'ai découvert le désastre. Du blond cendré habituel, je venais de passer au jaune couleur paille. — Mais non, Maman, ça va pas du tout ! C'est beaucoup trop clair ! C'est immonde ! — Pas du tout, ça change un peu ! — Je peux pas changer ! Tout le monde va s'en rendre compte ! — Tu diras qu'en Italie, il faisait tellement beau que ça t'a éclairci les cheveux. — Personne va gober une connerie pareille ! — Tu verras que si… On te posera pas de question. — On se foutra de moi dans mon dos ! — Et alors, tu peux pas être plus fort que les qu'en-dira-t-on ? C'est les faibles qui se préoccupent du regard des autres, pas les forts. J'avais aucune envie de philosopher. — Je peux pas rester comme ça, Maman, je te jure, c'est pas possible. Je tremblais de partout, je basculais dans la panique totale. — Tu veux que je te fasse une teinture brune demain ? Ça va être pire que tout ! Là-dessus, elle sortit de la caravane agacée et me laissa seul à l'intérieur. J'étais dévasté. Et je pouvais m'en prendre qu'à moi-même… C'est moi qui avais demandé.

À travers la fenêtre de la caravane, je vis mon père arriver avec des cartons de pizzas dans les bras, tout sourire. — Ici, c'est pizza midi et soir ! Je pense que ça dérangera personne ?! Je me demandais combien de temps il allait continuer à se foutre de nous. Je brûlais de lui crier, alors, ce petit tour de gondole ? Mais ça aurait fait trop de mal à ma mère. Du coup, j'ai pas moufté. — C'est un rêve, Venise, non ? lança-t-il à Fabrice et à Natacha. Un vrai cauchemar, oui, mais c'est pas à moi qu'on posait la question. — En tout cas, moi, mon rêve, ce serait d'y finir mes jours, déclara ma mère. Je me jurai aussitôt en secret de tout faire pour l'exaucer. — C'est important, les rêves, enchaîna mon père, et ça doit rester universel, car le pire qui puisse arriver à un rêve, c'est d'avoir une nationalité. — Qu'est-ce que tu veux dire par là ? demanda mon frère, intrigué. — Ben par exemple le rêve américain. Tu vois la catastrophe ? Et là tout le monde acquiesça, tellement c'était irréfutable. — Vous vous êtes lavé les mains avant le dîner ? s'inquiéta alors ma mère. J'ai pensé que l'hygiène, bien sûr que c'était important, mais sans doute que de nos jours, il y avait trop de gens qui se lavaient les mains de tout, si vous voyez ce que je veux dire, et que le monde en devenait à chaque fois un peu plus sale, à cause du principe des vases communicants.

— Tu viens manger, Émile ? — Non, je reste dans la caravane. Et personne n'entre ! — Qu'est-ce qu'il a ? s'inquiéta Natacha. — Rien, il boude, ça va lui passer, répondit ma mère, apporte-lui une part de pizza. Elle tendit une assiette à mon frère. Fabrice tenta d'ouvrir la porte, mais je l'avais verrouillée. — Ouvre, Émile ! — Non ! Laissez-moi tranquille ! — OK, OK… Je te glisse ta part de pizza par la fenêtre. J'avais tellement faim que je l'attrapai, en faisant bien attention à ce que personne ne me voie. — Il m'a demandé de lui faire sa couleur, et maintenant ça lui plaît pas, expliqua ma mère à tout le monde. C'est alors que j'entendis une voix féminine qui n'avait rien à faire là. — Bonsoir ! Ça ressemblait bizarrement à la voix de Pauline. — Excusez-moi de vous déranger en plein dîner, mais je cherche Émile Chamodot, vous le connaissez ? Il y avait dans son ton une sorte de méfiance extrême qui pouvait presque passer pour du dégoût. — Vous êtes Pauline ? demanda mon père avec un grand sourire. — Absolument.

Là, il n'y avait plus le moindre doute possible. C'était bien elle. Je comprenais pas du tout comment elle avait pu me retrouver, et on venait de basculer dans la plus grande catastrophe pas naturelle de l'histoire de ma vie. J'étais au bord de l'apoplexie. Je me sentais comme un funambule sur une corde à linge tendue entre deux gratte-ciel, un soir de tempête, qui venait de perdre l'équilibre. Je chutais dans le vide, c'était vertigineux, effrayant, et le pire restait à venir. Je ne pus m'empêcher de regarder dehors, à la dérobée, par un petit trou dans l'huisserie de la porte de la caravane.

Pauline avait quitté son costume de Colombine et semblait se demander comment elle avait pu se retrouver là. Et moi encore plus qu'elle. Tout ce que j'avais toujours voulu éviter se produisait sous mes yeux, j'étais maudit. — Émile n'est pas loin, il va arriver, expliqua mon frère, vous voulez l'attendre cinq minutes ? Elle n'était pas vraiment à l'aise. — Je vais plutôt aller au bar, vous pouvez lui dire de me retrouver là-bas ? Très bonne idée, pensai-je en mon for intérieur. — C'est ridicule, coupa mon père avec autorité, asseyez-vous. Pauline n'osa pas refuser et prit place un peu en retrait, sur une chaise pliante. — Vous avez faim ? lui demanda ma mère, en lui proposant une part de pizza. Elle fit non de la tête, mais là encore on insista lourdement et elle n'eut d'autre choix que d'accepter.

J'étais bloqué dans la caravane, à tout voir et tout entendre, en priant pour qu'elle reparte le plus vite possible. Mais eux, ils étaient si contents de la rencontrer, ils n'allaient pas la lâcher de sitôt. J'ai repensé à la fameuse phrase de Jean-Paul Sartre, l'enfer, c'est les autres, ça devenait très clair. — Donc vous êtes des cousins d'Émile ? demanda alors Pauline très gentiment. Il y eut un grand silence, un silence où j'eus l'impression que toute ma famille comprenait à quel point j'avais voulu les cacher comme on met de la poussière sous le tapis. J'aurais souhaité me faire hara-kiri sur-le-champ. Je me suis dit qu'ils allaient me haïr jusqu'au crépuscule de mes jours, ma famille que j'avais reniée, et Pauline que j'avais trahie. J'aurais voulu m'agenouiller et demander pardon à chacun d'entre eux, pardon je vous aime, mais bon, je suis resté terré dans la caravane, sans bouger un cil. — Oui, des cousins très rapprochés, approuva alors mon père en rigolant, comme si rien de tout ça n'était vraiment grave. — Émile nous a beaucoup parlé de vous, déclara-t-il. N'importe quoi, j'ai pensé, tellement j'avais jamais lâché la moindre info sur elle. — Je peux pas en dire autant, répondit Pauline.

On allait tout droit vers l'apocalypse, la fin du monde, en tout cas du mien. Le seul point positif, c'est qu'ils respectaient tous mon choix de rester caché, personne ne vendait la mèche, attendant sans doute que je finisse par sortir de mon plein gré. J'en étais évidemment totalement incapable. — Et vous n'étiez pas avec lui cet après-midi ? poursuivit mon père. — Si, mais il a disparu d'un coup, j'ai pas compris… Comme il m'avait dit qu'il dormait à Fusina, j'en ai parlé au concierge de notre immeuble. Il a un bateau, il m'a emmenée. Il a mis les gaz, ça lui a pris cinq minutes. Et quand j'ai vu qu'il y avait seulement un camping à Fusina, je suis allé demander à la réception s'il y avait des Chamodot quelque part, et ils m'ont donné le numéro de l'emplacement. Tout simplement. J'ai pensé que j'aurais mieux fait de tomber amoureux d'une conne, enfin, j'veux dire, d'une fille pas dégourdie du tout, comme ça elle m'aurait jamais retrouvé et je n'aurais pas eu à vivre la plus grande humiliation de ma vie.

Car peu à peu, au fil de la conversation, Pauline commençait à comprendre que ces soi-disant cousins, c'étaient mon père, ma mère, mon frère et sa petite amie, et personne d'autre. J'avais tellement honte qu'elle découvre mes origines dans les pires circonstances que je puisse imaginer, en constatant que je ne les assumais pas du tout. Ça allait sonner le glas de toute notre amitié. Je ressentais une honte plus terrible encore vis-à-vis de mes parents, au fur et à mesure qu'ils réalisaient à quel point je les avais snobés aux yeux de cette demoiselle. Je prenais l'eau de toute part, j'étais un radeau au milieu de l'océan, qui se disloque inéluctablement. J'allais sombrer, et même pas sûr que cette fois-ci, j'en sortirais vivant.

Et puis il y eut un miracle. Mon père commença à faire des blagues, coup de chance, il était plutôt inspiré. Je l'ai béni intérieurement. Il réussissait à faire rire tout le monde. Et Pauline la première. Je voyais bien qu'elle le trouvait de plus en plus sympathique, même ses défauts les plus exaspérants la faisaient rigoler. Peut-être parce que c'était l'opposé de son père à elle. Je ne pouvais m'empêcher de penser néanmoins qu'elle devait vivre tout cela à la manière d'une aventure exotique, qu'elle devait se sentir au spectacle, comme quand le président de la République s'invite à dîner chez le Français moyen. Il passe une bonne soirée, mais aucune chance qu'il remontre le bout de son nez le lendemain, ni le mois d'après, en gros, il reviendra jamais.

— J'aurais adoré avoir une fille, expliqua mon père à Pauline, j'ai eu deux garçons, j'en suis très fier, mais une fille, c'est pas pareil. Si ça continuait, il allait lui proposer de l'adopter, il doutait vraiment de rien. — Moi, je voulais des garçons, rétorqua ma mère, et j'étais sûre que j'aurais que des garçons. — C'est pour ça qu'on n'a pas essayé une troisième fois, renchérit mon père. Alors là, j'ai eu comme un flash, un éclair dans la nuit. Si ça se trouve, c'était pas un garçon qu'ils attendaient quand je suis né. Et quand ils me décoloraient les cheveux, c'était pour me faire ressembler à la petite fille blonde de leurs rêves. Ils avaient juste pas osé me coller une robe et des couettes. Cette pensée me fit l'effet d'un nouveau tacle par-derrière, fauché d'un coup, sans l'avoir vu venir. Pendant ce temps, mon père continuait son show.

— Moi, j'adore la façon qu'ont les Italiennes de dire *ciao*, vous avez remarqué, Pauline ? Elles disent *chaaaooooo*… C'est langoureux, c'est sensuel… Ou *arrivederci*… C'est fantastique, *arrivederci*… Elles vous disent au revoir, on a l'impression qu'elles vous disent « à tout de suite »… C'est joli, cette langue, non ? — Magnifique, approuva Pauline. Je crois qu'elle devait jamais avoir rencontré quelqu'un avec une telle tchatche. — C'est vrai que c'est très musical, ajouta-t-elle. — Justement, comme j'ai cru comprendre que vous êtes musicienne, j'avais une question à vous poser. Il paraît que Vivaldi était curé, vous avez entendu parler de cette histoire ? — En effet, oui, il était prêtre catholique, acquiesça Pauline, mais à ce qu'on dit, il a fini par renoncer à célébrer la messe pour se consacrer exclusivement à la musique.

Mon père semblait fasciné. Il sait mieux que personne donner à quelqu'un qu'il connaît à peine le sentiment de son importance, l'occasion de briller en société. Il tend des perches et tout le monde les saisit, même les gens les plus intelligents, c'est trop tentant. — Et c'est important de connaître la vie des compositeurs pour comprendre leur musique ? — C'est une question très intéressante. Ça peut sans doute renseigner sur leur façon de composer, ou sur l'état d'esprit qui a donné naissance à leurs œuvres. Mais la musique, je crois, ne peut être expliquée que par elle-même. Elle est à la fois une question et une réponse. — Vous en parlez très bien. — Oui enfin, c'est mon père qui dit ça, et pour une fois, je suis d'accord avec lui. — Mais moi aussi, je suis d'accord avec lui... Enfin, surtout avec vous. J'hallucinais ! Mon père la draguait !

— Et toi, t'es étudiant ? — Non, militaire. Je me suis engagé pour cinq ans. Pauline avait la politesse de s'intéresser à tout le monde, y compris mon frère, mais pour un antimilitariste dans mon genre, ça la foutait mal. — J'arrivais pas à avoir ma première année de fac, alors je me suis dit pourquoi pas. Elle acquiesça en souriant, et s'adressa à Natacha. — Et vous êtes ensemble depuis longtemps ? — Hier, répondit Natacha, comme si c'était la plus belle chose qui soit. — Avant-hier, corrigea mon frère. — Ah oui, avant-hier. Enfin, dans la nuit d'avant-hier à hier. — Vous êtes pas obligés de me donner tous les détails, conclut Pauline. — Ah ben moi je couche le premier soir, je m'en cache pas, déclara Natacha avec son franc-parler habituel. — Moi aussi, renchérit mon frère. Pauline se mit à rire aux éclats, et les autres aussi, sans trop savoir pourquoi, mais ce que je sentais, c'est que ça faisait du bien.

— Et si on allait finir la soirée au restaurant du camping ? Il y a une disco mobile, proposa mon père. Pauline fit une tête incrédule. — Vous avez dû passer à côté en arrivant. — Ah, la fête à l'entrée du camping ? — Absolument. On va tous danser ? Je suis sûr qu'Émile doit y être, ou qu'il va nous y rejoindre. Vous allez voir, c'est très sympa. Pauline, une fois de plus, acquiesça. Mon père, il est parfois tellement convaincant qu'il vous ferait faire n'importe quoi.

Une fois que tout le monde fut parti, mon frère revint taper à la porte. Je lui ouvris discrètement. — Faut que tu te radines, et vite ! Elle est là pour toi, la demoiselle ! Elle est canon, tu m'avais pas dit ! — Et moi, t'as vu la tronche que j'ai ? Il alluma le plafonnier. — Franchement, ça va, maintenant que la nuit est tombée, ça se voit à peine. Je m'inspectai de nouveau dans la glace. — Ah non, ça se voit ! — Qu'est-ce que t'en as à foutre ? Tu vas pas rester dans cette caravane comme un con, alors que la nana t'attend à la fête. Tu veux te la faire piquer ou quoi ?! Là-dessus il repartit en claquant la porte. Dans le miroir, mon reflet me regardait avec une drôle d'expression. Je pris alors un peu d'eau et mouillai ma tignasse de feu. Les cheveux foncèrent avec l'humidité, ça cachait la misère, comme on dit. Alors je renouvelai l'opération. Et puis je sortis de la caravane, la chevelure humide, et me dirigeai vers le bar. J'avais plus rien à perdre, après tout.

Sur la piste de danse à ciel ouvert, face à la lagune, entre quelques vieux chênes, des gens de tous âges se trémoussaient sur des rythmes divers et variés. Au milieu des autres couples qui oscillaient lentement d'un pied sur l'autre, sous la voix éraillée typique des chanteurs locaux, mes parents, collés l'un à l'autre, se lançaient des regards incroyables, tantôt tendres, tantôt brûlants. J'en revenais pas, ils semblaient amoureux comme au premier jour. Je comprenais vraiment plus rien. Pauline les regardait elle aussi, adossée contre un arbre, c'était si étrange de la voir ici. Je m'approchai d'elle le plus discrètement possible. Elle me sourit. — Tu sors de la douche ? J'ai fait oui, en souriant aussi.

— J'ai eu le temps de faire un peu connaissance avec ta famille… Il est incroyable, ton père ! C'est vraiment un personnage ! Si elle savait, j'ai pensé. Mais j'ai juste répondu : — Au jour le jour, il peut être fatigant. — Ah, moi, je le trouve génial. Et ton frère aussi, il dégage une gentillesse… Ta mère, elle est plus sur la réserve. J'en revenais pas qu'elle puisse les apprécier, je vous jure, je me disais que rien de tout ça n'était réel, j'allais me réveiller, ou un détail allait finir par lui rappeler à quel point on n'était pas glamour. Mais elle avait déjà vu la caravane, la table de camping, la famille en tongs, et ça n'avait pas tellement eu l'air de la déranger. Sur la piste, mes parents semblaient inséparables. Mon père aimait vraiment ma mère, ça crevait les yeux, et elle l'aimait tout autant. Cette Christine ne pouvait pas faire le poids, non, elle serait balayée tôt ou tard.

Le disc-jockey, à qui j'érigerai une statue pour son choix musical à cet instant-là, lança un vieux tube italien d'Éros Ramazzotti que j'avais déjà entendu, *Una storia importante*. C'était le seul DJ au monde qui passait encore des slows, et on l'avait ce soir à Fusina, comme quoi, Dieu existe – et il est donc disc-jockey dans un camping. Je sais pas ce qui m'a pris, je me suis lancé. — Tu danses ? — Un slow, t'es sûr ? — Oui, je suis sûr. Je la saisis par la taille, elle passa ses bras autour de mes épaules, et Éros Ramazzotti fit le reste. Enfin, pas tout le reste quand même. Le problème, c'est de danser un slow avec la fille de ses rêves à deux pas de son père, qui me faisait désormais des gros clins d'œil, l'air de dire, vas-y mon fils, emballe, et de son frère, qui, pour sa part, roulait des pelles à la chaîne à Natacha. Je vous dis pas l'ambiance. Alors, parce qu'il n'y avait sans doute aucune autre solution pour m'isoler, être un peu tranquille, rien qu'avec Pauline, je fermai les yeux et la serrai fort dans mes bras, et elle fit pareil. Le monde disparut. Il ne restait que le bout de ses seins qui frôlait ma poitrine, ses mains contre ma nuque, les miennes juste au-dessus de ses reins, et la voix d'Éros Ramazzotti. Mon nez se frayait un passage dans ses cheveux, je respirais son odeur. C'était comme basculer dans un rêve, c'était comprendre que tout était possible.

La chanson allait bientôt se finir, et j'hésitais une fois de plus à l'embrasser, mais à cause des gens autour. J'avais encore les yeux fermés quand je sentis ses lèvres se poser sur les miennes, c'était incroyablement doux. Ça déclencha une réaction chimique dans tout mon corps, une vague de bien-être fantastique. C'était encore mieux que prévu. J'aurais voulu que ça dure toujours, et tous les autres trucs qu'on dit d'habitude, et qui se vérifient jamais, là c'était vrai. Mais elle s'arrêta de danser, et ses lèvres m'échappèrent. J'ouvris les yeux, compris qu'elle regardait quelqu'un derrière moi. Je me retournai.

C'était son père qui la dévisageait. Il portait encore son costume vénitien, une sorte de prince noir, au milieu du camping, ça renforçait le surréalisme de son apparition. — Monte dans la voiture, ordonna-t-il en désignant la grosse limousine garée plus loin. Je me suis demandé si elle allait se rebeller ou se soumettre. — Ça va pas de crier comme ça devant tout le monde ! — Monte dans la voiture, dépêche-toi ! Elle ne bougeait pas d'un poil, et lui semblait fou de rage. — Je t'avais dit de soigner tes fréquentations ! Tu peux m'expliquer ce que tu fais ici ? — Je suis venue voir Émile, dont on s'est moqués tout à l'heure. — On s'est pas moqués, on a rigolé gentiment de la profession incongrue de son père, c'était pas bien méchant. Et ça, mon père l'entendit, et je vous dis pas la tête qu'il fit à ce moment-là. — En tout cas, t'as gagné, la pension, tu vas y avoir droit ! Pauline commença à pâlir et haussa le ton, se faisant suppliante. — Papa, je te jure, je savais pas du tout que j'allais tomber dans un endroit pareil ! Pour se défendre, elle commençait à nous enfoncer, merci bien. — Tu arrêtes de parlementer, tu te dépêches maintenant, on rentre à l'appartement. Ta mère s'est fait un sang d'encre. Si le concierge m'avait pas dit que t'étais là, j'allais appeler la police.

Mon père estima que c'était le bon moment pour se présenter. — Bonjour, je suis le papa d'Émile, et je vous assure que votre fille ne court aucun danger ici. Vous devriez vous détendre, profiter de la fête. Ce dernier conseil piqua au vif le père de Pauline, qui se raidit d'un coup. — Je vous remercie de vos conseils, mais primo, je crois que je peux me dispenser de votre expertise pour savoir si ma fille est en sécurité ou non, et deuzio, c'est pas vraiment mon genre de fête. Là-dessus, il repartit vers sa grosse voiture, en lançant à Pauline, je te donne deux minutes pour dire au revoir.

Mon père haussa les sourcils, l'air de penser, voilà un homme fort charmant. Il prit ma mère par la main et repartit vers la caravane, non sans nous avoir adressé un petit geste d'au revoir plein de compréhension résignée. Quant à Natacha et Fabrice, ils avaient détalé depuis que j'avais fermé les yeux, sans doute en avaient-ils profité pour filer dans leur mobile home. Pauline me regarda, les yeux humides, elle venait de passer un sale quart d'heure juste en une minute trente. — Quel sombre connard, c'est pas possible… Je voudrais être n'importe qui sauf moi. — Dis pas ça, tentai-je de la consoler. — T'as tellement de chance d'avoir une famille comme la tienne, tu te rends pas compte. Ça, autant vous le dire, c'est la dernière chose de l'histoire de l'humanité que j'aurais jamais cru qu'elle puisse me balancer un jour. J'aurais voulu la lui faire répéter, l'enregistrer, ou la lui faire écrire noir sur blanc, puis signer, c'était le contraire de tout ce que j'avais toujours cru, le monde à l'envers, l'impossible qui n'est pas Chamodot.

Pauline m'embrassa alors sur la joue, mais tellement près des lèvres que ça pouvait pas être un hasard. — Faut que j'y aille, je suis obligée. Déjà que ça va être l'enfer. Elle me tourna le dos, marcha jusqu'à la grande allée et s'engouffra dans la limousine, qui démarra en faisant crisser ses pneus. Je suis resté planté là quelques instants, pétrifié. Puis je suis retourné à ma tente igloo, je me suis mis à consigner tous les événements de la journée dans ce cahier sur lequel j'écris actuellement. Maintenant que j'ai presque fini, je crois que je vais essayer de dormir, parce que je vois pas grand-chose d'autre à faire. Je sais pas si elle m'aime comme je l'aime, Pauline, mais je me dis qu'elle m'apprécie sans doute un peu. Ça, c'est le point positif pour l'avenir. En tout cas, ce qui s'est passé aujourd'hui, c'est au-delà des tous les films de science-fiction que j'ai pu voir dans ma vie, et je sais même pas quoi en penser tellement ça fait beaucoup trop à la fois.

J'allais éteindre ma lampe de poche quand j'ai entendu mon père marcher à côté de la tente. — Émile, tu dors ? — Non, Papa. — Dis-moi, vis-à-vis de Pauline, pourquoi nous avoir fait passer pour des cousins ? On te convient pas comme parents ? — Pas du tout, Papa, c'était pas vous, c'était ma teinture… — Écoute, on sait très bien ce qu'on a ressenti, et ça n'a pas loupé, ça a fait pleurer ta mère. Là, je me suis senti plus coupable que l'ennemi public numéro 1, un monstre, je vous jure, un vrai monstre. — Y a vraiment des jours où tu me déçois beaucoup, crut-il bon d'ajouter. — Je suis désolé. Et soudain, il commença à s'énerver brusquement, et haussa le ton. — T'es désolé ? C'est tout ce que tu as à répondre, je suis désolé ?! Sors de la tente ! — Je suis couché, Papa. — Sors, je te dis ! Dépêche-toi ! Je m'extirpai péniblement de mon duvet, et ouvris la fermeture Éclair, j'étais juste terrorisé. Sans le moindre préavis, il m'allongea une énorme baffe. — Alors on n'est pas assez bien pour toi ?! On te donne tout et c'est comme ça qu'on est récompensés ?! Il m'en colla une deuxième, plus forte encore. Ça brûlait les joues, je me protégeais comme je pouvais, entourant ma tête avec mes bras, en murmurant, pardon, pardon Papa ! Je sentais qu'il entrait dans une fureur terrible. Je me suis dit qu'il allait me massacrer s'il continuait.

— Arrête, Bernard ! Ma mère venait d'apparaître derrière lui, et mon père stoppa son geste. — Mets-toi à genoux et dis pardon à ta mère, m'ordonna-t-il. — C'est pas nécessaire, Bernard. — Un peu, que c'est nécessaire ! C'est indispensable ! Alors j'ai obtempéré, et vous auriez fait pareil à ma place. Je me suis agenouillé devant ma mère, le regard baissé, et j'ai prononcé les excuses demandées. — Pardon, Maman. Elle ne me répondit pas. — Allez, on va se coucher maintenant, déclara mon père. Et ils repartirent tous les deux. Je me suis écroulé par terre, je savais même plus où j'avais mal, j'ai rampé jusqu'à l'intérieur de la tente et j'ai encore trempé mon oreiller. J'aurais voulu mourir, ou les tuer tous les deux.

Mardi 17 avril

Je me suis réveillé de bonne heure, ce matin, le camping était encore tout endormi. Faut dire qu'à part quatre ou cinq camping-cars néerlandais, l'établissement est loin d'afficher complet, et avant 8 heures du matin, il n'y a pas grand-chose qui bouge. Comme ça dormait encore dans la caravane des parents, je me suis habillé, j'ai mis une casquette pour cacher mes cheveux jaunes horribles, et j'ai filé au bar pour boire un chocolat chaud. Je me sentais dans un état étrange, un peu au ralenti, ce que les gens qui picolent appellent lendemain de cuite, même si j'avais rien bu, ça doit ressembler à ça. Je suis arrivé au comptoir et j'ai commandé. Une belle Italienne derrière le bar m'a servi, j'ai l'impression qu'ils mettent des jolies demoiselles à tous les points stratégiques dans ce pays, mon père appellerait ça le sens du commerce. En prenant ma tasse pour aller m'installer, j'ai aperçu Natacha, sur la terrasse, qui prenait son petit-déjeuner, seule. Elle m'a fait signe de la rejoindre. Je me suis assis.

Son charme naturel se réveillait en même temps qu'elle, et ne la quittait pas de la journée. — Toi aussi, t'es un lève-tôt ? — Pas vraiment, ai-je avoué. Ça dépend des jours.

Le silence qui s'installa entre nous n'avait absolument rien de gênant, ce qui n'arrive qu'avec certaines personnes très spéciales, celles qui vous comprennent au-delà des mots. Elle s'alluma un joint, histoire de planer dès le début de la journée. — Tu vas rentrer avec nous ? finis-je par lui demander. — Je sais pas, j'hésite. Je me sens bien avec Fabrice. En même temps, ici, ils cherchaient une serveuse pour le soir, et ils seraient prêts à m'embaucher, comme je parle plusieurs langues, ça les intéresse. — C'est compliqué, la vie. — Oh, pas vraiment, me fit-elle avec un sourire, il faut juste choisir et assumer, y a pire, non ? Dit comme ça, effectivement, tout devenait simple. Pour moi, c'était surtout « assumer », le problème. Une montagne de problèmes, oui.

— Elle a l'air sympa, ton amie, Pauline. — Elle est géniale. J'eus très envie de lui demander un truc dans le genre, « tu crois que je lui plais ? », parce que les filles savent repérer ça. En fait, j'avais trop peur de la réponse. Je tenais pas à entendre quelque chose de désagréable si tôt le matin. Mais Natacha, elle avait tout compris d'avance. — Tu te demandes si elle t'aime ? Waouh, la claque que ça m'a foutue de formuler les choses si clairement. Elle n'avait pas tort, tout se résumait à cette question, au bout du compte. C'était plus le moment de tourner autour du pot, alors j'ai lentement hoché la tête en signe de oui, et j'en menais pas large. Natacha reprit, avec énormément de délicatesse : — Je l'ai bien observée, tu sais, et je pense que oui. J'arrivais pas à y croire, je vous jure, ça me paraissait pas possible. — Sinon, tu sais, elle ne serait jamais venue jusqu'ici. — Donc tu crois qu'elle m'aime ? — C'est évident.

Et là, c'en fut trop pour moi, c'était le tsunami qui faisait déborder le vase. Ça m'a renversé, tourneboulé, chaviré. J'ai filé vers les toilettes tellement ça secouait, dans le genre émotion, et je pouvais pas continuer à me donner en spectacle. Natacha m'a accompagné, m'a consolé, elle m'a même pris dans ses bras et m'a serré en chuchotant : T'es une des plus belles personnes que j'aie jamais rencontrées. — Tu dis ça pour être gentille ? — Non, je le pense.

Moi, je pense surtout qu'elle était gentille. Quand je me suis senti mieux, elle est repartie vers son mobile home.

Je suis revenu à ma tente igloo, encore un peu sens dessus dessous, et je suis tombé sur les lotions capillaires italiennes. Je sais pas ce qui m'a pris, j'ai saisi le carton et je suis allé au bord de la lagune pour tout balancer. Cette quinzaine de petites bouteilles à la mer, ça ferait comme plein d'appels au secours, elles crieraient toutes « plus jamais ça », je voyais pas mieux. Au dernier moment, je me suis ravisé. Je tenais pas à ce qu'on m'arrête pour crime contre l'humanité. Parce que les petits poissons ne méritaient pas plus que moi de devenir des fausses blondes à leur insu. Ou pire, de boire les lotions en question et d'en crever à coup sûr. Alors j'ai opté pour la benne à ordures. J'ai tout jeté. Je me suis senti bizarre, d'abord un énorme soulagement et juste après l'impression d'avoir fait un sale coup en douce, que je le paierais un jour, très cher, mais tant pis.

Quand je suis revenu à notre emplacement, tout le monde s'affairait pour plier bagage. Mon père et mon frère amarraient déjà la voiture à la caravane. Le départ semblait imminent. Ma mère arrivait de la réception, la facture à la main. — La bonne femme à l'accueil, elle a les esgourdes ensablées et un œil qui dit merde à l'autre, nous déclara-t-elle. Ce qui signifie, quand on traduit, qu'elle devait être un peu dure d'oreille et affublée d'un strabisme divergent. Pour les strabismes convergents, j'ai jamais réussi à savoir s'il y avait une expression – un œil qui dit je t'aime à l'autre, ce serait romantique. Bref, j'ai demandé à Fabrice si je devais démonter la tente igloo, mais il m'a répondu que

non. La tente restait là, on la laissait à Natacha…
Qui restait là, elle aussi. Son voyage allait se pour-
suivre, le nôtre touchait à sa fin. Une fois les valises
jetées dans le coffre, ce fut le moment de lui dire
au revoir, mais je sus rester sobre, je m'étais déjà
suffisamment épanché avant.

— Un milliard de milliards de mercis pour tout,
ne pus-je m'empêcher de lui murmurer à l'oreille
quand elle me claqua deux bises aussi chaleu-
reuses que sensuelles. — Tu vas me manquer, me
répondit-elle. Vous allez tous me manquer. Mon
père la prit dans ses bras, en lançant l'une de ses
grandes phrases dont il a le secret. — Partir, c'est
mourir un peu, mourir, c'est partir beaucoup. Et
il rigola très fort, car il reste à jamais son meilleur public. Natacha rit aussi avec lui et lui assura
qu'elle partait donc le moins possible. Ma mère
l'embrassa à son tour et lui tendit un Tupperware,
accompagné de quelques mots qui contenaient,
mine de rien, l'une des plus grandes déclarations
d'amour dont elle était capable. — Je t'ai fait du
clafoutis aux pommes.

Les adieux se révélèrent plus compliqués pour
mon frère, qui emmena Natacha avec lui à l'abri
des regards, pour prendre le temps de lui dire qu'il
souhaitait absolument la revoir – il me l'a raconté
après. Quand il est revenu en la tenant par la main,
il semblait à la fois triste et heureux. Mon père a

lancé « En voiture Simone ! ». C'est une de ses expressions préférées avec « Emballé c'est pesé » et « Détrompe-toi », qu'il répète à longueur de journée. Bref, toute la famille a grimpé dans le véhicule.

Natacha nous a regardés démarrer lentement, en faisant des adieux de la main. On répondait tous à son signe, les vitres ouvertes. On avait un gros pincement de la laisser, mais en même temps, ça faisait plaisir d'avoir quelqu'un qui vous dit au revoir. Surtout quelqu'un comme Natacha. D'habitude, on part toujours dans le plus strict anonymat. La voiture a emprunté l'allée du camping et s'est peu à peu éloignée de notre emplacement. La silhouette de Natacha rétrécissait à vue d'œil. Mon père écrasait le klaxon, on aurait dit un mariage. Puis on tourna à gauche et Natacha disparut de notre champ de vision. On sortit du camping, on longea les champs et un cours d'eau. Après quelques kilomètres, j'ai aperçu dans le rétroviseur la voiture rouge de Christine qui s'était remise à nous suivre, à une centaine de mètres de distance. Je me suis dit que décidément, c'était pas gagné.

Comme pour détourner l'attention, mon père alluma l'autoradio, et sa chanson fétiche retentit. « ASIM… BONANGA », se mit-il à beugler une fois de plus. Et là, je sais pas ce qui nous a pris, on a repris soudainement avec mon frère, à

tue-tête, et sans même se concerter... « ASIM...
BONANGA !!! ». Mon père jubilait... Ma mère
souriait jusqu'aux oreilles. — Allez, chante avec
nous, ma chérie. Et elle s'y est mise aussi. Mon
père lançait « ASIMBONANGA » et nous, on
répondait « ASIM... BONA » tout sourire...

La voiture traversait la magnifique campagne
italienne au petit matin, et notre chant, tout sauf
mélodieux, devait réveiller les coccinelles et les
papillons. Et pendant un instant, alors qu'on chan-
tait tous ensemble aussi fort qu'on pouvait, les
fenêtres ouvertes, heureux sans savoir pourquoi,
heureux au lieu d'être tristes, je me suis dit que
cette famille-là, sur laquelle j'étais tombé en nais-
sant un soir d'octobre à 20 h 30, une quinzaine
d'années plus tôt, eh bien j'aurais voulu l'échanger
contre aucune autre dans tout l'univers. Mais pendant un instant seulement.

Mercredi 18 avril

On est arrivés hier soir tard dans la soirée, on a fait tout le trajet d'un coup, mon père devait retourner travailler aujourd'hui, alors fallait pas traîner. Quand je me suis réveillé ce matin, mon frère rangeait son sac, pour repartir lui aussi, sa permission touchait à sa fin. Je suis allé me brosser les dents. J'ai eu un grand moment de déprime en revoyant mes cheveux jaunes dans le miroir de l'armoire à pharmacie, impossible de s'habituer. Fabrice avait laissé traîner sa tondeuse sur le bord du lavabo. Je suis revenu dans la chambre en la brandissant, et je lui ai dit : — Rase-moi la tête, s'il te plaît. — T'es sûr ? — Oui, j'ai réfléchi et y a pas d'autre solution. — Ça va te faire bizarre, je te préviens. — Je m'en fous. — Tu veux pas demander l'avis de Maman avant ? — Non, non, surtout pas. C'est moi le propriétaire de mes cheveux. — OK, alors assieds-toi.

J'ai pris place au bout du lit. Fabrice a branché la tondeuse. Ça vibrait comme un rasoir. Il a approché l'engin de ma tignasse. — T'es sûr que tu vas pas regretter ? J'ai fait non de la tête. Alors il a commencé à défricher. Des mèches entières sont tombées par terre, les unes après les autres, c'était impressionnant. Je contemplais ces cheveux sur le carrelage, leur couleur improbable, et vulgaire surtout. Il y avait de quoi composer une perruque, le genre que portent les filles qui attendent à la sortie de Montargis, le long de la nationale 7, en minijupe, je vous fais pas un dessin. Avec ça sur la tête, j'aurais fini par attirer un pervers.

Quand mon frère eut terminé son ouvrage, je caressai mon cuir chevelu, c'était doux, presque soyeux. Il me restait à peine quelques millimètres de longueur, j'avais l'impression étrange d'être tout nu. — Plus court encore ? me demanda Fabrice. — Non, je crois que c'est bon. Il rinça la tondeuse dans le lavabo puis la rangea dans son sac, en me désignant le sol. — Tu passeras l'aspirateur. Je l'apostrophai avant qu'il prenne congé. — Pourquoi tu m'avais menti pour Christine ? Il fit une moue interrogative. — Je l'ai vue avec Papa dans une gondole à Venise, lui confiai-je. — Ah, merde. Je suis désolé… Je voulais t'épargner ça. La vie n'épargne rien, ai-je pensé intérieurement, mais c'était pas nouveau. — Et Natacha, tu vas la revoir ? — Ça m'étonnerait. Là-dessus, il sortit de la chambre, son sac sur l'épaule, expliquant qu'il allait à la boulangerie acheter du pain. Je me suis dirigé vers la salle de bains pour découvrir ma boule à zéro. Si j'avais eu envie de changer de tête, j'aurais pas pu trouver plus radical. Je ressemblais à un jeune cancéreux, ou un mineur repris de justice dans les maisons de correction des années 60 – je me souvenais des images d'un vieux film en noir et blanc. Bref, ça faisait petit dur, avec un peu de chance, ça plairait aux filles. Mais probablement pas, fallait pas trop rêver.

Quand je suis entré dans la caravane pour prendre le petit-déjeuner, ma mère a eu un choc en découvrant mon crâne rasé. Elle a sursauté, comme si elle ne me reconnaissait pas. Puis elle m'a considéré avec des grands yeux. — T'es pas bien, pourquoi t'as fait une chose pareille ?! — Je préfère ça au blond décoloré, ai-je répliqué avec autorité. — Tout le monde va penser que t'avais des poux ! — Je m'en fous de ce que tout le monde va penser. Je croyais lui avoir cloué le bec, en fait, elle a souri, comme si elle était fière de moi. Je les comprendrai jamais, ces parents.

Mon père entra à ce moment-là, une lettre à la main, l'air surexcité. — On a le permis de construire ! triompha-t-il. — C'est pas vrai !? — Si, regarde ! On vient de recevoir ça ! Ma mère parcourut le courrier qu'il lui tendait. Un sourire illumina son visage et elle se jeta dans ses bras, ils

s'embrassèrent de partout, en sautant sur place.
— T'as réussi, Bernard ! T'as réussi ! La caravane
tanguait, on allait la faire tomber de ses cales, si ça
continuait. Finalement, le centre de télécommunications préemptait le terrain du bas, pas le nôtre.
Notre étoile dans le ciel devait scintiller comme
jamais. Mon frère revint de la boulangerie avec
des croissants à la main et se joignit à l'euphorie
générale. J'ai rarement vécu un petit-déjeuner aussi
joyeux.

Après, mon père et mon frère devaient repartir
ensemble à Paris, ils n'avaient même pas envie
de s'engueuler. Enfin, ça reviendrait vite. Les
au revoir ont été un peu moins expédiés que
d'habitude, ça faisait bizarre de plus être tous les
quatre, d'un coup. Quand mon frère m'a fait la
bise, j'ai bien senti qu'il s'attardait un peu. J'ai
suivi la voiture jusque dans la rue, ils me faisaient
des signes par les vitres ouvertes. Juste avant de
disparaître au bout de la rue, mon père a renvoyé
deux coups de klaxon, comme s'il voulait être
inoubliable. Il n'avait pas besoin de ça.

On est restés seuls avec ma mère dans la caravane. Elle a allumé la télé, pour chasser le vide qui
menaçait de nous engloutir tous les deux, et m'a
ordonné de commencer mes devoirs pour la rentrée. Comme elle surveillait pas, j'ai pris mon journal et j'ai écrit.

L'après-midi, on a été faire deux-trois courses en ville. Oh, pas des gros achats, un petit tour à la maison de la presse pour des magazines, et après elle avait besoin d'une lotion hydratante aux Nouvelles Galeries. En face des crèmes, il y avait le rayon des teintures capillaires, elle a fait comme s'il n'existait pas. Quand on est ressortis du magasin, on a marché côte à côte, et même si j'ai plus l'âge de faire un truc pareil, je sais pas ce qui m'a pris, je me suis serré contre elle. Je voulais que toute la rue Dorée sache que c'était ma mère.

Lundi 30 avril

Ce matin, c'était la fin des vacances. Mes cheveux ont poussé un tout petit peu, ils sont en brosse maintenant, c'est pas la mode, mais tant pis. Je n'avais qu'une hâte en arrivant au lycée, c'était de revoir Pauline. J'ai eu aucune nouvelle depuis dix jours et j'ai pas osé en prendre. Je suis sûr qu'elle s'en veut de m'avoir embrassé. Et puis je me demandais si elle serait encore là, ou si son père l'avait collée en pension comme prévu. Le mien m'a emmené en voiture, il avait le temps, avant de repartir à Paris. En s'arrêtant devant les grilles du lycée, il m'a retenu un instant, il voulait me parler. — Voilà, Émile. Je sais qu'à Venise tu m'as vu dans une gondole avec Christine. L'angoisse. Je me suis senti comme pris en flagrant délit. — Et alors ? finis-je par articuler. — Même si c'est difficile, je voudrais te demander de ne pas me juger. Il y a des choses qu'à ton âge, on ne peut pas encore comprendre. Celle-là, on me l'avait déjà sortie un nombre incalculable de fois, et toujours dans des situations minables. — En tout cas, ce que je peux t'assurer, c'est que j'aime ta mère. — D'accord, fis-je pour me débarrasser. Il marqua un temps, me passa affectueusement la main sur mon crâne tondu. — Et toi aussi, je t'aime. Je savais pas quoi répondre.

J'ai cru que la conversation s'arrêtait là, mais avec mon père, c'est comme au concert, à la fin, il y a toujours des rappels. — Tu sais, reprit-il, quand j'ai rencontré ta mère et qu'on a commencé à se fréquenter, il y a vingt-cinq ans, je lui ai dit, moi, je suis tellement mal foutu qu'il vaut mieux que tu partes. Faut pas se mettre avec quelqu'un comme moi. Mais elle est restée quand même. J'acquiesçais silencieusement. J'essayais de comprendre ce qu'il cherchait à m'expliquer, au fond, et j'avoue que c'était pas clair du tout. — Ça veut dire que Maman est au courant ? — Non, ça veut dire qu'elle était prévenue. Qu'est-ce que vous voulez répondre à ça ? — Je peux te faire confiance ? Ce sera notre petit secret. — Avec Fabrice ? — Oui, notre petit secret à tous les trois. J'ai dit « d'accord », ne voyant pas trop ce que je pouvais faire d'autre. — Bonne semaine, Papa. — Bonne semaine, mon fils.

À la récréation, j'ai cherché Pauline partout, mais je ne l'ai vue nulle part. Je me suis rassuré en me rappelant à quel point elle n'est jamais au rendez-vous quand on l'attend, c'est un peu sa marque de fabrique. Mais à la cantine, pas de Pauline non plus. Alors en début d'après-midi, je suis allé frapper au bureau du conseiller d'éducation. C'est un homme d'une cinquantaine d'années, d'origine corse, M. Panucci, pas commode du tout. — C'est à quel sujet ? m'a-t-il lancé. — Je voulais savoir si Pauline Després faisait encore partie de notre établissement. J'avais préparé ma formule. — En quoi ça te regarde ? J'ai pas voulu me justifier. À voir ma tête de chien battu, il a dû penser que sa question n'avait pas lieu d'être. Il s'est mis à consulter ses classeurs. — Non, elle a déménagé. Le proviseur a insisté pour qu'elle finisse le dernier trimestre ici, mais c'était trop compliqué. — Ses parents divorcent ? — Exactement. — Merci, monsieur Panucci. Juste avant que je sorte du bureau, il ne put s'empêcher de m'interroger. — Tu l'aimais bien, cette fille ? C'était pas un sentimental, alors je me suis dit qu'il voulait lancer une vanne. Mais je pouvais encaisser n'importe quelle saloperie. — Oui, beaucoup. J'ai cru qu'il allait s'attendrir un instant. En fait, il beugla « La porte ! » une fois que je fus dans le couloir. Faut dire qu'elle ferme mal.

Je suis ressorti dans la cour, c'était le début d'après-midi, il y avait une foule d'élèves qui attendaient que la cloche sonne pour retourner en classe, mais j'eus l'impression qu'elle était terriblement déserte.

En sortant du lycée, au lieu de rentrer chez moi, je suis passé à vélo devant la maison de Pauline, au 27, rue Carnot. Les volets étaient fermés et on avait accroché un grand panneau d'agence immobilière, avec marqué dessus « À vendre ». J'ai eu l'impression de lire : « Tu ne la reverras jamais. »

Je me suis approché du portail entrouvert et j'ai aperçu un grand camion de déménagement, avec deux hommes du genre costaud qui vidaient la maison. — Excusez-moi, ils sont partis la famille Després ? — Ah oui, mon petit gars, il n'y a plus personne… — Et vous savez où ils sont ? — À mon avis, là où vont les meubles… À Londres. J'ai bien accusé le coup. Ça m'a paru le bout du monde.

Je suis resté immobile à les regarder entasser les meubles dans leur gros camion. À un moment, ils portaient un petit bureau, sans doute celui de Pauline, et un tiroir a glissé, et des stylos sont tombés par terre, ainsi qu'une balle de ping-pong. Elle a rebondi deux ou trois fois et je suis tout de suite allé la ramasser, sans réfléchir. Et là, je me suis rendu compte que c'était la mienne ! Je vous jure, il y avait le petit « E » pour Émile, que je marque dessus au feutre pour les reconnaître. J'en revenais pas ! C'était la balle de notre première rencontre.

Je comprenais pas du tout comment elle avait fait pour la récupérer, mais en plus, elle l'avait gardée. J'en avais les jambes qui tremblent, les lèvres aussi. Parce que le plus incroyable dans tout ça, c'est qu'autour du petit « E » d'Émile, elle avait dessiné un petit cœur. Certaines filles gribouillent des cœurs partout, je trouve toujours ça totalement ridicule, mais là, c'était la chose la plus bouleversante que j'avais jamais vue de ma vie. J'ai cru que j'allais pas pouvoir m'en remettre. Non mais vous vous rendez compte de ce que ça veut dire, un petit cœur ?

REMERCIEMENTS

Je ne me serais sans doute pas attelé à l'écriture de ce roman si rapidement sans l'impulsion de mon amie Laure Saget, qui, un soir d'automne, à la sortie du Théâtre de Paris, a eu la formidable idée de me présenter Alice d'Andigné, devenue depuis mon éditrice.

Je souhaite exprimer ma profonde gratitude à chacune d'elles pour la confiance qu'elles m'ont témoignée tout au long de la rédaction de *Venise n'est pas en Italie.* Leur accompagnement érudit, délicat et glamour, leurs remarques lumineuses, leurs indéfectibles encouragements, tout cela m'a aidé au-delà de ce qu'elles peuvent imaginer.

Je n'oublie pas toutes les équipes de Flammarion qui ont collaboré et défendu cet ouvrage.

Je remercie également du fond du cœur Victoire Berger-Perrin pour ses lectures de mes pages à peine écrites, ses retours perspicaces et enthousiastes, qui m'ont apporté un soutien si précieux que je ne l'oublierai jamais.

Merci à mes amis Astrid du Lau d'Allemans, Sébastien Turcat, Laurent Aknin, Isabelle Grellat, Anne Charrier, Johanne Rigoulot, Olivier Kahn, René Sidelsky, Audrey Botbol, Audrey Schecroun, Olivier Casas, Jacques Schecroun, qui ont tous suivi avec une extrême bienveillance la naissance de ce livre, comme celle de la plupart de mes travaux d'ailleurs. Leur regard et leur présence sont une grâce permanente.

Ce livre est dédié à ma famille, ainsi qu'à tous mes aïeux.

Il est aussi chaleureusement dédié à Marie Roig, Stéphan Caillaud, Bertrand Juilliard, Marie-Christine Hanus, Clément Calvet, Thierry Villeroy, Amélie Guittet, Laurence Piscou, Paul-David Régnier ainsi qu'à la mémoire de Laurence Pesselier.

L'auteur et l'éditeur remercient Claude Lemesle, Gérard Davoust et Christian Piget de leur avoir permis de reproduire le titre et l'extrait de l'œuvre musicale *Venise n'est pas en Italie*.

NOTE

Ce roman est une œuvre de fiction. Aucun des personnages tels qu'ils sont décrits dans ce livre n'ont existé réellement.

Le Livre de Poche s'engage pour
l'environnement en réduisant
l'empreinte carbone de ses livres.
Celle de cet exemplaire est de :

300 g éq. CO_2

Rendez-vous sur
www.livredepoche-durable.fr

PAPIER À BASE DE
FIBRES CERTIFIÉES

Composition réalisée par PCA

————————

Achevé d'imprimer en août 2017, en France sur Presse Offset par
Maury Imprimeur – 45330 Malesherbes
N° d'imprimeur : 220100
Dépôt légal 1ʳᵉ publication : février 2017
Édition 09 – août 2017
LIBRAIRIE GÉNÉRALE FRANÇAISE – 21, rue du Montparnasse – 75298 Paris Cedex 06

72/6609/7